Tommy Wallach

THIS LOVE HAS NO END

TOMMY WALLACH

THIS LOVE HAS NO END

Aus dem Amerikanischen von
Henriette Zeltner

cbj

Dieses Buch ist auch als E-Book erhältlich.

MIX
Papier aus verantwortungsvollen Quellen
FSC® C083411
FSC
www.fsc.org

Verlagsgruppe Random House FSC® N001967

1. Auflage 2017

Die amerikanische Originalausgabe erschien 2016 unter dem Titel:
»Thanks for the Trouble« bei Simon & Schuster BFYR,
einem Imprint von Simon & Schuster Children's Publishing, New York
Abdruck der Gedichte von Pablo Neruda auf S. 7: »Sonet XCII« aus
»Cien sonetos de amor«, © Agencia Balcells, Barcelona, und auf S. 51:
»Gedicht V« aus »20 Liebesgedichte und ein Lied der Verzweiflung«
(Übersetzung Fritz Vogelgsang) mit freundlicher Genehmigung des
Luchterhand Verlages. Leider war es nicht möglich, alle Rechteinhaber zu
ermitteln; alle Ansprüche bleiben jedoch gewahrt.
Übersetzung: Henriette Zeltner
Umschlaggestaltung: Kathrin Schüler, Berlin
unter Verwendung der Fotos von:
Gettyimages/Westend61, Shutterstock/Rudy Balasko
MP · Herstellung: AJ
Satz: KompetenzCenter, Mönchengladbach
Druck: CPI books GmbH, Leck
ISBN 978-3-570-17396-1
Printed in Germany

www.cbj-verlag.de

Für Ellen

MEINE HERZALLERLIEBSTE,
WENN ICH STERBEN SOLLTE UND DU NICHT –,

Meine Herzallerliebste, wenn du sterben solltest und ich nicht –,
lass uns der Trauer keinen Raum geben,
denn nirgends ist er weiter, als dort, wo wir lebten.

Wie der Staub auf den Ähren, der Sand in den Wüsten,
die Zeit, die strömenden Wasser und der leise Wind,
treiben wir dahin wie Samenkörner.
Und wären vielleicht aneinander vorbeigeschwebt.

Die Wiese, auf der wir uns fanden,
unser Splitter Unendlichkeit! mag vergehen.
Doch Liebe, diese Liebe wird niemals enden:

sie wird nicht geboren, und kennt
nicht den Tod: wie ein gewaltiger Strom,
gleitet sie vorbei an immer neuen Ufern und immer neuen Lippen.

Pablo Neruda

FREITAG
31
OKTOBER

SCHEITERN IN DER DRITTEN PERSON

DER JUNGE SASS AUF EINER BANK IN DER LOBBY DES Hotel *Palace*.

Es war etwa halb neun Uhr morgens und eigentlich hätte er in der Schule sein sollen. Doch der Junge hatte schon immer gefunden, es sei totaler Blödsinn zu erwarten, dass man an Halloween zur Schule geht, deshalb hatte er sich dagegen entschieden. Vielleicht würde er später noch hingehen. Vielleicht auch nicht. Zu diesem Zeitpunkt machte das sowieso keinen großen Unterschied.

Der Junge merkte, dass er mehr Aufmerksamkeit auf sich zog als normalerweise. Schon viele Male war er im *Palace* gewesen, doch nun das erste Mal unter der Woche, und es war einfach nicht genug los, als dass man jemanden wie ihn hätte übersehen können. Er trug eine dreckige Jeans und ein altes schwarzes T-Shirt. Seine Haare waren lang und wahrscheinlich zerzaust (er hatte heute Morgen nicht mal in den Spiegel geschaut, bevor er das Haus verließ). Außerdem war er Latino und damit einer der wenigen Latinos im Hotel, die nicht den Room-Service, das Geschirrspülen oder Bodenwischen für alte, reiche, weiße Leute zu erledigen hatten. Offen gestanden sah er aus wie jemand mit gewissen kriminellen Absichten, was rassistisch, vorurteilsbeladen und kein bisschen *political correct* war.

Es stimmte übrigens.

Das soll jetzt nicht heißen, der Junge habe wie ein Verbrecher ausgesehen. Er war ja nur ein durchschnittlicher Teenager. Vielleicht sogar ein bisschen überdurchschnittlich. Insofern als man ihn wahrscheinlich *süß* finden konnte, genau betrachtet. Oder vielleicht auch nicht süß, aber auch nicht ausgesprochen *nicht-süß*. Also irgendwie normal süß. Solide sieben von zehn Punkten. Vielleicht eine 8 oder 8-9 an einem guten Tag, im rechten Licht, wenn man die schmeichelhafteste Perspektive wählt für seine kräftigen Augenbrauen, die seltsam auffälligen Grübchen beim Lächeln und sein Kinn, das ein bisschen an einen Po erinnert …

Ach, Fuck. Das wird ja eine echte Katastrophe, was?

Ich dachte, es wäre besser, das hier in der dritten Person zu schreiben, um eine leicht kritische Perspektive einzunehmen. Aber es kommt mir ziemlich bescheuert vor, darüber zu schreiben, ob ich süß bin, während ich gleichzeitig so tue, als wäre ich *nicht* derjenige, der darüber schreibt, ob ich süß bin. Das ist ja, als würde man sein eigenes Empfehlungsschreiben verfassen oder so.

Shit. Ich habe gerade gemerkt, dass ich weiter oben das F-Wort benutzt habe. Oh, und jetzt habe ich *Shit* geschrieben. Ich könnte ja zu den Stellen zurückkehren und sie löschen, aber lieber nicht. Ich meine, haben wir so ein Spielchen wirklich nötig? Müssen wir so tun, als existiere das Wort

»fuck« nicht und – wenn wir schon dabei sind – auch die ihm zugrunde liegende Aktion nicht? Soll ich vielleicht lieber einen Haufen Müll auskotzen? Darüber, wie irgendein Lehrer *mein Leben veränderte*, indem er mich lehrte, dass Shakespeare eigentlich der erste Rapper der Welt war. Oder darüber, wie ich Sozialdienst für eine Truppe obdachloser Teenager leistete, die alle an Krebs sterben würden, und dabei meine *tiefe* Berufung zu selbstlosem Handeln erkannte. Oder ich lege alle Hemmungen ab und gebe die rührselige Geschichte über meinen Vater und das, was ihm zugestoßen ist, zum Besten oder irgendein anderes, schrecklich zu Herzen gehendes Zeug, das so deprimierend ist, dass jeder denkt, *was zum Teufel, wir haben doch schließlich Quoten und dieser Junge hat echt genug mitgemacht.* Also, bekomme ich dafür den großen alten *Angenommen*-Stempel und erhalte im April per Post einen fetten Umschlag?

Ich sage, Nein. Ich sage, keine Spielchen. Die Frage steht klar im Raum: *Was war die eine wichtigste Erfahrung in deinem Leben?* – und ich werde sie beantworten, selbst wenn diese Antwort etwas mehr als fünfhundert Wörter umfasst und vielleicht das F-Wort darin vorkommt, vielleicht sogar die F-Handlung und eine ganze Menge anderes Zeug, das zu Papier zu bringen und als Bewerbung zu verschicken man verrückt sein muss. Dann werde ich darauf warten, welche Entscheidung über meine Antwort gefällt wird.

Fangen wir noch mal von vorne an.

Ich bin Parker Santé. Ich bin so mittelsüß und schlecht im Schreiben in der dritten Person. Und so begann die wichtigste Erfahrung in meinem Leben.

PERFEKT

ES GIBT SO WAS WIE PERFEKTE TRAURIGKEIT.

Das weiß ich, weil ich sie gesehen habe.

Die Leute benutzen das Wort *perfekt*, um über gute Sachen zu reden: die perfekte Punktezahl in einem Test, perfekter Anwesenheitsnachweis oder ein perfekter dreifacher Dreh mit dem Skateboard. Aber ich denke, das Wort passt noch viel besser, wenn man damit etwas – und das kann eine total beschissene Sache sein – beschreibt, das exakt so ist, wie es sein soll. Perfekter morgendlicher Mundgeruch. Perfekter Kater nach einer durchzechten Nacht. Perfekte Traurigkeit.

Ich saß also auf einer gepolsterten Bank in der Lobby des *Palace* Hotels. Von dort aus konnte ich alles sehen, was vor sich ging: reiche Leute beim Einchecken, reiche Leute beim Auschecken und durch die steinernen Bögen hinter der Rezeption reiche Leute, die im Speisesaal vor sich hin knabberten und süffelten. Wart ihr schon mal im Speisesaal des *Palace*? Der hat diese irrsinnig hohe Decke und alles ist aus grünem Metall und Milchglas. Gerippt wie das ausgetrocknete Skelett eines großen alten Walfischs mit Knochen aus Schmiedeeisen. Leute sitzen an diesen langen Gemeinschaftstischen, die im Grunde genommen nur schickere Versionen der Tische in unserer Schulcafeteria sind. Zu jedem Gedeck gehört eine Auswahl Gabeln in verschiedenen Größen, die in Servietten gesteckt sind – eine gruselige kleine Gabelfamilie, die sich ein einziges Gabelbett teilt. Kellner hetzen wie Pinguineltern herum, die ihre Pinguinbabys verloren haben.

»Sie können das stehen lassen. Ich spiele gerne noch damit.«

Ihre Stimme schnitt durch die Hintergrundgeräusche und das Gemurmel im Raum, als säße sie direkt neben mir. Meine Aufmerksamkeit blieb an ihr hängen, wie es einem manchmal beim Brombeerpflücken mit den Dornen ergeht, wenn man Angst hat, etwas zu zerreißen, indem man zu schnell zurückzuckt. Ich suchte den Raum nach ihr ab, konnte sie aber erst finden, als sie erneut etwas sagte. Sie saß am Ende eines der großen Tische und redete mit einem Kellner.

»Nein, ich wohne nicht im Hotel. Ich zahle einfach in bar.«

Dann griff sie in ihre Handtasche und holte den fettesten Packen Hunderter heraus, den ich im wirklichen Leben je gesehen hatte. Ich rede hier von einem Packen wie in Hip-Hop-Videos, fett wie ein Taschenbuch von John Grisham. Sie schälte einen Schein davon ab – (hab Sie genau gesehen, Mr Franklin) – und gab ihn dem Kellner. »Stimmt so«, sagte sie. Der nickte ein kleines erstauntes Wackel-Dackel-Nicken und machte sich davon, bevor das Mädchen ihre Großzügigkeit vielleicht bereute. Danach fuhr sie fort, träge auf die Schale eines gekochten Eis in einem eleganten silbernen Eierbecher zu klopfen. Ich starrte sie an, während sie irgendwie ins Leere schaute, und zählte, auf wievielerlei Arten sie unglaublich war.

#1: Sie sah so alt aus wie ich oder vielleicht ein wenig älter. Wenn man kein Hotelfan ist wie ich, macht man sich wahrscheinlich nicht klar, dass es einen direkten Bezug zwischen dem Alter eines Hotels und dem Durchschnittsalter seiner Gäste gibt. Das *Palace* ist das älteste Hotel San Franciscos, was bedeutet, dass der Speisesaal normalerweise große Ähnlichkeit mit einer piekfeinen Einrichtung für betreutes Wohnen hat. Aber dieser Teenie war hergekommen, um ganz allein zu frühstücken.

#2: Sie war hübsch. Ich konnte zwar nicht sagen, wie hübsch, weil ich so weit weg saß, aber das war immer noch nah genug. Manche Menschen strahlen eben.

#3: Sie hatte diesen Ausdruck perfekter Traurigkeit im Gesicht.

#4: Sie hatte silbernes Haar. Zuerst dachte ich, es wirke nur im trügerischen Licht des Hotels so, doch dann schüttelte sie den Kopf, als wolle sie eine schlimme Erinnerung loswerden, und es sah aus wie tausend Lamettafäden, die ein Windhauch bewegt.

#5: Sie besaß irrsinnig viel Geld.

Ich stand auf, betrat den Speisesaal und nahm ein paar Stühle von ihr entfernt am selben Tisch Platz. Und ja, ich hatte richtig vermutet: hübsch. Vielleicht sogar wunderschön, obwohl dieses Wort bei mir eigentlich Brechreiz auslöst. Als der Kellner herbeieilte, zeigte ich in der Speisekarte auf *Kaffee* (4,50 Dollar für einen Filterkaffee, und da soll ich derjenige sein, dem wegen kleiner Diebereien die Verhaftung droht?).

»Ist das alles?«, fragte er.

Ich nickte.

»Milch und Zucker?«

Ich schüttelte den Kopf.

»Sehr gut. Ich bin sofort zurück.«

Aus dem Augenwinkel beobachtete ich, wie das Mädchen weiter die Spitze ihres Eis zermatschte. Es wirkte nicht so, als würde sie in nächster Zeit irgendwohin wollen, und ich wollte keinen Verdacht erregen, indem ich einfach nur dasaß und nichts tat. Also holte ich mein Notizbuch heraus und begann, eine Geschichte zu erfinden. Ich versuchte nur, mir die Zeit zu vertreiben, bis der Moment gekommen wäre, um den Geldpacken zu klauen, aber bevor ich wusste, wie mir geschah, war ich von meiner eigenen Schreiberei total abgelenkt. Das passiert mir manchmal. Einmal hatte ich diese wirklich geniale Idee gleich zu Beginn einer Geometriestunde, und als ich das nächste Mal von meinem Notizbuch hochschaute, war die Stunde auch schon zu Ende. Außer dem Lehrer befand nur ich mich noch im Klassenraum.

»Wie geht es aus?«, fragte er.

Ich weiß nicht, wie lange ich in die Geschichte vertieft war, die ich an jenem Tag im *Palace* schrieb, aber als ich den letzten Punkt am Ende des letzten Satzes machte und das Heft zuklappte, bemerkte ich, dass ich lange Zeit nicht mehr zu dem Mädchen mit den silbernen Haaren hingesehen hatte.

Jetzt spähte ich dorthin, wo sie gesessen hatte, und erlebte zwei intensive und widersprüchliche Gefühle auf einmal.

Verzweiflung, weil sie fort war.

Und Euphorie, weil ihre Handtasche noch da war.

GUTE EIER UND SCHLECHTE EIER

MAN KÖNNTE JA MEINEN, ICH HÄTTE BEGONNEN, IN Hotels herumzuhängen, weil sie tolle Orte sind, um Leute zu beklauen, aber eigentlich war es genau andersrum. Ich habe Hotels schon immer geliebt. Ich liebe ihre ungerührte Hotelhaftigkeit. Alle Hotels sehen aus wie alle Hotels. Alle Hotels riechen wie alle Hotels. Hotelessen schmeckt in allen Hotels wie Hotelessen. Jemand könnte euch ein Foto eines Zimmers irgendwo auf der Welt zeigen, und ihr wüsstet sofort, ob das ein normales oder ein Hotelzimmer ist. Da existiert eine Gleichartigkeit, die sich über alle Ketten hinwegzieht – ob *Ramada* oder *Hilton*, *Doubletree* oder *Motel 6* –, als wäre jedes Hotel tatsächlich dasselbe Hotel, durch ein Wurmloch über Raum und Zeit hinweg verbunden. Sie alle weisen die gleichen Bettüberwürfe mit Blumenmuster auf, die diese feste Textur ungewaschener Turnkleidung haben, einen Teppichboden, der fast (aber eben nicht ganz) dunkel genug ist, um das volle Ausmaß seiner Ekligkeit zu offenbaren. Dazu kamen »Kunstwerke«, die derart aufdringlich und offensiv langweilig sind, dass jeder Gast sich fühlt, als hätte man ihn in eine psychiatrische Einrichtung gesteckt, weil man ihn für eine Gefahr für sich selbst hält und ihn deshalb mit Landschaftsbildern in Wasserfarben besänftigen möchte.

Sollte ich jemals ein Hotel besitzen, fände ich es cool zu versuchen, es so zu gestalten, dass keiner ihm ansieht, dass es ein Hotel ist. Ich könnte hinter jede Zimmertür ein paar zerschlissene Turnschuhe stellen und über jedes Waschbecken ein Glas mit gebrauchten Zahnbürsten. In jeden Schrank kämen alte Jacken und Kartons und Brettspiele, bei denen entscheidende Teile fehlen. Meine Gäste würden aufwachen und sich bei einem Freund zuhause wähnen, wenn nicht sogar bei sich daheim. Dann würden sie die Treppe runter in die Küche kommen und sich aus einer halb leeren Schachtel muffige Frühstücksflocken in eine Schüssel kippen, die mein Personal dort jeden Morgen bereitstellt.

Natürlich wäre so ein Hotel für einen wie mich nicht sehr geeignet, vom diebischen Standpunkt aus, denn die Leute würden sich verhalten wie in ihrem eigenen Zuhause. Und Hausbesitzer sind ja immer vorsichtig. Sie schließen Türen ab und schalten Alarmanlagen ein. Sie halten Ausschau nach verdächtigen Aktivitäten. Und beim ersten Anzeichen von Ärger rufen sie die Bullen.

Gäste in besseren Hotels sind dagegen *nie* vorsichtig. Normalerweise wachsame Menschen lassen sich von all dem Marmor und Blattgold blenden und glauben, irgendwie sicher vor den ungewaschenen 99 Prozent zu sein. Einladend lassen sie ihre Sachen unbeobachtet überall rumliegen – in Aufzügen und Treppenhäusern, in Ballsälen und Konferenzräumen, auf Gepäckwagen, die Kofferträger wegen des zu kleinen Trinkgelds »versehentlich« aus den Augen lassen. Entweder auf dem Gehsteig direkt neben ihren luxuriösen Mietwagen oder manchmal auch einfach vor ihren Zimmertüren, aufgestapelt wie Designer-Brennholz. Es wäre ja ein Verbrechen, da *nichts* mitgehen zu lassen.

Mir ist klar, dass ich jetzt schlecht oder falsch oder wie auch immer klinge, aber ich habe darüber schon viel nachgedacht und bin zu dem Schluss gekommen, dass »Richtigkeit« und »Falschheit« eher unsichere Kategorien sind. Ich meine, manche Dinge sind offensichtlich beschissen und manche offensichtlich nett oder edel oder was auch immer, aber zwischen den beiden Toren von Schwarz und Weiß, zwischen einem Schlag in die Niere eines Babys und der Spende einer Niere, um ein Baby zu retten, da liegt ein ganzes verdammtes Fußballfeld von Grauschattierungen. (Anmerkung am Rande: Als ich in der Sonntagsschule erstmals etwas von den Zehn Geboten hörte, da dachte ich, *begehren* sei ein anderes Wort für *Sex haben*. Das klang ziemlich sinnvoll, als es hieß: »Du sollst nicht begehren deines Nachbarn Weib«, aber schon weniger bei: »Du sollst nicht begehren deines Nachbarn Vieh«, und überhaupt nicht funktionierte es bei: »Du sollst nicht begehren deines Nachbarn Haus«. Dann stellte sich heraus, dass es einfach nur *haben wollen* bedeutet. Das genau ist das Problem mit der Bibel – oder wenigstens eins davon: Sie sagt einem nicht nur, was man zu *tun*, sondern auch noch, was man zu *wollen* hat. Meiner bescheidenen Meinung nach ist das zu viel verlangt.)

Nehmen wir beispielsweise das Klauen. Mein Dad hat mir

beigebracht, dass unsere Gesellschaft Leute bestraft, die nur ein *bisschen* klauen, aber diejenigen belohnt, die *viel* stehlen. Wie diese Arschlöcher an der Wall Street, die einen dazu bringen, all die irrsinnigen Kredite aufzunehmen, nur um an ein Haus zu kommen oder aufs College zu gehen; Kredite, für die man dann mit Zinsen und dem ganzen Scheiß das Zwanzigfache zurückzahlen muss. Oder die Arschgeigen in all den Ländern, die bloß zufällig Öl oder Kohle oder Holz oder was auch immer haben und dann Riesenprofite aus natürlichen Rohstoffen schlagen, die doch eigentlich der ganzen Welt gehören. Oder auch die Arschlöcher in Washington, D. C., denen immer wieder neue Steuergesetze einfallen, damit Leute wie diejenigen, die im *Palace* die Toiletten putzen, mehr berappen müssen als die Reichen, die sie benutzen.

»Sei vorsichtig«, pflegte mein Dad immer zu sagen. »Fast immer wenn jemand den Mund aufmacht, versucht er, dir irgendwas wegzunehmen.«

Also erklärt mir doch mal, welchen Unterschied es bei all diesen gigantischen kleptomanischen Gemeinheiten hinter den Kulissen ausmacht, ob ich mir ein paar Mäuse aus der Tasche (dem Koffer oder dem nicht abgeschlossenen Auto) irgendeines Verschwenders nehme? Ist nicht sogar das Stehlen, das ich betreibe, sogar ungefähr eine Million Mal besser als dieses andere Stehlen? Ich bin doch eigentlich wie Robin Hood. Ich klaue von den Reichen und gebe es den Armen. In diesem Fall bin der Arme eben ich.

Ich schaute mich im Raum um, und als ich mir sicher war, dass keiner guckte, streckte ich die Hand aus und öffnete den Verschluss der kleinen blauen Handtasche des Mädchens mit den silbernen Haaren. Erst wühlte ich mich durch eine Wolke Papiertücher und tauchte tief in den geheimnisvollen Wust der Weiblichkeit, bis meine Finger auf den Packen Scheine stießen. Eine Sekunde später war ich auf und davon.

DIE RÜCKKEHR DER JEDI-RITTER

ICH HATTE IN MEINEM LEBEN SCHON EINE MENGE Zeug geklaut und mich deshalb noch nie das kleinste bisschen schlecht gefühlt. Aber während ich mich durch die Lobby des *Palace* davonmachte und dabei über den fetten Packen Scheine in meiner Tasche strich, haute mich ein riesiger, schäumender Tsunami von Schuldgefühlen fast um. Vielleicht, weil es mehr Geld war, als ich in meinem ganzen Leben je auf einem Haufen gesehen habe. Vielleicht, weil das Mädchen zwar wie ein reiches Mädchen angezogen war, aber ich nicht mit Sicherheit sagen konnte, dass sie reich *war*; denn eigentlich haben reiche Leute ihr Geld auf Banken, in Aktien oder solchem Scheiß angelegt und stopfen es nicht bündelweise in ihre Handtaschen. Oder vielleicht war es, weil ich wusste, dass man auf vielerlei Weise zu Geld kommen konnte, es aber nur *ein* perfekt trauriges, silberhaariges Mädchen gab, das allein im Hotel *Palace* saß.

Und so beging ich den Fehler zurückzuschauen.

Als ich noch klein war, lasen meine Eltern mir jeden Abend vor dem Schlafengehen ein Märchen vor, immer aus einem der Bücher, die mein Dad über seinem Schreibtisch stehen hatte: Grimm und Andersen. Sie ließen kein widerliches oder gruseliges Detail aus, etwa Mädchen, die sich Fersen oder Zehen abhacken, um in einen Schuh zu passen, oder rächende Geister oder ein trickreicher Tod. Später konnte ich es erst mal gar nicht glauben, als ich die lahmen, bereinigten Fassungen dieser Geschichten in der Schule hörte. Ein Aschenputtel ohne blutgefüllte Schuhe ist eben kein Aschenputtel. Und wusstet ihr, dass in der Originalversion von Dornröschen kein hübscher Prinz die Prinzessin mit einem sanften Kuss weckt? Nichts da! Tatsächlich ist das ein Scheißkerl von einem König – der übrigens auch schon eine Königin hat – und er *vergewaltigt* sie. Sie wacht als Mutter von Zwillinge wieder auf und die Frau des Königs versucht, sie umzubringen und eine Pastete aus ihr backen zu lassen, die sie dem König vorsetzen will. Und das Happy End? Der König beschließt, dass seine Frau verbrannt werden soll, damit er mit Dornröschen eine neue Familie haben kann. Los, Disney, macht mal aus diesem Mist einen freundlichen Animationsfilm!

Meine Eltern lasen mir auch griechische Sagen vor, in denen es meist um Götter ging, die vom Olymp herabstiegen, um sich mit scharfen Mädels zu vergnügen. Die Lieblings-Sagengestalt meines Vaters war Orpheus, der berühmte Musiker, der seine tote Frau aus dem Hades zurückbringen darf, wenn es ihm gelingt, bis an die Oberfläche zu kommen, ohne nachzusehen, ob sie tatsächlich hinter ihm geht. Doch er schielt nach hinten und verliert sie dadurch für alle Zeiten. Ich fand immer, dass Orpheus hier irgendwie gelinkt wird. Ich meine, wer würde denn bitte dem Herrn der Unterwelt über den Weg trauen? Aber mein Dad meinte, es sei die absolut perfekte Sage, weil sie eine fundamentale menschliche Schwäche thematisiert: Wir schauen alle zurück.

Als ich es tat, sah ich, dass dieses Mädchen mit den silbernen Haaren an seinen Platz zurückgekehrt war. Obwohl ihre Handtasche offen stand und die Hälfte des Inhalts auf dem Tischtuch verstreut lag, schrie sie nicht, weinte nicht und rannte nicht auf der Suche nach dem Täter herum. Warum? Weil sie von etwas anderem abgelenkt war. Wovon? Nun, von meinem Notizbuch natürlich! Ich hatte es zurückgelassen, als ich mit all dem Geld abgehauen war. Darin standen mein Name, meine E-Mail-Adresse und eine unglaublich peinliche Geschichte, die ich soeben geschrieben hatte: »Das schönste Mädchen im Königreich«. Und sie war auch schon dabei, sie zu lesen.

GESCHICHTE NR. 1

DAS SCHÖNSTE MÄDCHEN IM KÖNIGREICH

ES WAR EINMAL IN EINEM LAND NAMENS AGERASIA, da lebte ein junger Fassmacher mit seiner Frau. Die beiden waren erst seit ein paar Monaten verheiratet, doch die Frau war bereits schwanger. Der Fassmacher hoffte auf einen Jungen, der später bei ihm in die Lehre gehen und eines Tages seine Werkstatt erben würde. Doch als es so weit war, gebar seine Frau ein lebhaftes Mädchen mit Haaren in der Farbe von Sonnenschein. Sie gaben ihr den Namen Gilda.

»Tja, jedem kann einmal ein Fehler passieren«, sagte der Fassmacher.

Bald war ein zweites Kind unterwegs. Diesmal war der Mann schon beharrlicher. »Frau, du musst mir unbedingt einen Jungen gebären.« Doch seine ungehörige Frau brachte noch ein Mädchen zur Welt. Ihr Haar besaß die Farbe von Kupfer bei Kerzenschein, und so erhielt sie den Namen Cypria.

»Also weißt du«, sagte der Fassmacher, »ein Mädchen zu

bekommen, mag ja noch als Pech durchgehen. Zwei zu kriegen, erscheint mir schon wie Fahrlässigkeit.« Zur Strafe schlug er seiner Frau mit einem gebogenen Stück Fassholz auf den Bauch.

Bald danach wurde sie zum dritten Mal schwanger. Der Fassmacher war zwar kein besonders frommer Mann, doch er verbrachte alle freien Stunden im Tempel und flehte die Götter an, ihm doch endlich einen Sohn zu schenken. Nach nur sechs Monaten setzten bei seiner Frau die Wehen ein. Drei Tage und drei Nächte lag sie zu Bett, schnaufte wie ein Blasebalg und gebar schließlich eine Kreatur, die winzig, faltig und violett war, sodass sie an eine Rosine erinnerte. Ihr Haar war silbern und so fein wie eine Staubschicht. Die Frau des Fassmachers warf nur einen Blick auf das Kind, sagte: »Es tut mir leid«, und starb.

Die Hebamme war sicher, das Mädchen werde die Nacht nicht überleben, also machte der Vater sich nicht die Mühe, ihm einen Namen zu geben. Doch das Mädchen überstand diese Nacht und auch die nächste und die übernächste. Es begann, zuzunehmen, sodass die Hebamme meinte, die Gefahr sei vorüber.

Trotzdem weigerte sich der Fassmacher, dem Kind einen Namen zu geben. Denn er hasste es, weil es im Gegensatz zu seiner Frau überlebt hatte und er nun niemals einen Sohn haben würde.

Die Jahre vergingen. Cypria und Gilda waren glückliche, gesellige Kinder. Doch ihre Schwester mit dem Silberhaar, die der Vater ständig schlug und ausschimpfte und die alle schweren Arbeiten im Haushalt verrichten musste, wurde kalt und unnahbar. Sie begann erst mit fünf zu sprechen und selbst dann nur, um ihren Schwestern zu sagen, sie sollten den Mund halten, damit sie nachdenken könne. Ihr Haar war inzwischen lang und füllig, doch es blieb silbern. Hinter ihrem Rücken wurde im Ort getuschelt, ein böser Geist sei in ihren Körper gefahren, weil der Vater ihr keinen Namen gegeben habe. Wenn sie vorbeigegangen war, spuckten die Leute in den Staub, weil das böse Geister fernhalten sollte.

Am vierzehnten Geburtstag des Mädchens mit dem Silberhaar verstarb plötzlich der König von Agerasia. Gerüchte besagten, dafür sei sein Sohn, der Kronprinz, verantwortlich. Er hatte seinen Vater dafür gehasst, dass er ihn mit der Prinzessin eines Nachbarlandes verheiratet hatte. Dieses Mädchen war nämlich so fett, dass ein besonderer Thron angefertigt werden musste, auf dem ihr unförmiger Leib Platz fand.

Nicht lange nachdem der Prinz selbst König geworden war, kursierte in Agerasia ein Buch mit Spottversen. Es trug den Titel: »Die kugelrunde Königin«, und das einzige Thema war die Leibesfülle der Monarchin. (So hieß ein Vers: »Einer Dame von Adel so dick wie ein Wal, war das Bad in der Wanne stets eine Qual. Als Königin in der Hochzeitsnacht gab sie kurz nicht Acht und zerquetschte ihren armen Gemahl.«) Als der König von dem Büchlein erfuhr, wurde er so wütend, dass er sofort befahl, seine Soldaten sollten ins ganze Reich ausschwärmen und nach Mädchen zwischen zwölf und achtzehn Jahren suchen.

»Wenn das Mädchen schön ist, tötet es auf der Stelle«, verlangte er, »bis meine Königin das schönste Mädchen im Königreich ist.«

Die Soldaten taten, wie ihnen geheißen, und trieben Schönheiten zusammen wie Vieh für den Schlachter. Es dauerte nicht lange, da kamen Soldaten auch in das Dorf, wo der Fassmacher mit seinen drei Töchtern lebte.

Rasch gab er Gilda und Cypria alte Kleider seiner verstorbenen Frau und malte ihnen mit einem Kohlestückchen Falten in die Gesichter. Dann schickte er sie in ihre winzigen, fensterlosen Kammern und hoffte, ihr wahres Alter würde nicht erkannt.

Das Mädchen mit dem silbernen Haar besaß keine eigene Kammer – nachts schlief es auf einer mit Stroh gefüllten Pritsche in der Werkstatt des Vaters. Also konnte es sich auch nirgends verstecken. Ihr Vater machte nicht den geringsten Versuch, sie zu tarnen.

»Setz Tee für den Soldaten des Königs auf«, sagte er. »Und zwar schnell.«

Das Mädchen gehorchte. Wenige Minuten später stürmte ein junger Soldat ins Haus.

»Wer wohnt hier?«, fragte er.

»Nur ich und meine alten Tanten«, sagte der Fassmacher.

»Ist das die Wahrheit?«

Als Erstes riss der Soldat Gildas Kammertür auf. Das Mädchen saß in einem Schaukelstuhl, stopfte Socken und zitterte vor Angst.

»Wer bist du?«, herrschte der Soldat sie an.

»Nur eine alte Frau«, sagte Gilda. Doch der Mann hörte die frische Jugendlichkeit in ihrer Stimme.

»Runter mit der Haube«, befahl er.

Gilda wusste, es würde ihr Ende sein, wenn der Soldat ihre

honigblonden Locken erblickte, also sprang sie auf und zückte eine Stricknadel wie einen Dolch. Doch der Soldat war schneller und schlug ihr mit einem sauberen Hieb den Kopf ab.

Danach betrat er Cyprias Kammer.

»Wer ist da?«, fragte Cypria, als sei sie eine Greisin, die gerade aus ihrem Mittagsschlaf aufwache.

»Ein Vertreter deines Königs«, herrschte der Soldat sie an. »Wer bist du?«

»Nur ein altes Weib«, sagte Cypria. Doch der Soldat hörte die frische Jugendlichkeit auch in ihrer Stimme.

»Runter mit der Haube!«

Cypria war ein schlaues Mädchen und hatte sich das Haar, bevor sie in ihre Kammer ging, mit Mehl bestäubt. Leider hatte sie jedoch ihre Augenbrauen vergessen, die nun wie zwei Bronzefäden in ihrem Gesicht schimmerten. Ein Wolke Mehlstaub erhob sich, als ihr abgeschlagener Kopf zu Boden fiel.

Als er in die Küche zurückkam, bemerkte der Soldat das Mädchen mit den Silberhaaren, das gerade den Tee aufgoss.

»Und wer bist du?«, fragte er.

Das Mädchen antwortete nicht.

»Sie hat keinen Namen«, erklärte der Fassmacher.

»Ach, nein? Nimm deine Haube ab, Frau.«

Das Mädchen tat, wie ihm geheißen, und die Flut ihrer platinblonden Strähnen fiel ihr über die Schultern. Der Soldat trat näher heran und kontrollierte ihre Brauen und Wimpern, die ebenso silbern waren. Schließlich schaute er in ihre Augen, und die Traurigkeit, die er darin erblickte, war so abgrundtief und uralt wie das Meer.

Zufrieden zog er sein Schwert und stieß es dem Fassmacher in den Bauch. »Du hast mich belogen«, sagte er. »Du hast nur eine alte Tante.«

»Wollt Ihr eine Tasse Tee, bevor Ihr geht?«, fragte das silberhaarige Mädchen. Sie fürchtete nicht, dass er Jugendlichkeit aus ihrer Stimme heraushören würde, denn sie war niemals wirklich jung gewesen.

»Nein, danke, Madame«, sagte der Soldat und ging.

Da begrub das Mädchen mit dem Silberhaar ihre Schwestern und den Vater im Garten. Danach lebte sie für den Rest ihres langen Lebens als das schönste Mädchen im Königreich.

EINFACHE FRAGEN

EINE SACHE IN MEINER GESCHICHTE STIMMTE. AUS der Nähe konnte ich die überraschende Augenfarbe des Mädchens mit dem Silberhaar erkennen: grau-grün, ozeanisch. Die Lippen ihres herzförmigen Mundes waren gespitzt. Nachdem sie zu Ende gelesen hatte, schaute sie auf und schien nicht im Geringsten erstaunt darüber, dass ich ihr gegenübersaß.

»Platin und Silber haben nicht die gleiche Farbe«, sagte sie. »Platin ist weißer.«

Ich legte den Packen Geldscheine zwischen uns und deutete auf mein Notizbuch.

»Schlägst du mir etwa einen Handel vor?«, fragte sie und klang dabei so amüsiert, als mache es ihr nicht das Geringste aus, dass ich sie soeben ausgeraubt hatte. Ich nickte. Daraufhin schloss sie das Notizbuch und presste es an ihre Brust. »Danke, aber ich behalte lieber die Geschichte. Schon immer glaube ich an die Förderung der schönen Künste.«

In diesem Moment kehrte der Kellner an unseren Tisch zurück.

»Sir, Sie sind gegangen, ohne Ihren Kaffee zu bezahlen.«

Ich lächelte, weil es etwas Lächerliches an sich hatte, die Zeche von fünf Mäusen zu prellen, wo ich vorhin fast mit fünftausend abgezogen wäre.

»Finden Sie das witzig?«, erkundigte sich der Kellner.

Eine weitere tolle Sache an Hotels ist die Tatsache, dass man praktisch unmöglich Ärger kriegen kann. Alle halten einen für einen Gast, was bedeutet, dass man Tourist und damit höchstwahrscheinlich ein Idiot ist. Ertappt einen jemand dabei, dass man sich an einem Ort rumtreibt, wo man nichts zu suchen hat, braucht man nur ein total verwirrtes Gesicht aufsetzen, quasi als sei man soeben im Körper eines anderen Menschen aufgewacht. Wegen meiner speziellen Verfassung ist das ein bisschen schwieriger, aber ich habe gelernt, mich zu arrangieren. Also hole ich das alte Notizbüchlein hervor und schreibe so was wie: *Ich suche nach das Badezimmer* oder *Können Sie mir sagen, wo ist Golden Gate Bridge?* Oder auch den Klassiker: *No hablo ingles.* Ich wette, ich könnte auch mitten in der Nacht im Hotelzimmer von irgendeinem Typen erwischt werden, während ich mich, nur mit einer Badehose bekleidet und ein Schlachtermesser wetzend, übers Bett beuge, und wahrscheinlich ungeschoren davonkommen.

Der Kellner, der seinen Beruf sehr ernst zu nehmen schien, wartete immer noch auf meine Antwort.

So lässig wie nur möglich blätterte ich einen der Scheine vom Stapel, genau wie das Mädchen es ein paar Minuten zuvor getan hatte, und hielt ihn ihm hin. Kurz war der Kellner hin und her gerissen zwischen seinem Bedürfnis, angepisst zu sein, und seinem Wunsch nach weiteren hundert Dollar. Er traf die richtige Entscheidung.

»Das war mal ein kostspieliges Frühstück«, sagte das Mädchen, nachdem der Kellner gegangen war. Daraufhin schob ich den Packen Bargeld in ihre Richtung, doch sie schob ihn sogleich wieder zurück.

»Noch nicht. Ich habe ein paar Fragen an dich. Wurde diese Geschichte über mich geschrieben?«

Ich zuckte mit den Achseln.

»Ja oder nein?«

Ich zuckte noch mal, was mir einen leicht finsteren Blick einbrachte, der das Mädchen *noch* hübscher aussehen ließ. Ihre blassen Wangen erblühten, was wiederum ihre Wangenknochen betonte. Meine Fresse, war sie hübsch.

»Es ist sehr ungezogen, einfache Fragen nicht zu beantworten«, sagte sie.

Ich deutete auf mein Notizbuch, aber sie gab es mir immer noch nicht, also holte ich meinen Stift raus und schrieb *Ich kann nicht* auf meine Handfläche.

Dann vollendete ich den Gedanken, indem ich in winzigen Buchstaben direkt drunterkritzelte: *Fühlst du dich jetzt nicht wie eine Idiotin?*

MEIN ERSTER TERMIN BEI DR. MILTON

DR. MILTON HATTE EIN GROSSES FOTO VON EINER Banane über seinem Schreibtisch hängen. Er ertappte mich dabei, wie ich es anstarrte, als ich das erste Mal in seinem Büro saß. Damals war ich zwölf Jahre alt.

»Das hing schon dort, als ich hier eingezogen bin«, sagte er. »Vielleicht war der Mensch, der vorher hier gearbeitet hat, ein Gorilla.«

Ich mochte ihn. Er hatte einen Bart, der sein ganzes Gesicht umgab wie eine Löwenmähne. Außerdem trug er die gleiche Brille wie mein Vater bei der Arbeit – ein schmales schwarzes, eckiges Gestell.

»Parker, weißt du, was Bazillen sind?«, fragte er.

Er ließ mich meine Antwort mit einem dicken roten Filzer, der süßlich giftig roch, auf einen großen gelben Block schreiben. Den Block habe ich sogar noch irgendwo in meinem Zimmer.

Die machen einen krank, schrieb ich.

»Das stimmt. Bazillen sind winzig kleine Dinger, die in deinen Körper eindringen und dich krank machen. Aber es gibt auch Krankheiten, die nichts mit Bazillen zu tun haben, weil sie gar nicht den Körper betreffen. Dein Verstand kann auch krank werden.«

Wenn man verrückt ist.

Dr. Milton lachte ein echtes Lachen (nach meinen Schätzungen sind etwa 80 Prozent aller Lacher künstlich), was mir gefiel. »Also niemand nennt hier irgendjemand *verrückt*, Parker. Aber du verstehst, warum deine Mom sich Sorgen macht, oder?«

Das verstand ich. Und zwar weil ich mich seit dem Unfall, der jetzt sechs Monate zurücklag, weigerte, zur Schule zu gehen. Weil ich jedesmal einen stummen Wutanfall kriegte, wenn sie vorschlug, ich solle das Haus verlassen. So, als wäre rauszugehen das Ende der Welt. Ach ja, und dann noch die Sache mit dem »nicht sprechen«.

Weil ich nicht reden kann, schrieb ich.

»Ich bin noch nicht überzeugt davon, dass du nicht reden kannst. Genauer gesagt möchte ich versuchen, dich davon zu überzeugen, dass du es kannst. Möchtest du ein Spiel spielen?«

Okay.

Dr. Milton holte einen Stapel weißer Karten mit seltsamen Klecksen drauf hervor. Später erfuhr ich, dass man so etwas *Rorschachtest* nennt.

»Was siehst du hier?«, fragte er.

Ich sah genau hin und versuchte zu erraten, was er wollte, dass ich sah. Denn ich war alt genug, um zu wissen, dass dies hier überhaupt kein Spiel, sondern ein Test war. *Eine Ninja-Turtle, die auf einer Fledermaus steht*, schrieb ich. Als ich

Dr. Miltons erwartungsvolle Miene bemerkte, fügte ich noch hinzu: *Und einen Pandabären. Mit ein paar Schafen.*

»Macht irgendeins von diesen Tieren dir Angst?«

Nein.

»Sehen sie aus, als würden sie sich bewegen?«

Nein.

»Was ist mit dem hier?«

Er hielt eine andere Karte hoch.

Das ist unheimlich.

»Macht es dir Angst?«

Es sieht aus wie ein Meeresungeheuer.

Er zeigte mir noch mehr Karten – ein weiteres Meeresungeheuer (diesmal eins mit Tintenfischarmen), einen o-beinigen Cowboy, der auf einem Esel aus Metall ritt, ein Blumenfeld –, und dann ging er sie alle noch mal durch. Schließlich sollte ich sie sortieren: vom eindeutigsten bis zum undeutlichsten Bild.

»Das gefällt dir, was?«, fragte Dr. Milton.

Ist okay.

»Du bist gern kreativ.«

Ich schätze schon.

»Möchtest du mal was schreiben, so wie dein Dad es getan hat?«

Ich schüttelte den Kopf.

»Warum nicht?«

Dad war nicht glücklich.

»Woher weißt du das?«

Ich dachte eine Weile darüber nach, aber mir fiel keine gute Antwort darauf ein. Ich wusste es einfach. Meiner Meinung nach haben Kinder einen Riecher für Glücksgefühle, aber wenn sie älter werden, geht ihnen dieses Gespür verloren. Das muss auch so sein. Sonst würden sie merken, wie unglücklich alle sind und könnten selbst niemals glücklich sein.

Keine Ahnung.

»Bist *du* glücklich, Parker?«

Das war auch eine knifflige Frage. Ich schaute zu der Banane hoch, die an beiden Enden nach oben gebogen war. Wie ein großes gelbes Lächeln. Das weckte in mir das Bedürfnis zu weinen. Also weinte ich.

Dr. Milton stellte an diesem Tag keine Diagnose. Es sollte noch ein paar Monate dauern, bis wir anfingen, meine Probleme bei ihren richtigen Namen zu nennen – komplizierte Trauerstörung, traumainduzierte psychogene Aphonie, Sozialphobie. Er gab mir allerdings ein Projekt. Dazu erklärte er mir, der Grund, warum ich das Haus nicht verlassen wolle, sei vermutlich, dass ich mein Leben ohne meinen Vater dort nicht fortsetzen wolle. Er sagte, deshalb solle ich anfangen, Tagebuch zu schreiben, um alles festzuhalten, was ich im Laufe des Tages so mache, als würde ich Briefe an meinen Dad schreiben. Die Idee kam mir zwar ziemlich blöd vor, aber sie funktionierte. Innerhalb weniger Monate hatte ich keine Angst mehr, vor die Tür zu gehen. Und noch ein paar Monate später war ich auch bereit, wieder die Schule zu besuchen. Natürlich sollte diese Tagebuchsache keine Dauerlösung sein – eher so ein kleiner Zwischenstopp auf der transkontinentalen Bahnfahrt zurück zur seelischen Gesundheit. Nur dass mein Zug irgendwie nie mehr richtig losrollte.

Dr. Milton sagte, die einzige Möglichkeit, meine Sprechstörung zu beheben, wäre die Therapie bei einem Spezialisten. Deshalb schickte er mich zu Dr. Joondeph. Der gab mir als Hausaufgabe auf, ich solle ein Wort zu summen versuchen. Denn Summen entspannt angeblich die Stimmbänder. Er erklärte mir, es würde besser werden, aber nur, wenn ich mich reinhängte. Es könne bis zur Heilung Monate, vielleicht sogar Jahre dauern.

Dr. Milton besuche ich regelmäßig – einmal wöchentlich, seit inzwischen fast sechs Jahren. Doch ich weigerte mich, nach dem ersten Termin wieder zu Dr. Joondeph zu gehen. Seine Übung machte ich nur ein paarmal.

Mom sagt, als ich noch ein kleiner Junge war, pflückte ich gern diese roten Beeren von einem großen Busch im Golden Gate Park. Anscheinend konnte ich dort ganze Nachmittage verbringen, ohne mit irgendwem zu reden. Ich füllte nur ein Eimerchen mit Beeren, trug es zum Efeu rüber, um es auszuleeren, und fing dann wieder von vorne an. Sie erzählt, dass mein Dad das unglaublich fand. »Unser Sohn wird Wanderarbeiter, wenn er mal groß ist!«, soll er gerufen haben.

Das war lange vor dem Unfall, lange bevor »psychogene Aphonie« Teil meines Wortschatzes wurde, aber schon damals bevorzugte ich Tätigkeiten, für die nicht viele Gespräche nötig waren. Es heißt, Gott habe uns zwei Ohren gegeben, aber nur einen Mund, weil das Zuhören doppelt so wichtig ist wie das Reden. Für mich klingt das sehr vernünftig. Aber natürlich hat Gott uns auch zwei Nasenlöcher, ein Popoloch, 32 Zähne und zehn Zehen gegeben. Ich bin mir nicht sicher, was uns das sagen soll. Ich weiß nur, dass mir meine Störung nie wirklich etwas ausgemacht hat. Dr. Milton sagt, vielleicht mag ich sie inzwischen sogar, weil sie so ein großer Teil meiner Persönlichkeit geworden ist. Und es *ist* ja auch ziemlich cool, wenn man nicht von mir erwartet, dass ich jede idiotische Frage eines Lehrers beantworte, über jeden bescheuerten Witz eines Mitschülers lache oder bei Sportereignissen die Nationalhymne mitsinge. Außerdem bin ich ja echt nicht der Einzige mit Problemen. Manchmal kommt es einem vor, als hätte die Hälfte aller Kids in der Schule ADS oder ADHS oder Asperger oder sonst was. Meiner Ansicht nach sind die meisten von denen einfach nur ein bisschen blöd. Ich bin nicht blöd, ich bin bloß etwas beschränkt.

(Das sollte ein Witz sein.)

COMPUTERSPIELE UND INTERNETPORNOGRAFIE

»DU KANNST GAR NICHT SPRECHEN?«, FRAGTE DAS Mädchen mit den silbernen Haaren.

Ich schüttelte den Kopf.

»Also schreibst du in so was, schätze ich.« Sie schlug die erste Seite meines Notizbuchs auf: *Journal # 105. Bitte an Parker Santé zurückgeben. parkerofsherwood@gmail.com Nicht lesen. Ja, mir ist klar, wie neugierig das macht, aber bitte nicht. Echt jetzt.*

»Heißt das, du hast schon 104 Tagebücher vollgeschrieben?«

Ich nickte und fragte mich, ob sie merkte, dass ich darauf stolz war. Klar, ich war ein Freak, aber wenigstens ein Superfreak. Und ich liebte, wie all diese Tagebücher aufgereiht in einem einzigen Regalfach in meinem Zimmer aussahen. Das war mein Pfad durch die Zeit, dem man folgen konnte. Eine Spur aus Brotkrumen, angefangen an jenem ersten Tag in Dr. Miltons Praxis bis in die Gegenwart. Ich hatte mich darin quasi selbst archiviert – in meinen ganz privaten Horkruxen.

»Ich vermute, dir bleibt eigentlich gar nichts anderes übrig, oder?«, sagte das Mädchen. »Wir haben doch alle Dinge, die uns auf der Seele liegen. Die meisten Leute reden einfach und reden immer weiter, bis keiner mehr zum Zuhören da ist. Und du redest mit deinen Tagebüchern. Das ist ja quasi poetisch.«

»Quasi-Poet« steht auf all meinen Visitenkarten, schrieb ich.

Das Mädchen lächelte. Es war das erste Mal und aus irgendeinem Grund erinnerte es mich an das Bananenbild in Dr. Miltons Praxis, das mich zum Weinen gebracht hatte. »Wie alt bist du, Parker Santé?«

Ich hielt erst zehn Finger hoch, dann sieben.

»Siebzehn? Was für ein furchtbares Alter. Ich wette, du verbringst den Großteil deiner Zeit mit Computerspielen und dem Ansehen von Pornografie im Internet.«

Leute, die sprechen können, wissen das nicht, aber es ist viel schwerer zu lügen, wenn man keine Worte benutzen kann. Der Verstand mag ja betrügerische Absichten haben, aber der Körper ist ein Pfadfinder – ständig versucht er, deine Geheimnisse zu verraten. Ich setzte ein Gesicht auf, von dem ich hoffte, dass es Kränkung und Zurückweisung zugleich ausdrückte. Das Mädchen fiel keine Sekunde lang drauf rein.

»Schmuddelige Händchen eines Siebzehnjährigen. Abstoßend.«

Bist du überhaupt älter als ich?

»Für Mädchen vergeht die Zeit anders«, sagte sie abwehrend und winkte dann einen gerade vorbeigehenden Kellner heran. »Garçon? Noch zwei Kaffee, wenn Sie so freundlich wären. Aber dalli.«

Ich sah sie belustigt an, denn mal ehrlich, wer zum Teufel redet denn so? Das erinnerte mich daran, wie Mr Bear, mein Geschichtslehrer, eine Hausarbeit, die ich geschrieben hatte, *anachronistisch* genannt hatte. Das bedeutete, die darin geschilderte Zeit wäre nicht korrekt beschrieben. (Zu seiner Verteidigung muss ich sagen, dass ich tatsächlich eine fiktive Version des Amerikanischen Bürgerkriegs geliefert hatte, mit einer Menge konföderierter Androiden mit Laserflinten und ohne Lektüre der aufgegebenen fachbezogenen Texte.) Zu dem Mädchen mit den Silberhaaren passte dieser Begriff jedenfalls perfekt. Sie wirkte nicht wie ein normaler Teenager – eher wie eine Mischung aus Alien und zu Hause unterrichtetem Kind. Oder vielleicht war sie auch einfach nur viel älter, als sie aussah. In meinem Chemiekurs gab es ein Mädchen namens Laura, die halb Holländerin, halb Sioux war und Hände hatte, die echt auch einer alten Frau hätten gehören können: wettergegerbt, dunkel wie altes Leder, von Falten durchzogen. Eigentlich der Traum jedes Handlesers. Das silberhaarige Mädchen war auch ein bisschen so, nur dass nicht ihre Hände, sondern ihre ganze Persönlichkeit irgendwie zu alt wirkten.

»Dann erzähl mir doch mal, Parker Santé, was dich bewogen hat, in deinen kurzen, elenden siebzehn Jahren auf diesem Planeten einhundertvier und ein halbes Notizbuch zu füllen?«

Normalerweise beantwortete ich diese Frage nicht ehrlich, aber ich wollte dem Mädchen irgendwas an den Kopf knallen, das ihre scheinbar unerschütterliche Haltung ins Wanken brachte.

Ich habe aufgehört zu reden, nachdem mein Dad gestorben war, schrieb ich und machte mich auf dieselbe Antwort darauf gefasst, die alle gaben.

»Was für eine bemerkenswert törichte Reaktion.«

Das war nicht das, was ich normalerweise zu hören bekam.

»Tut mir leid, wenn das hart klingt, Parker, aber was hat der Tod deines Vaters mit etwas zu tun, das – du musst wieder entschuldigen, wenn das heftig rüberkommt – fast nach einer gestörten Grafomanie klingt. Mein Vater starb, und ich habe nie ein einziges Wort darüber geschrieben.«

Mein Therapeut meinte, es könnte helfen, zumindest bis meine Stimme wiederkommen würde. Aber sie kam nie wieder, weil ich mich weigerte, zur Sprechtherapie zu gehen.

»Warum das denn bloß?«

Bevor ich darauf antworten konnte, kam der Kellner mit zwei Kaffees. Das Mädchen goss sich Sahne dazu und ließ auch noch einen großen Brocken braunen Zucker in ihre Tasse plumpsen. Bevor sie mit meiner das Gleiche anstellen konnte, hielt ich gerade noch rechtzeitig eine Hand darüber.

»Wirklich?«, fragte sie. »Ich habe noch nie verstanden, warum Leute ihren Kaffee schwarz trinken. Ist das Leben nicht auch so schon bitter genug?«

Genau das mag ich daran. Das Leben hat keinen Zuckerguss. Warum sollte Kaffee gezuckert sein?

»Das ist die erste vernünftige Äußerung von dir, Parker Santé. Prost.« Wir stießen mit unseren Tassen an. »Aber wir sprachen ja gerade von deinem seltsamen Zustand. Du weigerst dich, zur Sprechtherapie zu gehen, stattdessen raubst du unschuldige Fremde in Hotels aus. Sehe ich das so ungefähr richtig?«

Unschuldige Leute tragen normalerweise keine fetten Packen Hunderter in ihrer Handtasche mit sich rum.

»Dann bin ich die Ausnahme, die die Regel bestätigt. Dieses Geld ist alles, was ich noch besitze.«

Echt jetzt?

Das Mädchen nickte.

Dann solltest du es wohl auf die Bank oder so bringen.

»Aber von da habe ich es ja gerade geholt.«

Warum?

Das Mädchen starrte mich ein paar Sekunden lang an, als wäge es seine Möglichkeiten ab. Dann öffnete sie ihre Handtasche und holte ein Mobiltelefon heraus. Das legte sie zwischen uns auf das weiße Tischtuch. »Ich warte auf einen Anruf. Und wenn der kommt, werde ich dieses Geld dem ersten bedürftigen Menschen geben, den ich sehe. Danach nehme ich die Straßenbahn zur Golden Gate Bridge und springe hinunter.«

Wenn einem jemand so was erzählt, denkt man automatisch, das wäre Blödsinn, aber dieses Mädchen brachte das echt überzeugend rüber. Ich meine, es kam mir nicht gelogen vor oder wie ein Hilferuf oder ein Scherz. Sie stellte es einfach fest wie eine schlichte, nicht zu leugnende Tatsache. Also auch wenn ich ihr nicht wirklich glaubte, dass sie es machen würde, glaubte ich schon, dass sie es selbst glaubte.

Das Hotel Palace ist ganz schön weit weg von der Golden Gate Bridge, schrieb ich. *Warum also hier warten?*

»Weil ich genau in diesem Saal jemanden kennengelernt habe, der für mich sehr wichtig geworden ist. Sein Name war Nathaniel. Ich arbeitete damals als Kellnerin hier, und er fragte mich, warum ich nicht in der Schule sei –« Plötzlich schien ihr etwas einzufallen. »Moment mal. Ist heute keine Schule?«

Erzähl deine Geschichte zu Ende. Du warst also Kellnerin hier? Wie alt bist du denn?

»Beantworte meine Frage, Parker.«

Beantworte du meine.

»Ich habe zuerst gefragt.«

Na schön! schrieb ich und unterstrich die Worte, um meine Verärgerung zu betonen. *Ja, heute ist Schule.*

»Warum bist du dann nicht in der Schule?«

Ich schwänze. Das mache ich dauernd. Dann fügte ich als Reaktion auf ihre entsetzte Miene noch hinzu: *Es ist Halloween!*

»Halloween ist aber kein Feiertag, Parker Santé. Und wenn du dauernd schwänzt, wie willst du es dann aufs College schaffen?«

Ihre Stimme hatte so einen tadelnden Unterton, der mir nicht gefiel und den ich überhaupt nicht verstand. Was kümmerte es sie, ob ich die Schule schwänzte? Ich konnte ihr doch vollkommen egal sein.

Will ich nicht. Ich hab einen Strafregistereintrag und beschissene Noten. Kein College würde mich nehmen. Außerdem hab ich inzwischen quasi schon mit der Schule abgeschlossen.

»Aber das ist lächerlich. Dieses kleine Märchen, das du für mich geschrieben hast, war hübsch. Du solltest weiter schreiben.«

Daraufhin rollte ich die Augen so heftig, dass mein ganzer Kopf in Bewegung kam.

»Hey!« Sie streckte die Hand aus und legte sie auf meinen Arm. Ich spürte, wie die Härchen sich sträubten, und hoffte, sie würde es nicht merken. »Ich werde dir nicht erlauben, dein Leben zu vergeuden.«

Du kennst mich doch nicht mal.

»Und wenn schon.«

Na schön, dann machen wir einen Deal. Ich werde aufs College gehen, wenn du nicht von der Golden Gate Bridge springst.

»Das ist nicht …« Sie nahm ihre Hand weg und hinterließ eine kühle Stelle auf meinem Arm. »Das ist nicht dasselbe.«

Warum nicht?

»Weil ich mir das Recht auf Verbitterung verdient habe.«

Ich auch.

Wir starrten uns über den Tisch hinweg an. Irgendwas an der Unterhaltung, die mir zumindest wie Flirten mit einem Flirtversuch vorgekommen war, hatte sich in etwas Ernsteres verwandelt.

»Junge Leute empfinden Dinge nicht so tief, oder?«, sagte sie leise, fast wie zu sich selbst. »Ihnen passiert alles noch zum ersten Mal.«

Ich war mir nicht sicher, wie ich darauf reagieren sollte, aber das Mädchen ergriff wieder das Wort, bevor ich die Gelegenheit dazu hatte.

»Na gut, Parker Santé«, sagte sie. »Ich habe eine Entscheidung getroffen. Du wirst mein bedürftiger Mensch sein.«

Was?

»Du wirst mein bedürftiger Mensch sein. Der Empfänger meiner Barschaft.«

Ich brauchte eine Sekunde, um zu kapieren, was sie damit meinte. *Moment mal, du meinst, du willst mir das ganze Geld schenken?*

»Nicht schenken. Gott weiß, für was für einen Blödsinn du es verpulvern würdest. Wir werden es deshalb zusammen ausgeben.«

Alles?

»Bis zum letzten Cent. Und im Gegenzug musst du mir versprechen, dass du dich fürs College bewerben *und* dann auch hingehen wirst. Abgemacht?«

Sie streckte mir die Hand hin, damit ich einschlug.

WAS ICH ÜBER DIE LIEBE WEISS

MIT DER LIEBE IST ES DOCH EIN BISSCHEN WIE MIT den Genen – klar spielt der Zufall auch eine Rolle, aber letztendlich kommt man wahrscheinlich nach seinen Eltern.

Meine Mom und mein Dad haben sich geliebt. So viel weiß ich. Aber das ist vermutlich auch schon das Beste, was man über sie sagen kann. Sie liebten sich so wie das Meer die Küste – an der es nagt, Stück für Stück, Tag für Tag. Sie liebten sich wie die Sonne, die Pflanzen wachsen lässt, dann die Blätter verbrennt und alle Feuchtigkeit aus der Erde zieht, bis sie hart und ausgedörrt ist. Sie liebten sich wie die Tauben die Bronzestatue, die sie komplett zuscheißen.

Anfang der Neunziger kam mein Vater aus Kolumbien in die Vereinigten Staaten. Damals hatte er dieses angesehene Stipendium ergattert, um an der Universität von San Francisco Medizin zu studieren, doch er machte den Abschluss nie. Ohne dass seine Familie zu Hause davon wusste, fing er an, am California College of the Arts Kurse in Kreativem Schreiben zu belegen. Schließlich warf er das Medizinstudium komplett hin, um nur noch zu schreiben. Für seinen ersten Roman, einen trivialen Science-Fiction-Roman, brauchte er drei Jahre. Er verkaufte gerade genügend Exemplare davon, um sich einen gebrauchten Toyota Tercel anzuschaffen und einen Lehrauftrag am College zu ergattern. Meine Mom studierte dort Lyrik und Spanisch. In einer Bar im Mission District lernten sie sich kennen. Zwei Jahre später waren sie verheiratet und hatten ein kleines fettes Baby namens Parker. Alles, woran ich mich in Bezug auf die beiden als Paar erinnere, ist eine ständige Angst, wie man sie in einem Horrorfilm spürt, wenn die Heldin zum ersten Mal das Spukhaus betritt und man weiß, dass bald irgendwas Schlimmes passieren wird.

Was ich damit sagen will? Dass ich von meinen Eltern über Liebe quasi nur gelernt habe, dass sie was Furchtbares ist.

Aus eigener Erfahrung weiß ich aus naheliegenden Gründen noch weniger. Denn es ist ziemlich schwierig, ein Mädchen für sich zu gewinnen, wenn man nicht reden kann. Mein Dad hat meine Mom mit Neruda rumgekriegt. (Inzwischen besitze ich seine zweisprachige Ausgabe der Liebesgedichte: *Para que tú me oigas – mis palabras – se adelgazan a veces – como las huellas de las gaviotas en las playas.* Damit du mich erhörst, machen sich meine Worte manchmal so zart wie die Spuren der Möwen auf dem Strand.) Aber das Aufsagen von Liebesgedichten verhält sich zum Aufschreiben ungefähr so wie eine Schachtel Pralinen zu einer Dose mit getrockneten Brotwürfeln. Eigentlich unvergleichlich.

Was konnte ich also schon über die Liebe wissen? Definitiv hielt ich mich nicht für verliebt oder so. Schließlich hatte ich dieses Mädchen ja erst vor ein paar Minuten kennengelernt. Ich wusste nur, dass ich schon aus geringerem Anlass viel größere Lügen von mir gegeben hatte. Wenn die Alternative zum Lügen hieß, sie nie wiederzusehen, dann hätte ich ihr auch versprochen, hundert Colleges zu besuchen.

Also streckte ich meine Hand über den Tisch und schüttelte ihre.

»Gut«, sagte sie. »Das wäre abgemacht. Ich bin übrigens Zelda.« Damit steckte sie den Packen Scheine zurück in ihre Handtasche und erhob sich. »Jetzt klapp dieses alberne Notizbuch zu, Parker. Wir gehen einkaufen.«

FOREVER 21

WIE DIE MEISTEN MENSCHEN MIT VERSTAND HASSE ich Shoppingmalls schon immer. Und dabei geht es mir nicht nur um so verrückte Spezialgeschäfte wie *Rasierkunst* oder die unfassbaren Preise für diese elend hässlichen Karomusterklamotten von Burberry (welcher Psychopath blättert denn bitte neunhundert Dollar für einen Schal hin?) oder die Tatsache, dass ein ganzes Gebäude nach dem rätselhaften toxischen Müll stinkt, den sie in *Cinnabons* oder *Wetzel's Pretzels* verbacken, oder um die nervtötende Lautstärke der Musik, die wie akustisches Abwasser aus *Abercrombie & Fitch* raussprudelt. Nein, richtig fertig machen mich die Leute. Das für Mindestlohn arbeitende Personal, das zur Hälfte aus hormongesteuerten schmollenden Teenagern (wie mir) besteht und zur Hälfte aus verbitterten Erwachsenen, die ihre wirtschaftliche Lage zurück auf den Arbeitsmarkt gezwungen hat (wie meine Mom). Es ist das Zusammentreffen übelriechender Skater-Punks, blondierter Cheerleader, testosterongesteuerter Sportskanonen, glücklicher Paare (seltener als gutes Sushi), unglücklicher Paare (so verbreitet wie eine Erkältung), heulender Babys und deren mieser

Eltern, die sich nie die Mühe machen, sie aus ihren Buggys zu heben.

Außerdem ist es wegen der ganzen Kameras unmöglich, in einer Mall jemand zu beklauen.

Zelda schien meine grundsätzliche Verachtung für Malls zu teilen, aber anstatt von dem krassen Konsumdenken und der geistlosen Angepasstheit deprimiert zu sein, fand sie das Ganze super.

»Schau dir den Laden an!«, sagte sie, zeigte auf eine Filiale von *Lids* und lachte ein verächtliches klitzekleines Lachen. »Gibt es da nichts anderes als Baseballkappen? Mein Gott, deine Generation kauft tatsächlich alles, wo ein Logo drauf ist.« Sie drehte sich um und entdeckte vier Punker, die Burger von *McDonald's* verschlangen. »Und was ist mit diesen Jungs hier? Alle rausgeputzt wie Rebellen, aber sie geben ihr Geld bei der größten multinationalen Firma der Welt aus.« Aufgeregt wie ein kleines Kind in Disneyland ergriff sie meine Hand. »Du musst mich genauso behandeln wie einen Teenager, ja?«

Ich nickte, obwohl ich nicht die geringste Ahnung davon hatte, was sie meinte. Würde ich sie nicht sowieso wie einen Teenager behandeln, einfach, weil wir Teenager *waren*? Oder hatte ich mit meiner Vermutung bezüglich ihres Heimunterrichts recht und sie hatte selbst nie erlebt, was normale Jugendliche so machten? Oder war es vielleicht noch schlimmer? War sie mit irgendeinem verrückten religiösen Kult aufgewachsen? Das würde die silbernen Haare erklären *und* die Tatsache, dass sie auf der Richterskala für Spinner ungefähr bei 9,2 lag.

»Also was sollen wir als Erstes machen?«, fragte sie.

K-l-a, buchstabierte ich in Zeichensprache.

»Etwas langsamer, bitte.«

Auf der Taxifahrt vom Hotel *Palace* hatte ich Zelda die Buchstaben des Alphabets beigebracht, aber nur, weil sie darum gebettelt hatte. Denn ehrlich gesagt hasse ich Zeichensprache schon immer. Als ich noch auf der Mittelschule war, engagierte meine Mutter diese Privatlehrerin namens Tara. Sie war ein teilweise taubes Mädchen, das immer lange Röcke aus Hanf trug und ein Mandala-Tattoo auf der Schulter hatte. Sie war gar keine schlechte Lehrerin, aber irgendwie nahm sie es persönlich, als ich ihr erklärte, ich wollte nicht Teil der Taubenstummen-Community werden. Ich glaube, sie verstand nicht, dass ich zu überhaupt keiner Community gehören wollte.

K-l-a-m-o-t-t-e-n, buchstabierte ich zu Ende.

»Selbstverständlich«, sagte Zelda. »Aber wo?«

Offensichtlich war ihr nicht klar, dass sie das einen stinknormalen Jungen fragte, der sich heute Morgen nach dem Geruchstest angezogen hatte. (Ärmel Nr. 1? Check. Ärmel Nr. 2? Nicht so guter Check, aber gut genug.) Ich hatte doch keine Ahnung, welche Läden gute Klamotten verkauften. Aber ich wollte sie auch nicht enttäuschen, also marschierte ich los, als wüsste ich genau, wohin. So ziemlich alle anderen Leute in der Mall waren Erwachsene (kein Wunder, denn es war ja gerade mal kurz nach zehn an einem Schultag). Deshalb konnte man sich nicht an der Kundschaft orientieren, um zu sehen, welche Läden richtig cool waren. Gerade als ich aufgeben und zufällig irgendein Geschäft vorschlagen wollte, erblickte Zelda ein Schild und brach in Gelächter aus.

»Das ist ja perfekt! Da müssen wir unbedingt hin.«

Ich nickte und hoffte, so zu wirken, als hätte ich genau das sowieso vorgehabt.

»Vielleicht suche ich mir sogar ein paar Sachen für mich aus, wenn wir schon dabei sind.«

Langsam wanderten wir von Kleiderstange zu Kleiderstange. Zelda schob die Bügel von rechts nach links, als blättere sie die Seiten eines Buchs um. Hin und wieder nahm sie ein Stück heraus, hielt es hoch, sagte dann etwas wie: »Würde mir das stehen?« oder »Ist das nicht scheußlich?«. Ich nickte oder schüttelte den Kopf oder zuckte mit den Schultern – je nachdem, was sie vermeintlich »hören« wollte. So arbeiteten wir uns durch die gesamte Damenabteilung und weiter zu den Herren. Zelda nahm ein blaues Button-down-Hemd vom Bügel und hielt es an meine Brust, als wäre ich eine Anziehpuppe aus Papier.

»Halt das mal fest«, sagte sie und gab mir den Bügel dazu.

Nachdem sie mir mehr Kleidungsstücke aufgeladen hatte, als ich im Kleiderschrank hatte, steuerten wir die Umkleidekabinen an. Ich setzte mich davor auf den Teppichboden, während Zelda anprobierte. Unter der Tür hindurch sah ich, wie das Kleid um ihre Knöchel herabfiel, und fragte mich, was sie wohl täte, wenn ich mich unter der Tür hindurchschieben würde. Am Ende des Flurs, das heißt im eigentlichen Verkaufsraum, warf der Verkäufer einen raschen Blick in unsere Richtung und verschwand dann ebenso schnell wieder. Machte er sich Sorgen, dass wir was stehlen wollten oder dass wir miteinander rummachen würden?

»Was meinst du?«

Zeldas wohlgeformte Beine, glatt und schwarz in Leggings, waren nur Zentimeter von meinem Gesicht entfernt. Oben verschwanden sie unter einem sehr kurzen Lederrock.

K-u-r-z, buchstabierte ich.

»Kleider sind dazu da, deine Vorzüge zu betonen, Parker. Meine Oberweite ist nicht der Rede wert, deshalb muss ich die Aufmerksamkeit auf meine Beine lenken. Normalerweise kleide ich mich nicht so freizügig, aber ich denke mir, jetzt oder nie.«

Es dauerte nicht lange, dann musste ich sozusagen auf den heißen Stuhl. Dieses Spiel hatte ich außer mit meiner Mom noch mit niemandem gespielt. Wenn sie und ich einkaufen gingen, dann suchte ich mir grimmig ein paar T-Shirts oder eine lange Hose aus, sie bestand auf einer kleineren Größe, und das war es dann. Aber Zelda wollte eine Show. Ich kam mit einer engen schwarzen Jeans raus, mit der ich erst wie ein Idiot rumhüpfen musste, um sie über meine Hüften zu kriegen. Sie signalisierte mir, ich solle mich umdrehen. Daraufhin schüttelte ich den Kopf.

»Sei nicht albern, Parker. Ich muss sehen, wie sie sitzt. Bei Jeans geht es immer um die Rückseite.« Ich seufzte stumm und drehte mich um.

»*Da* hast du deine Vorzüge«, sagte sie.

Ich betrachtete mich selbst in dem dreiteiligen Spiegel. Diese Jeans war viel ansehnlicher als die, mit der ich hergekommen war. Meine alte lag zusammengeknüllt auf dem

Boden der Umkleide – ein hellblauer Haufen aus fadenscheinigem Denim und so groß, dass sie mir runterrutschte, wenn ich keinen Gürtel benutzte. Die neue war sauber und gerade geschnitten, irgendwie erwachsener. Ich sah darin größer und sogar ein bisschen dünner aus.

»Hör auf, dich anzustarren, du Narzisst, und probier mal das Hemd mit dem roten Kragen an.«

Wir verbrachten eine gute Stunde in dieser Kabine, obwohl es mir nur wie ein paar Minuten vorkam. Das ist seltsam, aber manche Leute können viel besser reden als andere. Dann kommt es mir vor, als hätte ich eine Unterhaltung geführt, obwohl ich kein Wort gesagt habe. Dr. Milton meint, das hätte mit der Qualität der Aufmerksamkeit des anderen zu tun. Meine Lehrer sind größtenteils ziemlich mies darin. Meine Mom hat gute und schlechte Tage. Aber Zelda war der Champion. Sie füllte Momente des Schweigens, indem sie sich über Leute lustig machte, die den Laden betraten (»Die braucht eher einen Laden, der *Forever 51* heißt, was?«), mit dem Verkaufspersonal plauderte (»Warum ist alles hier *Made in China*? Was ist denn aus der Herstellung in Amerika geworden?«) und mir eine Menge Fragen stellte, die sich mit Ja oder Nein beantworten ließen (das ist am einfachsten, wenn man nicht sprechen kann). Mir fiel schon auf, dass sie mir gar nichts von sich erzählt hatte, aber ich verstand das. Ich war normalerweise auch ziemlich verschlossen. Ehrlich gesagt war Zelda der erste Mensch, mit dem ich über meinen Dad gesprochen hatte, und zwar seit … also … überhaupt.

Als wir mit Anprobieren fertig waren, trug sie unseren

Kleiderstapel zur Kasse. Die Gesamtsumme betrug 614,23 Dollar – für meine Begriffe eine irrwitzige Summe. Aber Zelda blätterte einfach sieben Hunderter hin, als wäre es nur ein bisschen Kleingeld.

»Sei ein Gentleman und trag du die Tüten«, erklärte sie.

Die Stunde, die wir bei Forever 21 verbracht hatten, war für meinen Geschmack schon mehr als genug Shopping, doch Zelda bestand darauf, noch ein paar andere Läden abzulaufen. Dort kaufte sie mir eine Sonnenbrille mit kreisrunden Gläsern (»Genau wie Lennon«, meinte sie), diese verrückte Uhr aus Holz, die genauso viel kostete wie die ganzen Anziehsachen zusammen, und noch ein paar Hemden in einem Laden, wo sogar die Schaufensterpuppen reich aussahen.

Nachdem wir mit Einkaufen fertig waren, ließen wir uns für ein paar Stücke fettiger Pizza im Fressbereich nieder.

»Mein Gott«, seufzte Zelda nach dem ersten Bissen, »das schmeckt genauso köstlich und schrecklich, wie es aussieht.«

Du tust so, als hättest du nie in einer Mall Pizza gegessen, schrieb ich in mein Notizbuch.

»Ich habe die letzten paar Jahre im Ausland verbracht. Da gab es nicht viel Gelegenheit, Einkaufszentren zu besuchen.«

Im Ausland? Echt jetzt?

»Echt jetzt«, bestätigte Zelda.

Na schön, schrieb ich. *Aber jetzt sei mal ehrlich zu mir. Woher hast du die ganze Kohle?*

Zelda tat schockiert. »Fragst du mich etwa über meine Finanzen aus? Wie uncharmant. Ich weigere mich, solche Themen nüchtern zu besprechen.« Sie zog einen Flachmann mit Lederhülle aus ihrer Handtasche und goss etwas daraus in ihr Glas. »Cola ohne Rum, das ist wie Toast ohne Butter – absolut sinnlos.« Mit dem Strohhalm rührte sie um. »Und um deine Frage zu beantworten, ich bin weder reich noch nicht reich. Und zudem spielt das jetzt sowieso keine Rolle mehr.«

Warum?

»Du weißt, warum.«

Ich brauchte eine Sekunde, um zu kapieren, was sie meinte.

Weil du von der Golden Gate Bridge springen wirst, wenn der Anruf kommt.

»Bingo.«

Aber du hast doch eingewilligt, es nicht zu tun, wenn ich mich am College bewerbe.

»Das waren nicht die Konditionen unserer Abmachung, Parker Santé.« Sie nippte an ihrem Drink, lächelte verstohlen, und mir wurde klar, dass sie recht hatte. Die Abmachung, die wir mit Handschlag besiegelt hatten, lautete nicht: »Ich bewerbe mich fürs College, du springst nicht.« Sie lautete: »Du gibst dein ganzes Geld aus, ich bewerbe mich fürs College.« Zelda hatte die ganze Sache mit dem Runterhüpfen von der Golden Gate aus dem Spiel genommen, ohne dass es mir auch nur aufgefallen war. Und obwohl ich immer noch nicht glaubte, dass sie es wirklich tun würde, gefiel es mir nicht, reingelegt worden zu sein. Von nun an würde ich scharf auf das restliche Bargeld aufpassen müssen. Gemäß unserer Vereinbarung konnte sie nicht einfach verschwinden, bis wir nicht das ganze Geld verballert hatten (»Bis auf den letzten Cent«, wie sie es formuliert hatte). Und ich würde dafür sorgen, dass es so weit nicht kam.

»Also erzähl mir mal, Parker, was du und deine Freunde so machen, nachdem ihr eingekauft habt.«

Ich habe keine Freunde. Und wenn, dann würden wir nicht einkaufen gehen.

»Du hast keine Freunde? Sei nicht albern. Jeder hat Freunde.«

Nicht unbedingt. Es gibt schon welche, mit denen ich in der Schule rede, aber niemand, mit dem ich ansonsten abhänge.

»Dann musst du wohl so tun als ob. Stell dir vor, du wärst der Beliebteste der ganzen Klasse, ja? Du hast tonnenweise Freunde und Freundinnen. Einen mit Verabredungen vollgepackten Kalender. Also, was treiben dann du und dein riesiges Gefolge nach einem Vormittag mit Shopping-Therapie? Denk dran, ich möchte authentische Teenagererfahrungen machen.«

Wieder mal wusste ich nicht, wie ich Zeldas Frage beantworten sollte, weil ich ja selbst keine authentischen Teenagererfahrungen hatte. Doch dann wurde mir klar, dass es egal war, was ich darauf antwortete, denn wenn sie tatsächlich dermaßen ahnungslos war, würde sie sowieso nicht merken, ob das stimmte. Ich hätte ihr also erzählen können, dass die meisten Kids nach ein paar Stunden Shopping Laser Tag spielen oder Kirchen innen mit Graffiti vollsprayen oder ins nächste Altenheim gehen, um dort Parcours zu laufen. Deshalb entschied ich mich für das Romantischste, was mir am helllichten Tag in einer Mall zu tun einfiel.

K-i-n-o, deutete ich mit meinen Händen.

Zeldas Miene hellte sich auf. »Natürlich! Hoffentlich ein schrecklich schlechter Film. Vielleicht was mit Superhelden oder jungen Idioten, die sich verlieben.« Voller Vorfreude klatschte sie in die Hände. »Perfekt! Lass uns das tun!«

Ich wusste, sie meinte *Lass uns ins Kino gehen*, aber ein Teil von mir hörte etwas anderes. So als hätte sie in Wirklichkeit gemeint, *Lass uns sich verlieben*.

WAS MAN IN EINEM KINO SO MACHT

MAN SITZT IN DER LETZTEN REIHE. DIE NÄCHSTEN anderen Leute sind zwei Reihen weit weg: ein älteres Paar, das den ganzen Film über damit beschäftigt sein wird, harte Bonbons behutsam aus dem Papier zu wickeln. Du hast eine große Tüte Popcorn, so sehr mit Butter getränkt, dass es ein bisschen nach Farbverdünner riecht. Außerdem hast du große rote Becher aus Wachspapier, gefüllt mit Rum und Cola. Der Arm liegt an deiner Seite, weil du dich nicht traust, ihn auf die Lehne zu legen, die heikles Territorium ist, wie das Niemandsland zwischen den Schützengräben des Ersten Weltkriegs. Du bist zum ersten Mal allein mit einem Mädchen im Kino – ein entscheidender Meilenstein des Heranwachsens, wie dir sehr bewusst ist – und fürchtest, es zu verbocken. Als du gerade nach einem besonders saftigen Stück Popcorn greifen willst, stößt du auf ein paar fettige Finger, die dich dort erwarten; daraufhin ziehst du deine Hand so schnell zurück, dass sie fragt, ob alles in Ordnung sei. Doch schließlich gestattest du deinem Ellbogen, dass er sich langsam auf den hinteren Teil der Armlehne schiebt, wo er auf einen anderen Ellbogen trifft. Du fragst dich, ob sie weiß, dass sie gerade deinen Ellbogen berührt, weil sie es vielleicht einfach noch nicht bemerkt hat und der Film gerade begonnen hat, der noch dazu irgendwie witzig ist. Deshalb wäre es ja möglich, dass sie sich in diesem Moment nicht auf ihren Ellbogen konzentriert. (Denn wie oft konzentrieren wir uns denn überhaupt auf die Empfindungen in unseren Ellbogen?) Also bewegst du deinen Arm bloß ein klein wenig – »Ich bin da!«, vermeldet dein Ellbogen –, doch sie rührt sich nicht, was bedeutet, dass sie wissen muss, dein Ellbogen ist da und, was noch wichtiger ist, dass er gerade ihren Ellbogen berührt. Natürlich bist du dir nicht sicher, ob Ellbogenkontakt in Bezug auf Romantik überhaupt irgendeine Bedeutung hat. Ellbogenkontakt könnte eigentlich eine Form freundschaftlicher Kontaktaufnahme sein, so wie Sportler sich gegenseitig immer auf den Hintern hauen oder wie die Kids aus der Theatergruppe an der Schule sich auf den Stufen vor dem Theater immer gegenseitig den Rücken massieren. Aber weil das Glück dem Mutigen lacht und so ein Scheiß, schiebst du nach ungefähr zwanzig Minuten deinen ganzen Arm auf den Plüsch der Armlehne, wo er dann neben ihrem liegt. Da gibt es dann nichts zu deuteln: Das ist Haut an Haut. Nur einen Augenblick später nimmt sie ihren Arm von der Lehne und die ganze Welt beginnt zu kollabieren wie ein in sich zusammenstürzendes Gebäude. Nur dass sie den Behälter mit dem Popcorn nimmt, ihn auf den Boden stellt, dann die Armlehne nach hinten klappt und sich an deine Seite kuschelt. Ihre Bewegungen haben nichts Zögerndes an sich. Und du fragst dich, wie sie es schafft, alles auf diese Weise, mit so ausgeprägtem Selbstbewusstsein zu tun. Für den Rest des Films bleibt sie dort. So nah bei dir, dass du fürchtest, sie zu stören, wenn du zu heftig atmest. Als der Abspann läuft, neigt sie den Kopf so zu dir, dass du ihren warmen Atem an deinem Hals spürst. Du überlegst, wie seltsam es doch ist, dass der Körper Tag und Nacht 36,5 Grad hält, sommers wie winters, wärmer als es in San Francisco je wird, eine Temperatur, bei der die Leute sich die Kleider vom Leib reißen und ins Meer springen wollen.

»Bring mich auf eine Party«, flüstert sie.

Du möchtest dich nicht bewegen, um nach deinem Notizbuch zu greifen, also kannst du sie nur anstarren und auf nähere Erläuterungen warten. Zum ersten Mal bemerkst du, dass sie ein bisschen nach Mandeln duftet.

»Es ist Freitag. Und noch dazu Halloween. Mein Telefon hat noch nicht geläutet. Ich will eine große Party. Kannst du eine für mich finden?«

Du nickst, denn wie könntest du jetzt auch Nein sagen? Sie schmiegt sich wieder an deine Schulter.

»Wundervoll.«

Das ist es, was man in einem Kino so macht.

ZEIT TOTSCHLAGEN – TEIL 1 (SCHULE)

ICH HABE DIE SCHULE SCHON IMMER GEHASST. DAS ist ein Klischee, ich weiß. Und es ausgerechnet hier zu erzählen, wahrscheinlich echt bescheuert, aber es stimmt. Ich meine, was wäre daran nicht hassenswert? Ich muss zu einer Tageszeit den Bus besteigen, die eigentlich nicht mal existieren dürfte und zu der ich kaum in der Lage bin, einen Fuß vor den anderen zu setzen, und wenn alles vorbei ist, bin ich gerade erst richtig aufgewacht. In der Zeit dazwischen versucht eine Truppe von Erwachsenen mich für Sachen zu begeistern, obwohl sie sich selbst nur noch vage daran erinnern, selbst mal davon begeistert gewesen zu sein. Außerdem war das alles Jahre bevor sie damit begannen, diese Dinge Horden von Kids beizubringen, die sich nur mit sehr geringer Wahrscheinlichkeit dafür interessieren lassen würden. Das Einzige, was mir richtig Spaß macht, ist das Wahlfach *Schach & Krieg* nach dem regulären Unterricht. Darin lesen wir was über Schach und über Krieg, bevor wir Schach spielen. Das wahrscheinlich Beste daran ist: Es interessiert keinen, dass ich nicht spreche. Normalerweise hält man Leute, die nichts reden, ja für unhöflich. Aber wenn jemand versucht zu reden, während du liest oder über einen Schachzug nachdenkst, dann ist das unhöflich. Deshalb bin ich der am wenigsten unhöfliche Teilnehmer bei *Schach & Krieg*.

Nachdem Zelda und ich das Kino verlassen hatten, erzählte ich ihr, dass ich zurück in die Schule müsse, um eine Party für sie zu finden. Sie rief ein Taxi und wir erreichten das Schulgelände, als die letzte Unterrichtsstunde des Tages gerade erst begonnen hatte.

»Hier ist meine Nummer«, sagte sie und tippte sie schon in mein Handy. »Schreib mir die Einzelheiten, sobald du sie weißt.«

Und was, wenn dein gefürchteter Anruf vorher kommt?, schrieb ich.

Sie klappte mein Notizbuch zu, bevor ich noch mehr schreiben konnte. »Dann wirst du eben ohne mich gehen müssen.«

Ich nahm meine Einkaufstüten aus dem Kofferraum und blieb in der Parkbucht stehen, als der Wagen schon wegfuhr. Auch wenn ich Zelda zu verstehen gegeben hatte, es wäre ein Klacks, noch eine Last-Minute-Halloweenpartyeinladung aufzutreiben, war ich mir dessen eigentlich nicht so sicher. Ehrlich gesagt, bin ich nicht gerade der Partytyp, und das liegt nicht nur daran, dass ich nicht spreche. Sogar vor dem Unfall verbrachte ich meine Zeit lieber allein. Das habe ich vermutlich von meinem Dad. Der arbeitete wie verrückt. Wenn er nicht gerade unterrichtete oder Hausarbeiten korrigierte, dann saß er in seinem Arbeitszimmer und versuchte zu schreiben. Mom nannte ihn einen abwesenden Vater, was einerseits als Scherz gemeint war, weil er ja physisch die ganze Zeit da war. Aber andererseits war es überhaupt kein Witz, weil er, obwohl anwesend, nie richtig da war, wenn ihr versteht, was ich meine. Ich denke, vielleicht gefielen ihm die Welten in seinem Kopf besser als die Realität. Soweit ich weiß, hatte er keinerlei enge Freunde und seine ganze Familie (abgesehen von uns) lebte in Kolumbien. Einmal mit neun oder zehn erzählte ich ihm, dass ich in der Schule nicht sonderlich beliebt sei. Da erklärte er mir, Freunde würden überschätzt, denn der einzige Mensch, auf den man sich jemals richtig verlassen könne, sei man selbst. Seltsamerweise sorgte diese Antwort dafür, dass ich mich besser fühlte.

Meiner Ansicht nach habe ich schon in jungen Jahren unsoziales Verhalten gelernt, und diese Tendenz verschlimmerte sich, nachdem ich aufgehört hatte zu reden. Ach, und dann habe ich wohl eine Menge Leute verschreckt, als ich in der achten Klasse in diese große Auseinandersetzung geriet, bei der am Ende ein Kind fast gestorben wäre. (Das war längst nicht so spektakulär, wie es klingt, aber ich will noch keine Einzelheiten darüber erzählen. Man muss mich erst besser kennenlernen, und so früh im Spiel will ich niemanden total gegen mich einnehmen.)

Die Folge von all dem war, dass ich zu dem Zeitpunkt, als ich Zelda kennenlernte, wirklich nicht viel Kontakt zu anderen hatte. Klar war ich im Laufe der Jahre zu ein paar Weihnachtspartys, Bar Mitzwas und Quinceañeras eingeladen worden – also immer zu der Sorte halböffentlicher Events, bei denen die Gästeliste so elitär war wie das Auswahlverfahren für Jobs in einem Fastfoodlokal. Meist ging ich gar nicht hin. Ich wusste, dass mich eigentlich keiner dort haben wollte, weil ich nur rumstand, stumm wie ein Fels, und jeden an Tod, Trauer und psychische Krankheiten erinnerte. Falls ich gezwungen war, doch hinzugehen (z. B. weil Mom unter Tränen und in melodramatischem Ton über meine »selbst auferlegte Isolation« jammerte), dann stand ich nur in irgendeiner Ecke und schlug die Zeit mit einem Handyspiel tot, bis ich den Eindruck hatte, gehen zu können, ohne unhöflich oder eigenartig zu wirken. (Bemerkung am Rande: Den Ausdruck »Zeit totschlagen« mochte ich schon immer. Als ob Zeit ein böser Drache sei, den man abschlachten müsse. Dabei stirbt Zeit, wie alles andere auf dieser Welt, ja leider eines natürlichen Todes, Jahr für Jahr, Stunde um Stunde, Sekunde für Sekunde. Es ist das reinste Zeitmassaker, das da permanent stattfindet.) Rasch lernte ich, dass Tanzveranstaltungen für Sprachlose besonders schlimm sind. Der einzige Weg, ein Mädchen um einen langsamen Tanz zu bitten, beinhaltete eine demütigende Pantomime. Und außer den langsamen Tänzen gab es eigentlich keinen Grund, so eine Veranstaltung überhaupt zu besuchen. Jeder wusste, dass die schnellen Songs nur dazu da waren, die Lage zu checken und sich ein Ziel für den Zeitpunkt zu suchen, wenn ein Stehblues gespielt wurde.

Aber trotz meiner nicht vorhandenen Beliebtheit und fehlender Sozialkontakte würde ich es zumindest versuchen müssen. Wenn ich keine Party fand, sah ich Zelda wahrscheinlich nie wieder, und *die* Vorstellung reichte, um bei *mir* den Wunsch zu wecken, von der Golden Gate Bridge zu springen.

Ich wartete bis zum Ende der achten Stunde und machte mich dann auf den Weg zum einzigen mir bekannten Ort für Partyinformationen – zu *Schach & Krieg*.

Während Mr Tower begann, die besten Reaktionen auf ein Damengambit zu schildern, studierte ich den Raum, als wäre er ein Schachbrett. Wie immer gab es reichlich Bauern – die beklopptesten Kids aus dem ersten und zweiten Jahr, die sich freuten, einen Ort gefunden zu haben, wo sie fünfundvierzig Minuten lang nicht geschubst, angerempelt oder gedisst wurden. Die waren für mich logischerweise nutzlos. Dann gab es da Danny Wu und Gabrielle Okimoto, König und Dame im Raum, Chefs des Schachteams und verantwortlich dafür, dass es *Schach & Krieg* überhaupt gab. Hier drin waren sie zwar Götter, aber ihr Einfluss jenseits der Tür reichte nicht weit. Die einzigen Partys, zu denen sie eingeladen wurden, waren die, wo man sich als eine Figur aus *Herr der Ringe* verkleiden sollte. Nein, was ich brauchte, war ein Springer – einen dieser seltenen Typen, die die Grenze zwischen *cool* und *nicht-so-cool* überspringen konnten.

So ein Geschöpf existierte tatsächlich, und zwar in Gestalt von Alana Rodriguez. Alana gehörte zu den Leuten, die genug soziales Ansehen besaßen, weil sie einfach süß waren, dass sie sich in ihrer Freizeit bekloppten Scheiß erlauben konnten. Es schadete auch nicht gerade, dass ihr Freund Tyler Siegel Frontman der einzigen Highschoolband war, die irgendwen interessierte (die *Möbius Stripper*). Manchmal brachte er sie zu *Schach & Krieg* – dabei küsste er sie direkt vor der Tür, aber so richtig, auf eine *Das-ist-meine-Frau*-Art, dass man gar nicht anders konnte als hinsehen – und machte zum Abschied einen Scherz wie »Hoffe, du findest da drin keinen Besseren«. Das war kränkend, traf aber genau ins Schwarze.

Alana und ich waren nicht gerade eng miteinander, aber es gab eine Verbindung, weil wir die einzigen Latinos im Raum waren. Ihr fehlten nur noch ein paar Züge zum Schachmatt, als ich mich neben sie und einen schwitzenden, aufgebrachten Brian Suchland setzte.

»Willst du als Nächster, Santé?«, fragte sie.

Ich nickte.

»Na schön. Lass mich nur noch eben diese Schlampe kaltmachen.«

»Hey«, sagte Brian, »ich habe immer noch eine Chance.«

»Eine Chance, kaltgemacht zu werden wie eine *Schlampe*«, sagte Alana.

Obwohl er nur einen Bauer im Rückstand war, hatte Brian die Kontrolle über das Brett total verloren. Seine Läufer waren blockiert, einer seiner Springer stand unterentwickelt herum und seine Dame steckte zum Schutz des Königs fest. Sie spielten natürlich auf Zeit, doch Alana dachte kaum einmal länger als ein paar Sekunden über ihren nächsten Zug nach. Ihre Uhr zeigte noch eineinhalb Minuten, als Brian schließlich aufgab.

»Gutes Spiel«, sagte er und streckte ihr die Hand hin.

Alana ergriff sie nicht. »Nein, war es nicht«, sagte sie. Als er fortging, fügte sie noch »*Pinche baboso*« hinzu.

»Was?«, fragte Brian.

»Nichts.« Sie lächelte gewinnend.

Ich nahm auf seinem noch warmen Stuhl Platz.

»Riecht's da drüben noch nach Niederlage?«, sagte Alana. »Ich wette, das tut es.«

Ich muss dich um einen Gefallen bitten, schrieb ich und drehte das Notizbuch so, dass sie es lesen konnte.

»Ach ja? Dass ich dich bei diesem Spiel jetzt nicht fertigmache? Dann ist die Antwort Nein. Denn ich werde dich definitiv fertigmachen.« Plötzlich streckte sie die Hand aus, packte mein Handgelenk und zog es dicht vor ihr Gesicht. »Moment mal, Alter. Ist das, was ich denke, dass es ist?«

Wie gebannt starrte sie auf die Uhr, die Zelda mir vorhin erst gekauft hatte. Ich nickte.

»Ich weiß, was die Dinger kosten.« Sie ließ meine Hand fallen und zeigte auf den kleinen Haufen Einkaufstüten direkt neben der Tür des Klassenzimmers. »Sind das auch deine?«

Ich nickte wieder.

»*Wie bitte*, du bist mitten am Tag auf Shoppingtour gegangen?«

So ungefähr, schrieb ich.

»Verdammt, Santé. Bist du etwa Jay-Z oder so?«

Das ist kompliziert.

Sie pfiff leise vor sich hin, während sie die Figuren aufstellte. »Und jetzt, nach einem harten Tag des Geldausgebens, möchte der Herr einen Gefallen.«

Ich brauche eine Party, auf die ich gehen kann. Und zwar heute Abend.

»Na, das ist ja interessant, denn ich wusste gar nicht, dass du dir aus so was etwas machst. Du hast immer eher wie der Typ einsamer Wolf gewirkt.« Sie stellte ihren Turm auf, hielt ihn eine Sekunde lang fest, hob ihn wieder hoch und zeigte damit auf mich. »Da ist ein Mädchen im Spiel, stimmt's?« Ich schüttelte den Kopf. »Dann ein Typ?« Mein Kopfschütteln wurde heftiger. »Also doch ein Mädchen. Netter Versuch, Santé!« Sie streckte die Faust aus, um gegen meine zu boxen, aber als ich die Hand hob, schlug sie mich so heftig auf den Handrücken, dass es wehtat. »Aber ich bringe dich nirgendwohin, wenn du dieses Spiel nicht gewinnst. Das ist doch mal ein Einsatz. Ich lasse dich sogar anfangen.«

Aber ich hab Schwarz.

»Du bist Latino und acht mal bisschen auf deine Grammatik, mein Sohn. Dieses ganze Getue, von wegen Weiß fängt an, ist total rassistisch. Und jetzt beeil dich und mach einen Zug. Ich setze nur drei Minuten an.«

Ich eröffnete mit e4, und Alana spielte sizilianisch – ihre Lieblingseröffnung. Während des Spiels hielt sie einen fast ununterbrochenen Monolog. »Es heißt ja, dass auf höchstem Niveau Weiß ungefähr mit 56 Prozent Wahrscheinlichkeit gewinnt. Kannst du den Scheiß glauben? Ich meine, wir haben es mit einer Welt zu tun, in der die Weißen so ungefähr in 95 Prozent aller Fälle gewinnen. Und wenigstens im Schach können wir ein etwas ausgeglicheneres Verhältnis erzielen, verstehst du?« Meine beiden Springer waren jetzt draußen und übten symmetrisch Druck auf die Spielfeldmitte aus. »Und was ist mit der Geschlechterverteilung? Wie viele Figuren hier sind Frauen? Ich weiß ja nicht, was für Genitalien an so einem Turm baumeln, aber die Springer sind definitiv Typen. Die Läufer? Kerle. Der König? Ein Typ. Bauern könnten beides sein, obwohl sie irgendwie doch eher wie kleine Idioten aussehen. Das Einzige, was wir Mädels mit

Sicherheit haben, ist die Dame.« Die Läufer kamen raus, der König wurde gedeckt. Alana redete schon wieder weiter. »Ich weiß, was du jetzt denkst: Die Dame ist doch die mächtigste Figur auf dem Brett, stimmt's? Aber weißt du, das macht es nur noch schlimmer, denn Männer stellen uns Damen immer auf ein Podest. Eine Frau kann nicht einfach nur ein Mensch sein, was? Wir müssen schon so eine Art Superheldin sein, sonst sind wir gar nichts wert. Ach, so willst du spielen?« Ich hatte ihre Königin genommen; sie nahm im nächsten Zug meine. »Siehst du? Genau das meine ich. Bei der ersten Gelegenheit, die sich dir bietet, holst du die einzige Frau vom Brett. Und jetzt schau dir das Gemetzel an, das wir nun bekommen. Da geht es zu wie in der Jungsumkleide.« Wir tauschten Springer und einen Bauern. Was die Figuren anging, war es zwar noch ziemlich ausgeglichen, aber ich konnte spüren, wie Alana Fahrt aufnahm. »Ach ja, weißt du, was ich schon immer seltsam fand? Dame. Da wird jedes Mal, wenn man es ans Ende des Bretts schafft, aus einem Spielstein eine Dame – und zwar indem man zwei Typen aufeinanderstapelt. Das ist doch echt abartig. Oh nein, Alter, das hättest du nicht tun sollen.« Sie hatte recht: Ich hatte zugelassen, dass mein König und ein Läufer gleichzeitig angegriffen wurden. »Hier kommt eine Frage für dich: Ist es schlimmer, gegen ein Mädchen oder gegen einen Jungen zu verlieren? Fühlst du dich durch meine absolute Dominanz auf diesen 64 Feldern entmannt? Es ist übrigens okay, wenn du es so empfindest. Würde ich wahrscheinlich auch.« Jetzt war ich auf der Flucht und unter meinen Bauern herrschte das reinste Chaos. Schließlich stieß ich meinen König um.

Alana riss die Arme hoch. »Gewonnen! Mhmm, ja. Das geht runter wie Öl. Oder wie ein Filet Mignon.« Sie leckte sich die Fingerspitzen.

Danke für das Spiel, schrieb ich und stand auf.

»Hey, hey! Nicht so hastig. Wer wird denn gleich aufgeben? Ich hab dich doch nur aufgezogen. Natürlich helfe ich dir mit *deiner* Dame. Schließlich habe ich dich heute schon einmal unterworfen. Ich bin ja auch kein Monster. Also setz deinen zerknitterten Arsch wieder hin.«

Das tat ich.

»Du brauchst eine Party.«

Ich nickte.

»Tja, das ist ganz einfach. Jamie Schmid schmeißt heute seine übliche Halloween-Sause. Fängt um neun an. Sein Zeug muss man selbst mitbringen.«

Ich kannte Jamie nicht so gut, aber das, was ich über ihn wusste, gefiel mir nicht.

Der wird mich aber nicht dahaben wollen, schrieb ich.

»Scheiß drauf. Ich klär das schon. Den wickle ich um meinen kleinen Finger. Gib mir deine Handynummer, dann schreib ich dir später die Adresse.«

Danke.

»Mit Vergnügen.«

Ich stand wieder auf und staunte immer noch ein bisschen darüber, wie leicht das gegangen war.

»Hey, Parker«, sagte Alana. »Ist nett, sich mit dir zu unterhalten. Solltest du echt öfter machen.«

Weil ich mein Notizbuch schon weggepackt hatte, konnte ich nur mit den Schultern zucken.

ZEIT TOTSCHLAGEN – TEIL 2 (ZU HAUSE)

ICH NAHM NICHT DEN BUS, DAMIT ICH AUF DEM Heimweg noch ein paar wichtige partyrelevante Besorgungen erledigen konnte. Als Erstes stieg ich in die Straßenbahn Richtung Innenstadt, um zu diesem riesen Halloweenladen zu kommen, der jedes Jahr nur ungefähr zwei Wochen lang aufhat. Dort wimmelte es von Last-Minute-Kunden wie mir, die alle noch eine Verkleidung als Harry Potter, Katniss Everdeen oder nuttige Apothekerin oder sonst was brauchten. Mir war auf dem Weg hierher etwas eingefallen: Ich wollte etwas, das mir erlaubte, ein paar der Klamotten zu tragen, die Zelda mir heute Morgen gekauft hatte, aber trotzdem noch als Kostüm durchging. Ich musste nur ungefähr zwanzig Dollar dafür ausgeben.

Nachdem ich Zelda die Partyinfos geschickt hatte, die ich wiederum von Alana bekommen hatte, ging ich noch in den Naturkostladen bei mir um die Ecke. Dort stehen die Blumen direkt am Eingang und sind quasi gratis. Ich konnte mich nur schwer entscheiden. Rosen kamen mir vor wie ein fettes rotes Klischee, aber die meisten anderen Blumen waren potthässlich. Schließlich schnappte ich mir einfach eine Handvoll Sonnenblumen mit dicken Stielen und verließ damit den Laden. Auf dem ganzen Heimweg merkte ich, wie die Leute mich anstarrten und sich fragten, welche Figur zum Teufel noch mal ein normal angezogener Junge mit einem Strauß Sonnenblumen in der einen und einem Haufen Tüten in der anderen Hand darstellen sollte.

Wir wohnen in einer Gegend ganz im Westen von San Francisco. Unser Haus befindet sich schon seit Jahrzehnten im Besitz der Familie meiner Mutter, aber wir sind erst nach dem Tod meines Vaters dort eingezogen, weil es ziemlich übel ist. Im Grunde genommen ist es das exakte Gegenteil von Doctor Whos TARDIS: von innen viel kleiner, als es von außen wirkt. Sobald man durch die Tür tritt, kriegt man Platzangst. Die Küche ist nur ein schmaler Gang zwischen zwei Arbeitsplatten. Den Backofen kann man noch nicht mal ganz aufmachen. Bei einem Winkel von 81 Grad stößt die Klappe an die gegenüberliegenden Schränke. Das habe ich exakt mit einem Winkelmesser bestimmt, als Hausaufgabe in Geometrie, für die ich nur eine Drei minus bekam. Esszimmer gibt es keins, deshalb essen wir all unsere Mahlzeiten am Glascouchtisch im Wohnzimmer. Eine schmale Treppe, deren Stufen alle ein bisschen höher sind, als Stufen eigentlich sein sollen, führt in den ersten Stock, wo sich das Schlafzimmer meiner Mutter und das einzige Bad befinden. Im Flur des ersten Stocks zieht man an einem Ring an der Decke, um die Leiter runterzuholen, die auf den Dachboden führt; dort ist mein Zimmer.

»Im Ofen liegt eine Tiefkühlpizza«, sagte Mom, als ich reinkam.

Ich stellte die Temperatur auf 220 Grad ein. Meine Mutter saß auf der Wohnzimmercouch und schaute irgendeinen Krimi, sodass sie meine vielen Tüten gar nicht bemerkt hatte. Das klingt jetzt vielleicht nach einem glücklichen Zufall – es wäre mir schwergefallen zu erklären, wie ich legal an neue Sachen im Wert von über tausend Dollar gekommen war –, aber um ehrlich zu sein, standen die Chancen ziemlich gut, dass meine Mom auf der Couch vor dem Fernseher saß, wann immer sie nicht arbeitete. Ich lief schnell in mein Zimmer hinauf, um die Tüten loszuwerden, und kam dann wieder runter. Die abgenagten Reste eines Fernsehessens lagen noch auf einem Tablett im Schoß meiner Mutter und in der Hand hielt sie ein fast leeres Glas Rotwein.

»Wo warst du?«, fragte sie. Das war kein Vorwurf, sondern nur ihre Art, während einer Werbepause Konversation zu machen. Eigentlich achtete sie nicht sonderlich darauf, wo ich hinging oder was ich machte.

Unterwegs, antwortete ich in Gebärdensprache.

»Da bin ich auch liebend gern. Die Vorspeisen sind toll. Hey, würdest du einem Mädchen wohl nachschenken?« Ich brachte ihr die Weinflasche aus der Küche. Als sie sich umdrehte, um sie entgegenzunehmen, bemerkte sie die Sonnenblumen, die ich auf der Arbeitsplatte liegen gelassen hatte.

»Was ist das denn?«

Ich gehe heute Abend auf eine Party.

Sie schaute noch mal hin. Dann ein drittes und ein viertes Mal.

Lass das.

»Entschuldige. Aber ich meine, ist das freiwillig? Du bist

doch nicht irgendeiner Sekte beigetreten, oder? Du hast keine Gehirnwäsche gekriegt, wurdest nicht hypnotisiert oder so?«

Ich glaube nicht.

»Und die Blumen, die … müssen dann für ein Mädchen sein.« Ihre Miene hellte sich auf. Ich schüttelte den Kopf, aber zu spät. Mom war eindeutig ein bisschen beschwipst, und für sie wäre diese Neuigkeit auch nüchtern aufregend genug gewesen. »Das sind sie! Sie sind für ein Mädi-Mädi-Mädchen! Eine *Bonita Señorita*!«

Halt die Klappe.

»Okay. Ich sag nichts mehr.« Aber sie lächelte immer noch auf diese für Eltern typische Weise, die einen rasend macht. Als hätten sie und alle anderen Erwachsenen ein gemeinsames Geheimnis. »Verrat mir nur, wie sie heißt.«

Nein.

»Vielleicht *Bonita Señorita*?«

Halt die Klappe.

»Na schön.«

Ihr Film ging weiter und wir sahen ihn uns zusammen an. Dann noch einen, während ich meine Pizza aß. Es war erst kurz nach sieben, als ich damit fertig war, aber Mom schlief bereits. Sie saß mit offenem Mund da, aus dem Spucke auf ein Kissen tropfte. Das perfekte Motiv für einen fiesen Instagrampost, aber so gemein war ich nicht.

In jüngeren Jahren war meine Mom eine hübsche Frau gewesen. Ich hatte Fotos von ihr als langbeiniger, geradezu albern wirkender Teenager gesehen: in Cabrios mit wehendem Haar, sich an Stränden räkelnd, und zwar in Outfits, die mir Gänsehaut verursachten (sich die eigenen Eltern richtig jung vorzustellen, das ist ungefähr so wie das Bild von Pu dem Bären auf dem Klo: absolut seltsam). Aber die letzten paar Jahre hatten ihr zugesetzt. Nachdem mein Vater gestorben war, hatte sie sich einen Vollzeitjob suchen müssen. Es gab zwar eine Lebensversicherung, aber nachdem sie das Auto ersetzt und meine Krankenhausrechnungen bezahlt sowie Familienangehörige für das Begräbnis aus Kolumbien hatte einfliegen lassen, reichte das Geld nur noch für ein paar Kinokarten und mittlere Portionen Popcorn. Weil sie schon immer gern gereist war, ließ sie sich bei *Delta Airlines* zur Flugbegleiterin ausbilden. Der Job erwies sich dann allerdings als nicht so glamourös, wie sie es sich vorgestellt hatte. Die Bezahlung war mies, ihr relativ hohes Alter »schrecklich«, und so bekam sie jede Menge Nachtflüge aufgebrummt. Dann waren da die vielen Stunden, die sie auf den Beinen sein musste, die widerlichen Passagiere, ruhelose Nächte in schäbigen Flughafenhotels, das miese Essen im Flieger und die knochentrockene Luft in den Maschinen, die sie für die Krähenfüße verantwortlich machte, die ihre Augen wie das Netz eines Mobilfunkanbieters umgaben.

Sie war seit gestern Morgen ununterbrochen unterwegs gewesen. Und natürlich war sie fertig. Ich drückte ihre Schulter. Sie öffnete die Augen, blickte aber verschwommen – vor Müdigkeit und von mindestens einer halben Flasche Wein.

»Marco?«, sagte sie.

Ich schüttelte den Kopf und wartete, dass sie mich als

ihren Sohn erkannte. Doch dann füllten sich ihre Augen mit Tränen. »Ich habe von dir geträumt.«

Ich bin nicht er, erwiderte ich in Gebärdensprache.

»Du saßt genau da drüben«, sagte sie und zeigte ans andere Ende der Couch. »Wir haben zusammen die *Simpsons* angeschaut.« Mit dem Handrücken wischte sie sich erst über den klebrigen Mundwinkel, dann über die feuchten Wangen. »Es war so real«, sagte sie, und da wusste ich, dass sie zurück in der Wirklichkeit war.

Ich weiß.

Sie stöhnte leise, als sie aufstand und sich wie ein Invalide an meinem Arm festhielt. Ich führte sie die Treppe rauf und brachte sie zu Bett.

»Gute Nacht, Parky.«

Gute Nacht.

Danach ging ich in mein Zimmer, um mich umzuziehen. Ich brauchte eine gute halbe Stunde, bis ich mich für ein Outfit entschieden hatte. Mir war gar nicht klar gewesen, wie viel Zeug Zelda für mich gekauft hatte. Am Ende wählte ich das Hemd mit dem roten Kragen, eine graue Jacke und eine Jeans, die ich ohne Verrenkungen anziehen konnte. Schließlich kamen noch die beiden Accessoires dazu, die alles in ein Kostüm verwandelten: eine silberne Perücke und ein kleiner orange-brauner Schwanz mit weißer Quaste. (Kapiert? Nein? Es bleiben noch ein paar Minuten, um von selbst draufzukommen.) Da in meinem Zimmer kein Spiegel hing, konnte ich nur hoffen, dass ich vorzeigbar aussah.

Wieder unten nahm ich die Sonnenblumen, klaute eine Flasche Wein aus dem Regal und machte mich dann auf den

Weg zu der ersten Party meines Lebens, an der mir irgendwas lag.

Zelda hatte auf meine Nachricht noch immer nicht geantwortet.

EIN ABEND IN ACHT DRINKS: EINLEITUNG

ES MAG SELTSAM SCHEINEN, DASS JEMAND PARTYS hasst. Wer hasst denn schon Partys? Das ist doch bloß ein Haufen Leute, die sich treffen, um zusammen Spaß zu haben, oder? Falsch. Es handelt sich um einen Haufen Leute, die sich treffen, um sich zu besaufen. Laute Arschgeigen mit besonderer Betonung auf »laut«. Die zweite Betonung sollte auf »besaufen« liegen und eine dritte auf »Arschgeigen«, wenn wir schon dabei sind.

Jamie wohnte nah bei der Irving Street in Inner Sunset, nur zwanzig Minuten zu Fuß von meinem Zuhause entfernt. Auf den Straßen wimmelte eine Zwergenarmee aus Geistern, Hexen, Zombies und Pokémons. Es war aber auch ein perfekter Halloween-Abend – dichter Nebel fing das Licht ein und hielt es fest, sodass jede Straßenlaterne aussah wie ein in der Hand gefangenes Glühwürmchen. Die Häuser in der Gegend stehen ziemlich dicht und bilden bonbonfarbene Reihen bis hinunter ans Meer. Man hatte sie mit Spinnweben, Hexen aus Karton, Klopapiergeistern und altmodischen Besen geschmückt. Hin und wieder hörte man ein

Kind mit einer Mischung aus Grusel und Vergnügen kreischen. Ich spürte einen Anflug von Sehnsucht nach einer Zeit, als ein ganzer Abend, an dem man schlechte Süßigkeiten im Wert von drei Dollar einsackte, noch etwas war, worauf man sich freuen konnte.

Die Party war schon aus einigen Blocks Entfernung zu hören. Raue Hip-Hop-Beats trafen auf »gruselige« Gespensterlaute aus billigen Ghettoblastern in anderen Häusern. Als ich die Stufen zu Jamies Haustür hochstieg, überholten mich ein paar junge *Süßes-oder-Saures*-Sammler, die aber sofort streng von ihren Eltern zurückgerufen wurden. Denen war schon klar, dass dies nicht die richtige Adresse war, um einen Kit-Kat-Riegel zu bekommen. Stilecht kotzte Erik Jones gerade auf eine Pyramide kleiner weißer Kürbisse, die jemand kunstvoll vor Jamies Hauseingang arrangiert hatte.

Ich stellte meine Weinflasche in die Küche und drehte auf der Suche nach Zelda eine Runde durchs Haus, konnte sie aber nirgends finden. Im Garten hinterm Haus stand Alana neben dem Bierfass und füllte Becher für ein paar 08/15-Vampire. Sie war wie ein Pirat angezogen und hatte sich die Haare mit kleinen Plastikknöchelchen hochgesteckt. Ich kapierte den Scherz sofort, denn er war sogar noch dämlicher als meiner: *Ann-Boney*.

»Sie mal an, wer sich da aus dem Haus gewagt hat«, sagte sie.

»Ist das, wer ich denke, dass es ist?«, fragte Jamie Schmid, der Gastgeber, der gerade mit je einer Flasche *Budweiser* in der Faust aus dem hinteren Teil des Gartens angerannt kam. Er war angezogen wie der Bösewicht aus *Karate Kid* und hatte *COBRAKAI* auf seinen Anzug gestickt. Mit der Figur, die er darstellen sollte, hatte er mehr als nur eine flüchtige Ähnlichkeit – die rötlich blonden Haare, ein blasses Gesicht mit einigen irreführenden mustergültigen Sommersprossen und einem unübersehbar grausamen Zug um den Mund, den er höchst selten zu einem Lächeln verzog, wenn jemand anderer als er selbst einen Witz machte. »Der verdammte Charlie Chaplin ist auf *meine* Party gekommen. Ich fühle mich geehrt. Und nun lass mich mal das Kostüm sehen.« Er packte mich bei den Schultern und wirbelte mich herum wie eine Puppe. (Das habe ich noch nicht erwähnt, aber manchmal behandeln Leute mich wie ein Möbelstück, weil ich nicht spreche.) »Du bist ein Karnickel mit einem Strauß dämlicher Blumen. Peter Rabbit, was? Oder Roger Rabbit?«

»Er ist ein Silberfuchs«, sagte Alana, als sei das offensichtlich.

»Ho!« Jamie riss die Arme hoch, als hätte er ein großes Publikum. »Das ist ja *geil*, Charlie. Ich liebe es. Du hast dir damit ein Bier verdient.« Er drückte mir eine der Flaschen in die Hand.

»Also, wo ist jetzt dein Mädchen?«, fragte Alana.

»Sie kann noch nicht hier sein«, sagte Jamie. »Ich habe noch kein *Oink* gehört.« Er lachte.

»Halt die Klappe, Jamie.« Alana hob ihr Bier in meine Richtung. »Auf dich, Parker.«

Anders als die meisten Jugendlichen, die ich kenne, habe ich nie verstanden, was der Reiz daran ist, sich zuzudröhnen, sobald Alkohol verfügbar ist. Aber jetzt befand ich mich auf einer Party mit lauter Leuten, die ich entweder nicht kannte oder nicht mochte, also was blieb mir da anderes übrig? Auf ex.

DRINK NR. 1

EINE FLASCHE BUD

ICH HATTE MEIN NOTIZBUCH NICHT MIT ZU DER Party gebracht, weil ich es nicht den ganzen Abend rumschleppen wollte. Ich konnte das Mitleid in den Augen der Leute erkennen, wenn sie mich schreiben sahen. Und es gibt eine Sache, die ich den Jamie Schmids dieser Welt zugutehalten kann: Ihre ehrliche Verachtung ist eine Million Mal leichter zu ertragen als das gekünstelte, gestammelte Mitgefühl vieler sogenannter netter Leute. Ich lasse mich einfach lieber als Freak behandeln denn als Sozialfall. Aber wie auch immer, wenn ich mein Notizbuch dabeihatte, implizierte das, *ich will kommunizieren, kann aber nicht*, obwohl es mir gar nichts ausmachte, die Klappe zu halten. Und ich war nicht auf der Party, um Freunde zu gewinnen, wie es Reality-TV-Stars immer gern formulieren. Ich war wegen Zelda da.

Gerade stand ich in einem peinlichen Kreis mit Alana, ihrem Freund Tyler, Jamie und noch drei oder vier Freunden von Jamie, die ich flüchtig aus der Schule kannte. Sie unterhielten sich über Lehrer, machten welche nach, bekundeten ihren Hass auf sie oder dass sie in sie verknallt waren. Dann kamen sie auf die dümmste Antwort zu sprechen, die je einer von ihnen im Unterricht gegeben hatte.

»Hey, Jamie«, sagte Tyler, »erinnerst du dich noch daran, wie du mal erklärt hast, der dritte Präsident sei *fast* George Washington gewesen?«

»Dazu stehe ich auch. Damit lag ich doch nur etwa zwei Präsidenten daneben. Das hätte doch zumindest ein paar Punkte geben müssen.«

»Bei harten Fakten gibt es keine *paar Punkte*«, meinte Alana.

»Wie auch immer. Aber du musst gerade reden, Tyler. Du hast doch mal gesagt, das Weiße Haus wäre die Hauptstadt Amerikas.«

»Damals war ich elf Jahre alt.«

»Damals warst du dämliche Jahre alt.«

Ich achtete darauf, nicht mitzulachen. Denn man hat mir gesagt, mein Lachen sei ein seltsamer Anblick – so eine Art stummer Krampf. Also lächelte ich nur und verschloss meinen Mund mit der bereits leeren Bierflasche.

DRINK NR. 2

NOCH EINE FLASCHE BUD

DER KREIS LÖSTE SICH AUF, ALS ALLE GETRÄNKE-Nachschub holen gingen. Dadurch war ich zu meiner verhasstesten Partyaktivität gezwungen – herumschlendern und dabei so tun, als wüsste ich, wo ich hinwill. Ich begab mich in die Küche, nahm mir noch ein Bier aus dem Kühlschrank und aß ein paar Doritos. Im Wohnzimmer beobachtete ich den DJ dabei, wie er diese typische DJ-Sache machte: sich einen Kopfhörer ans Ohr halten und so tun, als müsste er eine echt schwere und ernsthaft künstlerische Entscheidung fällen. Eine Minute lang nickte ich im Rhythmus mit dem Kopf, dann drang ich tiefer ins Haus ein, um von den Leuten wegzukommen. Eine geschlossene Tür lockte mich an – das Schlafzimmer von Jamies Eltern. Lustig, dass man anhand der Sachen auf dem Nachttisch erkennen konnte, wer auf welcher Seite schlief. Links lagen ein Stapel Bücher über den Zweiten Weltkrieg und ein Nagelknipser, mit dem man auch Hecken hätte schneiden können. Rechts stand ein Kristallaschenbecher, in dem eine Zigarettenkippe mit Lippenstiftspur lag. Dazu noch ein schmaler Ratgeber: *Finde die Göttin in dir.*

Jamies Zimmer war gleich nebenan. Ein ungemachtes Bett. Ein Stapel *Playboy*. Es roch nach einem dreckigen Charakter – zu gleichen Teilen nach Axe Bodyspray und schmutzigen Socken. Der Idiot hatte seine Playstation *Vita* für jeden sichtbar an der Wand eingesteckt. Ich ließ sie in die Innentasche meiner Jacke gleiten.

Draußen auf dem Flur lehnte Rosie Cuevas (als pinkfarbenes Bunny verkleidet) an der Wand und wartete darauf, dass die Toilette frei wurde. Sie checkte ihr Handy, wie man das auf einer Party so macht – man liest alte Textnachrichten, nur um sich zu beschäftigen. Rosie verdankte ich meinen ersten und einzigen Kuss, damals in der siebten Klasse, beim Flaschendrehen hinter der Bibliothek nach einem Fest. Irgendwie war ich da hineingeraten. Die Flasche hatte zuerst auf sie gezeigt, dann auf mich, und *zack!* wurde ich geküsst. Solche Küsse sind eigenartig. Sie sollten ja von zwei Menschen gleichzeitig vollzogen werden, aber das muss nicht sein. Es gibt sogar eine Bezeichnung dafür – gestohlener Kuss –, die eher ein Euphemismus für einen oralen Übergriff ist. Ich kann mich erinnern, dass ich vom Mund der Flasche hochschaute und auch schon ein offener Mund auf mich zukam. Dann der Aufprall von Lippen mit Zunge und Spucke unter dem Gejohle der Zuschauer. Am nächsten Tag warf ich eine Nachricht in den Briefkasten in ihrem Spind; darauf stand, ob sie meine Freundin sein wolle. Sie lehnte höflich ab.

»Parker!«, sagte sie und ihre Miene hellte sich zu plötzlich auf, als dass es gespielt sein konnte. Ich hob grüßend eine Hand, aber sie interpretierte das als Umarmung. »Was ist denn mit dir los, Mann? Du kommst doch sonst nie auf Partys!«

Ich zuckte mit den Schultern.

»Hey, schau mal. Ich weiß immer noch, wie *Ich liebe dich* geht.« Sie sagte es in Gebärdensprache. »War das richtig?«

Ich nickte. Dass ich ihr das beigebracht hatte, hatte ich ganz vergessen.

»Fängst du schon mit Bewerbungen an? Die State verlangt all diese Aufsätze und Empfehlungen und solches Zeug. Echt bescheuert. Ich dachte irgendwie, man braucht nur fragen, ob sie einen nehmen, und dann sagen die Ja oder Nein. Blöd, was?« Die Badezimmertür ging auf und heraus kam so eine Art Goth-Todesfee. »Egal, warte hier auf mich, ja? Wir sollten uns unbedingt noch weiter unterhalten.«

Aber während Rosie auf der Toilette war, ertönte Jubel aus der Richtung des Wohnzimmers. Das konnte alles bedeuten: dass jemand ein Kleidungsstück ausgezogen, einem anderen ins Gesicht geschlagen oder mit einem Trichter billigen Whiskey ins sich reingeschüttet hatte. Aber irgendwie wusste ich, dass es Zelda war. Mir wurde klar, dass ich auf einmal wie ein Trottel grinste, also nahm ich mir einen Moment, um mich zu beruhigen.

Sei cool, sagte ich in Gebärdensprache zu mir selbst.

Erst als ich mir sicher war, angemessen gelangweilt auszusehen, machte ich mich auf den Weg ins Wohnzimmer.

DRINK NR. 3

EIN GLAS BLUBBERWASSER

SIE HOLTEN SIE AUS DEM KOFFERRAUM EINER Limousine, die draußen in zweiter Reihe parkte, trugen sie durchs Haus und direkt auf die hintere Terrasse: eine Flasche Champagner nach der anderen. Zelda folgte ihnen und gab Anweisungen. Sie war wie ein Filmstar längst vergangener Zeiten gekleidet. Der Ausschnitt ihres schwarzen Kleids stürzte abwärts wie die Niagarafälle und ließ links und rechts zwei Halbkugeln vanillefarbene Haut sehen. Ihr Haar war geglättet und zu einer Welle gelegt. Auf dem Kopf trug sie ein Mittelding zwischen Diadem und Haarnetz, aus dem schwarze Edelsteine auf ihre Stirn hingen. Die Augen waren von viel Mascara umgeben. Sie war kaum wiederzuerkennen, aber in positivem Sinne.

»Da bist du ja, Darling«, sagte sie zu mir und ihre Stimme hatte einen ungewohnten, leichten Südstaatenakzent, der anscheinend zu ihrem Kostüm gehörte. »Ich fürchte, ich bin bereits ziemlich populär geworden. Mag sein, weil ich diesen Trunk mit mir führe.« Die meisten Partygäste folgten dem alkoholischen Neuzugang auf die Terrasse hinter dem Haus.

»Und was ist mit Euch, Mr Santé? Seid Ihr erbaut, mich zu sehen?« Sie glitt in meine Arme und küsste mich auf die Wange. Die tausend winzigen Fragezeichen ihrer Haare kitzelten mich am Hals. »Errätst du, wer ich bin?«

Ich hatte nicht den blassesten Schimmer, aber das Geräusch eines knallenden Korkens draußen rettete mich. »Ketzerei!«, rief Zelda. »Fangen sie ohne mich an?«

Sie nahm meine Hand und führte mich hinaus. Jamie hatte bereits einen roten Plastikbecher mit Champagner gefüllt, aber als er Zelda erblickte, bot er ihn ihr verlegen an. Sie betrachtete ihn, als sei er eine tote, von der Katze auf der Türschwelle hinterlassene Maus.

»Das ist Champagner, keine *Coca-Cola*. Hol Gläser.« Jamie lachte, doch Zelda verzog keine Miene. »Sehe ich aus, als würde ich scherzen? Hopp, hopp.« Sie klatschte in die Hände und wandte sich dann ab.

»Na schön«, sagte Jamie. »Verdammt.« Er stürzte den Champagner runter und drückte den leeren roten Becher mir in die Hand. »Halt mal, Charlie.« Dann rannte er ins Haus zurück.

»Charlie?«, sagte Zelda.

Ich bemühte mich um eine Charlie-Chaplin-Imitation mit wackelndem Gang und tat so, als hätte ich einen Spazierstock.

»Aha. Ich schätze, er nennt dich so, weil du nicht sprichst. Was für ein perfektes kleines Monster. Aber warum erzählst du mir jetzt nicht mal, was es mit deinem Outfit auf sich hat. Du bist irgendein älteres Tier.«

»Er ist ein Silberfuchs«, sagte Alana, die in diesem Moment mit Tyler neben Zelda auftauchte.

Zelda verzog den Mund. »Ich bin mir nicht sicher, ob ich den Bezug verstehe.«

»Das ist quasi die männliche Version von *Cougar.*«

»*Cougar*? Du meinst Puma?«

Alana und Tyler tauschten einen Blick. Und ich glaube, keiner von uns wusste, ob Zelda nur so tat, als hätte sie keine Ahnung, weil es zu ihrer Halloweenfigur gehörte. »Ein *Cougar* ist eine ältere Frau, die es mit jüngeren Männern hat«, erklärte Alana. »Im Grunde genommen das, was wir alle anstreben. Ein Silberfuchs ist ein älterer Mann, der sich auf junge Damen versteht. Und ich bin übrigens Alana.«

»Zelda Fitzgerald, geborene Sayre.« Zelda deutete einen Knicks an. »Ich finde es bezaubernd, Ihre Bekanntschaft zu machen.«

»Äh, ich auch.«

Zelda fasste nach meiner Perücke und zog ein bisschen daran. »Also, ich mag das Silber jedenfalls. Gibt dir so etwas Distinguiertes.«

Jamie kam mit einem Armvoll Gläser aus der Küche zurück.

»Die sind für Wein, nicht Champagner!« Zelda schüttelte den Kopf. »Doch ich denke, das wird reichen müssen.« Sie hielt ihr Glas hin, um es sich füllen zu lassen, dann brachte sie einen Toast aus. »Auf die Jugend!«

»Auf die Jugend«, wiederholten alle.

Ich hatte noch nie zuvor Champagner getrunken. Er war sehr viel sprudeliger, als ich erwartet hatte. Als ich ein bisschen davon in meinem Mund behielt, schien er sich zu verflüchtigen und ließ nur eine Wolke süßer Luft zurück.

DRINK NR. 4

NOCH EIN GLAS BLUBBERWASSER

WÄHREND DIE GLÄSER FRISCH GEFÜLLT WURDEN, GING ich die Sonnenblumen holen, die ich neben dem Bierfass auf dem Rasen zurückgelassen hatte. Zwei Blüten waren zu gelbem Brei zertreten, doch die anderen noch unbeschadet.

»Für mich?«, fragte Zelda. Sie lachte, dann nahm sie mir die Blumen aus der Hand und steckte ihre Nase in einen der großen braunen Blütenteller. »Tja, ich kann ehrlich behaupten, dass mir noch nie jemand einen Strauß Sonnenblumen geschenkt hat. Und du hast ja keine Ahnung, wie selten es vorkommt, dass mich jemand überrascht.« Sie küsste mich erneut auf die Wange, nur spürte ich diesmal, wie ihr Mundwinkel meinen streifte. »Jetzt lass uns tanzen.«

Die Sonnenblumen wie eine Fackel hochhaltend führte Zelda uns alle ins Haus zurück. Das Wohnzimmer war gesteckt voll mit Tanzenden, die sich synchron, wie ein gigantischer, vielgliedriger Organismus, bewegten. Ich tanze schon immer gern – wahrscheinlich weil die Kommunikation zwischen Körpern wortlos ist, sodass meine Behinderung mehr oder weniger verschwindet. Zelda war eine eigenartige Tänzerin, die sich so bewegte, dass mir wieder der Kommentar zu meiner Geschichtsarbeit einfiel: *anachronistisch.* Die Tatsache, dass sonst niemand im Raum so tanzte wie sie, schien ihr nichts auszumachen. Sie zog zwar ein paar Seitenblicke auf sich, aber das waren welche von der guten Sorte, die sagten: *Mann, das Mädchen da drüben tanzt ja ziemlich seltsam, aber man kann ihr ansehen, dass sie das nicht macht, weil sie die Aufmerksamkeit auf sich ziehen will, sondern weil das einfach die verrückte Art ist, wie sie tanzt, weil sie auf die ihr eigene einzigartige, magische und wunderschöne Weise sie selbst ist und sich einen Dreck darum schert, was irgendjemand anders denkt, und jeder Junge hier würde sich verdammt glücklich schätzen, sie heute Abend als Tanzpartnerin zu haben.*

Ich sollte vielleicht noch hinzufügen, dass ich definitiv anfing, mich betrunken zu fühlen.

Die Menge drängte Zelda und mich immer näher aneinander, bis unsere Körper sich berührten und ich meine Arme nirgendwo anders als um sie legen konnte. Sie glitzerte von Schweiß und wirbelte herum wie ein Kristalllüster in einem Hurrikan. Als der DJ endlich einen langsamen Song auflegte, schmiegte Zelda sich an mich, sodass ich jeden ihrer Atemzüge als warmen Druck gegen meine Brust spürte. Ich schaute zu Alana hinüber, die Tylers große Hände perfekt auf ihren Pobacken liegen hatte. Unsere Blicke trafen sich, und sie zeigte mir heimlich einen hochgereckten Daumen, während ihre Lippen stumm formten: *Gut gemacht, Santé.*

DRINK NR. 5

EIN SCHLUCK AUS EINER FLASCHE 1.000-DOLLAR-SCOTCH

IM VERLAUF DER NÄCHSTEN STUNDE VERAUSGABTEN wir uns, bis sich unsere Körper quasi in Flüssigkeit verwandelt hatten. Mit ihrem einzigartigen Tanzstil und dem Champagner hatte Zelda Alana und ihre Truppe schon in der Hand. Ich merkte, dass sie auch mich jetzt in einem neuen Licht sahen. Ich kam mir wie ein soeben entdeckter schartiger kleiner Mond vor, der eine Supernova umkreist.

»Ich bin es leid, so eingepfercht zu sein«, erklärte Zelda in der kurzen Stille zwischen zwei Songs. »Wie wär's, wenn wir diese Party runter ans Wasser verlegen?«

Erneuter Jubel. Hätte sie vorgeschlagen, in Brasilien weiterzufeiern, wären vermutlich auch alle einverstanden gewesen. Die Limousine parkte noch draußen, also quetschten wir uns zu zehnt hinein, während der Rest der Partytruppe rüber zur Straßenbahn trottete, die die San Francisco Bay mit dem Pazifik verbindet. Ich musste am Ende von Zelda getrennt sitzen, die sich lebhaft mit Jamie und seinen Freunden unterhielt.

Ich spürte, wie das Handy in meiner Hosentasche vibrierte.

Wer ist dieses Mädchen?, schrieb Alana.

Ich schaute hoch und sah sie in der Limo mir gegenüber sitzen. Sie zog eine Augenbraue hoch.

Das ist Zelda, schrieb ich zurück.

Das ist ihre Rolle, aber wer ist sie wirklich?

Sie heißt echt Zelda.

Mit hat sie aber erzählt, dass sie sich für Halloween als Zelda Fitzgerald verkleidet hat.

Als wer?

Die Frau von F. Scott Fitzgerald. Den haben wir in Geschichte durchgenommen, erinnerst du dich? Das Jazz-Age.

Ich glaube, das hab ich verschlafen.

Mir war noch gar nicht in den Sinn gekommen, dass *Zelda* so eine Art Pseudonym sein könnte, aber schließlich hatte ich ja auch nicht ihren Führerschein gesehen. Und wenn ich jetzt so darüber nachdachte, dann war es tatsächlich ein ziemlich seltsamer Zufall, der gar nichts mit irgendeiner historischen Figur zu tun hatte: Da war dieses Mädchen, das dringend gerettet werden musste – und zwar insofern, als sie darauf beharrte, jeden Moment von einer Brücke zu springen. Und ganz *zufällig* hieß sie genauso wie eine berühmte Videospiel-Prinzessin, die man auch dauernd retten musste. Wie standen die Chancen für so einen Zufall?

Andererseits hatte Zelda mich eigentlich nicht um Hilfe gebeten. Genau genommen war *sie* diejenige, die *mir* half – indem sie mir Klamotten kaufte, mich cool dastehen ließ und versuchte, mich dazu zu kriegen, dass ich mich fürs College bewarb. Das Ganze erinnerte mich an ein Gespräch, das wir in der elften Klasse geführt hatten. Unsere Lehrerin Ms Northrup verwandte eine ganze Stunde darauf, über schädliche Klischees in der Alltagskultur zu reden, etwa »die Jungfrau in Schwierigkeiten«. Sie fragte uns, was für ein ödes Leben *Super Mario* wohl führen müsste, wenn er nicht dauernd jemand retten könnte. »Prinzessin Peach rettet ihn genauso wie er sie«, erklärte sie uns. »Der Typ ist ein Installateur, du meine Güte. Wenn Peach nicht wäre, müsste er den ganzen Tag verstopfte Klos reparieren.«

Also wahrscheinlich hat Zelda sich nicht als eine Art Hilfeschrei nach Prinzessin Zelda benannt (abgesehen davon, dass sie nicht wie die Sorte Mädchen wirkt, die sich besonders gut bei Videospielen auskennt). Aber ich hatte immer noch keine Ahnung, wo ihre Verkleidung aufhörte und der echte Mensch anfing. Was, wenn der neue Südstaatenakzent *nicht* aufgesetzt war, sondern der andere – der schlichte akzentfreie Ton, den ich bis jetzt von ihr kannte – eine Täuschung war?

»Darlings«, verkündete Zelda plötzlich, »bitte hebt eure Hand, wenn ihr unter 25 seid.« Alle hoben die Hände und stießen damit ans Dach der Limousine. »Das dachte ich mir.« Sie beugte sich vor und öffnete ein mit Holz verkleidetes Fach, das in die Trennungswand der Fahrerkabine eingebaut war. Darin stand eine große grüne Schachtel mit der Aufschrift *THE GLENLIVET XXV*. Zelda öffnete sie und holte eine große Flasche voll mit bernsteinfarbener Flüssigkeit heraus. Dann hielt sie die Flasche wie ein Baby im Arm. »Dieses himmlische Getränk, das wir gleich kosten werden, kostet in etwa tausend Dollar pro Flasche. Und wisst ihr, warum?«

»Weil es irre alt ist«, sagte Jamie.

»Ganz recht, mein Karbunkelfreund.« Jamie grinste, weil jemand seine Klugheit lobte. »Viele Jahre bevor eure Mommies und Daddies auf die schlaue Idee kamen, einen Abend damit zuzubringen, euch zu zeugen, ruhte dieser göttliche Trank schon friedlich in einem alten Eichenfass. Während ihr eure ersten unsicheren Schritte durchs Wohnzimmer tatet, nahm dieser Inbegriff eines Whiskeys schon den Geschmack des alten Eichenfasses an und wurde mit jeder Stunde reicher und komplexer. Und die ganze Zeit über, während ihr von Kleinkindern zu Schulkindern wurdet und die dornigen Hürden der Pubertät überwandet, um an die Schwelle zum Erwachsensein zu treten, verdunstete der Whiskey in jenem Fass langsam, aber sicher. Man nennt das, was über die Jahre verschwindet, Engelsanteil.« Zelda entfernte das schwarze Wachs oben auf der Flasche und entkorkte sie. Dann schnupperte sie mit einem tiefen Atemzug daran und seufzte zufrieden. »Wie so viele Dinge im Leben wird Alkohol bekanntermaßen mit der Zeit immer besser. Doch wir dürfen auch nicht vergessen, dass im Laufe der Zeit etwas verloren geht. Wir alle müssen unseren Engelsanteil abtreten.«

In der Limousine herrschte Schweigen. Zelda war so ein Mädchen, das, egal was sie sagte, die Aufmerksamkeit auf sich zog, doch in diesem Moment waren wir wohl alle voller Ehrfurcht vor ihrer Eloquenz. Der Wagen war inzwischen erfüllt vom torfig rauchigen Duft des Whiskeys. Zelda trank als Erste, direkt aus der Flasche. Sie schloss die Augen. Wir warteten gebannt auf ihr Urteil.

»Paradiesisch«, sagte sie und reichte die Flasche an mich weiter. »Trink, Darling.«

Natürlich war keiner von uns ein Whiskeykenner. Wir hätten einen 25-jährigen Scotch nicht von einem 12-jährigen oder einem verwässerten *Jack Daniel's* unterscheiden können. Doch wir machten es alle so wie sie und ließen die Flüssigkeit mit geschlossenen Augen in unserem Mund kreisen. Manche husteten, als würden sie zum ersten Mal rauchen. Alle hatten das Gefühl, wir wären in ein Geheimnis eingeweiht worden.

DRINK NR. 6

DER LETZTE SCHLUCK AUS DER FLASCHE MIT DEM 1.000-DOLLAR-SCOTCH

DIE LIMOUSINE SETZTE UNS AM JAVA BEACH CAFÉ ab, wo die Straßenbahn kehrtmacht und zurück in die Innenstadt rollt. Alle, die nicht in die Limo gepasst hatten, würden mit der Straßenbahn kommen, wodurch wir zehn noch ein bisschen Zeit für uns hatten. Wir nahmen einen schmalen Weg zwischen zwei Sandhügeln, die oben mit hohem, wehendem Gras bewachsen waren. Der Abendhimmel war klar und das Meer ein schwarzer Spiegel, auf dem weiße Schaumkronen schwammen, die aussahen wie eine Million winziger Fische. Ohne darüber zu sprechen, begannen wir sofort, das nötige Lagerfeuer zu errichten. Steine für den umgebenden Ring nahmen wir von anderen alten Feuerstellen. Um das erforderliche Treibholz zu finden, liefen wir am Strand auf und ab. Im Norden war der Highway zu sehen, der kurvig Richtung Point Lobos hinaufführte und am prunkvoll erleuchteten Cliff House endete. Unterhalb füllten sich die felsigen Höhlen alle paar Sekunden mit Schaum wie aus einer frisch entkorkten Champagnerflasche. Wir waren am Strand nicht allein – einige Paare spazierten Hand in Hand vorbei, und in der Ferne konnte man schon ein paar andere Feuer lodern sehen –, aber die Atmosphäre war friedlich und einsam. Alle schienen damit zufrieden, das Rauschen der Wellen als lautestes Geräusch zu akzeptieren. Ich schleppte einen Armvoll Kleinholz zu unserem Ring. Alana und Zelda gruben mit bloßen Händen ein Loch in der Mitte und lachten dabei über irgendwas. Weiter hinten in Richtung Highway mühten Tyler und Jamie sich mit einem Baumstamm fast so groß wie sie selbst ab.

Tyler ließ sein Ende in dem Moment fallen, als ich kam, um zu helfen. »Dieses Scheißding ist einfach zu schwer zum Tragen.«

Jamie ließ sein Ende ebenfalls los. »Das hat deine Mom damals in der Schwangerschaft auch gesagt.«

Ganz untypisch für mich fing ich an zu lachen. Jamie sah mich irritiert an. »Was machst du denn da, Charlie? Lachst du etwa?«

»Sei nicht so fies, Alter«, sagte Tyler.

»Aber das ist irre! Egal, ich bin trotzdem froh, dass er da ist.« Er legte eine sandige Hand auf meine Schulter. »Parker, jetzt mal ehrlich. Was ist das für ein Deal mit deinem Mädchen? Du zahlst ihr doch bestimmt was, oder?«

Ich schüttelte den Kopf.

»Aber es kann ja wohl nicht sein, dass *du* bei ihr landest.« Das war keine Frage, sondern eine Feststellung. Anscheinend konnte jemand, der so schön und cool war, keinesfalls mit mir zusammen sein wollen. Wäre ich anders gewesen, hätte ich vielleicht einfach gelogen, damit er die Klappe hielt. Aber Zelda war ja nicht meine Freundin. Oder zumindest noch nicht.

Ich schüttelte wieder den Kopf.

»Wusst ich's doch«, sagte Jamie. »Dann wird es dir bestimmt auch nichts ausmachen, wenn ich mal mein Glück versuche.« Wieder so eine Feststellung. »Gut, Mann.« Er haute mir kräftig auf den Rücken und ging dann zurück zur Feuerstelle.

Es dauerte noch mal zehn Minuten, um das restliche Holz ranzuschleppen. Tyler war für das Aufschichten zuständig: eine Kugel aus zerknülltem Zeitungspapier, getränkt mit der Flüssigkeit aus ein paar Feuerzeugen, ein Turm aus mittelgroßen Holzscheiten, durchsetzt mit Kleinholz, und darüber eine Art Tipi aus großen Holzstücken. Alana hatte die Ehre, anzünden zu dürfen. Als das übrige Partyvolk durch den Sand angerannt kam, loderten die Flammen schon hoch und wild. Jedes Mal, wenn ein Scheit herabfiel, gab es ein kleines Feuerwerk aus Funken und eine Hitzewelle im Kampf gegen die Kälte.

Zelda schlich sich hinter mich und drückte mir etwas in die Hand.

»Schnell«, flüsterte sie. »Trink sie aus, bevor es ein anderer tut.«

Es war die Tausend-Dollar-Flasche Scotch. Lächelnd machte ich sie leer. Dann holte ich Jamies Playstation *Vita* aus meiner Jackentasche und warf sie ins Feuer.

DRINK NR. 7

EIN MUNDVOLL MEERWASSER

DIESMAL WAR ES WAHRSCHEINLICH GUT, DASS ICH nicht sprechen konnte, denn ich bezweifle, dass ich noch einen zusammenhängenden Satz herausgebracht hätte. Ich nahm die Welt nur in Blitzen wahr. Wie ein zu hastig geblättertes Daumenkino. Dann war da die Hitze des Feuers auf meinem Gesicht, der weiche Sand, als ich Schuhe und Socken auszog, und der Rauch in meinen Lungen. Ich beobachtete, wie Jamie anfing, sich mit Zelda zu unterhalten. Er konnte ein Arschloch sein, aber auch charmant, so wie das viele Arschlöcher sind. Ich war betrunken und eifersüchtig – nicht weil ich dachte, zwischen den beiden würde irgendwas passieren, sondern weil Jamie Zelda jetzt genauso gut kannte wie ich.

Ich schlenderte ans Wasser, bis dorthin, wo der Sand nass genug ist, um zwischen den Zehen zu knirschen. Selbst im schwachen Sternenlicht konnte ich die Spuren erkennen, die jeder Schritt hinterließ. Eine heftige Welle brandete heran und ergoss sich gurgelnd über meine Haut. Erst brannte es, doch dann prickelte es, als warmes Blut die kalte Haut durchströmte.

»Was für ein Schleimer«, sagte Zelda und stellte ihre hellen kleinen Füße dicht neben meine. »Er hat mich doch tatsächlich gefragt, ob du mein Sozialprojekt bist. Da habe ich ihm erzählt, dass wir seit Monaten ein Liebespaar sind. Und dass du noch nie empfundene Gefühle bei mir geweckt hast. Damit konnte ich ihn zum Schweigen bringen.«

Sie lächelte ein Lächeln, das ein Lächeln als Erwiderung erwartet, aber irgendwie schaffte ich das nicht.

»Alles in Ordnung mit dir?«

Ich ließ mich auf die Knie fallen und schrieb mit dem Finger in den nassen Sand.

Wer bist du?

»Du weißt, wer ich bin. Ich bin Zelda Fitzgerald. Ich bin Schriftstellerin, Malerin und Tänzerin. Eine Lebedame direkt aus dem Jazz-Age.«

In echt.

Sie seufzte. »Du würdest mir sowieso nicht glauben.«

Stell mich auf die Probe.

»Na gut.« Zelda hob ihr Kleid ein wenig hoch und kniete sich neben mir in den Sand. Sie benutzte zwei Finger, einer war das geisterhafte Echo des anderen. Damit schrieb sie in einer länglichen, geschwungenen Schreibschrift.

Name: Griselda Toth
Geburtsdatum: 19.12.1770
Geburtsort: Kassel

Wir standen gerade rechtzeitig auf, um zu sehen, wie das Meer ihre Worte und Ziffern überspülte, als wären es ein

Dutzend kleine Burggräben. Nur ein paar einzelne Buchstaben blieben übrig.

Ich zeigte ihr zwei Buchstaben in Gebärdensprache: *B* und *S* für Bullshit.

»Ich hab dir ja gesagt, dass du mir nicht glauben wirst.«

Ich kann gar nicht sagen, was für ein beschissenes Gefühl es war, als sie sich immer noch weigerte, mir irgendwas Wahres von sich selbst zu erzählen. Da hatte ich mein erstes Date aller Zeiten und wurde mit den Fantastereien einer Verrückten abgespeist.

»Sei nicht traurig, Darling.«

Sie streckte die Hand nach mir aus, aber ich wich zurück.

»Oh, wer wird denn da ein launischer Junge sein?«, sagte Zelda. »Aber ich weiß, wie ich ihn aufmuntern kann.« Mit einer einzigen geschmeidigen Bewegung zog sie sich ihr schwarzes Kleid aus und nahm dabei auch gleich noch den Kopfschmuck mit. Dann stand sie nackt da. Weiß wie das weiße Gefieder einer Möwe und ihr Haar im Mondschein fast bläulich. Plötzlich war ich sehr nüchtern und ungefähr um neunzig Prozent weniger wütend.

»Nun?«, sagte sie. »Du bist dran.«

Noch nie hatte ich mich vor einem Mädchen ausgezogen, aber jede Zaghaftigkeit hatte ich schon vor vier Drinks abgelegt. Die Perücke fiel als Erstes und lag im Sand wie eine getrocknete silberne Seeanemone. Dann folgten meine Jacke, das Hemd und die Hose. Ich wartete einen Augenblick in meinen Boxershorts, auf denen zufällig auch noch *Pac-Man* abgebildet war, ob Zelda sich umdrehen würde. Das tat sie nicht. Und jetzt hörte ich die Ausrufe und Anfeuerungen der anderen Partyteilnehmer, die kapierten, was hier vor sich ging, und sofort mitmachen wollten. Wenn ich noch länger wartete, würde ich am Ende eine Vorführung für sie alle geben.

Also runter mit den Boxershorts.

Zelda steuerte aufs Meer zu und sprang dabei wie eine langbeinige Krabbe. Ich folgte ihr. Wir brauchten nur ein paar Schritte und platschten schon ins seichte Wasser. Es war irre kalt und ließ uns beide nach Luft schnappen wie frisch gefangene Fische. Wir lachten hysterisch darüber, dass es so schlimm war. Zelda liefen schwarze Bäche aus Wimperntusche über die Wangen. Hinter uns am Strand rissen sich alle Stück um Stück die Kostüme vom Leib. Es war wie ein verrückter Traum. Der Anblick dieser Leute, die sich aus ihren Verkleidungen schälten und falsche Muskelpakete, Plastikpanzer, Elfen- und Engelsflügel oder Teufelshörner abwarfen. All das bildete bald einen Grabhügel der Illusionen. Ich fragte mich, ob Zelda mir damit etwas Wahres zeigen wollte; eine Version ihrer selbst ohne Kleidung und Make-up, um sich dahinter zu verstecken. Sie glitt um mich herum, klammerte sich an meinen Rücken, presste ihren weichen, bibbernden Leib an meine Wirbelsäule und schlang die Beine um meine Hüften. Dann warf sie eine silberne Locke ihres wie Seegras aussehenden Haars über meine Schulter und flüsterte mir ins Ohr: »Das war ein perfekter Abend.« Jetzt spritzten auch andere im Wasser herum, schrien vor Kälte und Übermut. Ich drehte mich, um Zelda anzusehen, und sie küsste mich. Diesmal auf den Mund. Ich erwiderte ihren Kuss. Dabei vergaß ich, mit den Füßen zu strampeln und wir versanken wie ein Stein.

Ich schluckte einen Mundvoll Meerwasser.

DRINK NR. 8

HARTES LEITUNGSWASSER

IN DEM WASSER HIELT ES KEINER LANGE AUS. Nacheinander schleppten wir unsere frierenden Körper zurück an Land, trockneten uns mit den eigenen Kleidern ab und setzten uns im Kreis um das Lagerfeuer. Es war die stille Phase, die, wie ich gelernt hatte, am Ende jeder Party kommt, wenn der nächste Tag sein hässliches Haupt zu heben beginnt. Das Holz knisterte, Leute rauchten und alle starrten in die ersterbenden Flammen. Als nur noch Glut übrig war, stapften Zelda und ich zum Parkplatz zurück, wo die Limousine immer noch wartete. Wir küssten uns wieder und hörten erst damit auf, als der Wagen vor meinem Haus hielt.

»*Home sweet home*«, sagte Zelda. »Und hier sagen wir Adieu.«

Ich zeigte auf sie, dann auf das Haus.

»Du möchtest, dass ich mit reinkomme? Wie modern! Aber wird das deine Eltern nicht stören?«

Ich schüttelte den Kopf und machte die Gesten für Trinken und Schlafen. Zelda schien sich nicht sicher zu sein, deshalb ergriff ich ihre Hand und zog sie mit mir aus dem Wagen.

»Gut, gut, gut«, sagte sie. »Ich komme aus freien Stücken mit. Danke.«

Sie bezahlte den Fahrer der Limousine (wie viele der Hunderter sie wohl ausgegeben hatte, damit der Typ den ganzen Abend über wartete?), dann gingen wir hinein und so leise wie möglich durch die schmale Küche und die Treppe hinauf. Die Leiter zum Dachboden stöhnte, als ich sie herabließ, doch ich wusste, meine Mom würde davon nicht aufwachen.

Es war seltsam, ein Mädchen, das ich mochte, in meinem Zimmer zu haben. Plötzlich war mir alles peinlich: der Plüschelefant Irrelefant, der oben auf den Kissen in meinem Bett saß, die *PlayStation 4* unter dem Fernseher; die Science-Fiction- und Fantasyromane, die das Bücherregal dominierten. Zum Glück war es dunkel und Zelda betrunken. Wir zogen beide unsere Kostüme aus. Ich gab ihr ein T-Shirt und Boxershorts, und sie fiel fast hin beim Versuch, sie anzuziehen. Dann schlüpften wir gemeinsam unter die Decke.

»Parker?« Ich wartete, bis ihr wieder einfiel, dass ich ihr nicht mit Worten antworten konnte. »Ich werde heute keinen Sex mit dir haben. Du bist süß und alles, mit deinem Riesenstrauß Sonnenblumen, und ich mag dich wirklich, aber es wäre nicht richtig. Selbst wenn es Spaß machen würde. Und ich bin übrigens ziemlich gut mit Spaß. *Sehr* gut.« Ich beobachtete, wie sie Mühe hatte, wieder zu ihrem ursprünglichen Gedanken zurückzufinden. »Aber das zählt nicht. Ich kann trotzdem nicht mit dir schlafen. Es hat nichts mit dem Sex an sich zu tun, weißt du, sondern mit allem, was damit einhergeht. Verstehst du?« Obwohl Zelda die Frage an mich gerichtet hatte, kam es mir eher so vor, als würde sie mit sich selbst diskutieren. Ihre Stimme wurde immer aufgeregter. »Ich kann nicht einfach noch mal von vorn anfangen, Parker. Ich bin ausgebrannt. Ich bin nur noch eine Hülle! Es wäre alles andere als fair dir gegenüber oder ihm oder sogar mir.« Sie nahm meinen Kopf in beide Hände und sah mir eindringlich in die Augen. »Kein bisschen fair, Parker Santé.«

Ich hatte keine Ahnung, wovon sie redete und wen sie mit »ihm« meinte. Sollte das heißen, sie hatte einen Freund?

Plötzlich ließ sie meine Wangen los und plumpste lachend auf den Rücken. »Ich erwarte immer noch, dass du antwortest. Dabei kannst du das ja nicht, oder?« Sie stützte sich auf einen Ellbogen. »Weißt du, manche würden sagen, du bist der Traum jeder Frau. Ein Mann, der nur zuhören kann.« Es war das erste Mal, dass jemand anderes als meine Mutter mich einen Mann nannte (und wenn Mom das tat, sagte sie immer *junger Mann* mit einem ironischen Unterton, der eigentlich nicht zu der Bezeichnung passte). Seltsamerweise sorgte allein dieses Wort dafür, dass ich mich auch als solcher fühlte.

»Ich bin mir sicher, morgen früh wird das alles einen Sinn ergeben«, sagte sie jetzt gelassen. Sie legte ihren Kopf an meine Brust und war ein paar Sekunden später eingeschlafen. Ich ließ sie für eine Weile dort liegen und bemühte mich, keine Bewegung zu machen. Relativ bald wurde mein Arm jedoch taub und prickelte. Noch dazu hatte ich von dem ganzen Alkohol einen üblen Geschmack in der Kehle. Zelda schnaubte leise, als ich sie von mir runterschob.

Ich war gerade unten und trank ein großes Glas Leitungswasser, als ich es hörte. Musik aus der Ferne, wie von diesen Eiswagen, die im Sommer immer durch die Stadt tingeln. Ich dachte erst, sie käme von draußen, doch als ich die Treppe wieder hochstieg, wurde das Geräusch lauter. Erst oben auf dem Dachboden begriff ich, was ich da hörte.

Zeldas Telefon klingelte.

Ich öffnete ihre Handtasche und nahm es heraus. Endlich verstummte es. Ich warf einen Blick auf Zelda, um zu sehen, ob sie etwas gehört hatte, doch sie kriegte von der Welt nichts mit. Eine Sekunde später gab das Handy noch ein *Ding!* von sich. Eine Nachricht auf der Mobilbox.

Ich drückte den Knopf, ohne vorher darüber nachzudenken.

»Ms Toth, hier ist Gabby Greene von der Universitätsklinik San Francisco. Ich rufe wegen Nathaniel an. Bitte melden Sie sich, sobald Sie können. Es ist dringend.«

Ich weiß, es ist das Letzte, fremde Mailboxen abzuhören. Aber wisst ihr, was sogar noch schlimmer ist? Die Mailbox zu löschen, dann auf die Liste der verpassten Anrufe zu gehen und zu löschen, dass es diesen Anruf je gegeben hat, und schließlich noch in die Einstellungen zu gehen und das Telefon in den Modus *Bitte nicht stören* zu bringen, damit keine weiteren Anrufe mehr ankommen.

Und klar, höchstwahrscheinlich hatte sie mir die ganze Zeit Bullshit erzählt (obwohl die Nachricht zwei Dinge bestätigte, die sie mir gesagt hatte – dass ihr Nachname Toth war und sie irgendeine Verbindung zu einem Mann namens Nathaniel hatte), und worum auch immer es ging würde nicht dazu führen, dass sie von der Golden Gate Bridge sprang. Aber es gab auch die winzig kleine Möglichkeit, dass ich ihr mit meiner Aktion gerade das Leben gerettet hatte. Und womöglich mein eigenes.

Ich kroch zurück ins Bett und schlief sofort ein.

SAMSTAG

1

NOVEMBER

WAS IST IN DER SCHACHTEL?

ICH WACHTE AUF UND HATTE DEN KOPF VOLLER Watteballchen, die mit Glasscherben gespickt waren. Jeder Pulsschlag fühlte sich an, als würde mir ein Affe mit einem Tischtennisschläger auf den Kopf hauen. Da fiel mir das Mädchen in meinem Bett wieder ein und der Affe beruhigte sich ein wenig. Sie schlug die Augen auf: der Pazifik in einem, der Atlantik im anderen. Ich fürchtete, sie würde ausflippen, sobald ihr klar wurde, dass sie die Nacht bei mir verbracht hatte.

»Guten Morgen.« Sie lächelte verschlafen und zuckte dann zusammen. »Meine Güte, ich kann mich gar nicht erinnern, wann ich das letzte Mal einen Kater hatte. Wir brauchen Kaffee. Und zwar schnell.«

Stöhnend quälten wir uns aus dem Bett. Zelda hatte keine anderen Kleider mit, also behielt sie das T-Shirt von mir an, zog einen Hoodie darüber und die schmale schwarze Jeans, die sie mir in der Mall gekauft hatte (und die ihr erstaunlich gut passte). Als sie einen Socken vom Boden aufhob, entdeckte sie die Schachtel.

»Was ist das?«

Ich hatte sie fast vergessen. Vor ein paar Jahren hatte Dads

Verleger einen ganzen Packen seiner unveröffentlichten Arbeiten geschickt. Ich schätze, die hatten überlegt, so eine Art Gesamtwerk rauszubringen (und am Ende hieß es wohl doch: *Nein, Danke*). Mom meinte, sie würde es nicht ertragen, irgendwas davon zu lesen, also gab sie einfach alles mir.

D-a-d, buchstabierte ich mit den Fingern.

Zelda sah verwirrt drein. »Bab?«

D-a-d, wiederholte ich und formte das Wort gleichzeitig mit dem Mund.

»Oh! Dein Dad! Sind das seine Arbeiten?«

Ich nickte.

Sie kniete sich neben die Schachtel und nahm den Deckel ab. Zum Vorschein kam ein Durcheinander aus Papieren, Mappen und Notizbüchern. Manche Seiten waren von einer engen, kaum leserlichen Handschrift bedeckt. Anderes war mit Schreibmaschine getippt. Es gab Sachen auf Spanisch und welche auf Englisch. Zeitungsausschnitte und alte Fotos sowie ein paar gebundene Hefte mit Aufklebern, auf denen *Diario* stand.

»Seine Tagebücher«, sagte Zelda und hielt eines davon hoch. »Hast du sie gelesen?«

Ich schüttelte den Kopf. Einmal hatte ich es versucht, nachdem die Schachtel gerade erst angekommen war, doch die Zeit, die es kostete, seine gekritzelte Handschrift zu entziffern, stand in keinem Verhältnis zum Unterhaltungswert der langweiligen Erwachsenenprobleme, über die er sich ausgelassen hatte. Zelda blätterte durch eines der Hefte und schlug eine beliebige Seite auf.

»15. Juni 2005«, las sie. »Es ist wieder derselbe alte Streit.

Sie sagt, wir brauchen mehr Geld, ich sage, bald werden wir es haben. Sie sagt, es macht ihr nichts aus zu arbeiten, ich sage, mir schon.« Ich wusste nicht, dass Zelda Spanisch konnte. Sie so aus dem Stegreif übersetzen zu hören, war beeindruckend. »Und dann schreit erst der eine, dann der andere, dann zerschlage ich etwas, das zu zerschlagen ich mir nicht leisten kann. Dann mache ich einen Spaziergang, um wieder einen klaren Kopf zu bekommen, nur dass mein Kopf nicht klar wird.« Sie hörte auf zu lesen, legte das Tagebuch in die Schachtel zurück und schloss den Deckel. »Tut mir leid. Ich hätte das nicht tun sollen.«

Ich schnappte mir mein Notizbuch und einen Stift vom Schreibtisch.

Das ist nichts, was ich nicht schon wüsste, schrieb ich. *Er war ziemlich unglücklich.*

»Das hört man ihm an. Woran, glaubst du, lag das?«

Ich schätze, er war nicht so erfolgreich, wie er es sich gewünscht hätte. Von seinem letzten Buch wurden ungefähr zweihundert Stück verkauft.

»War er nicht gut?«

Ich weiß nicht. Aber vielleicht strengte er sich nicht genug an. Ich erinnere mich, eines Tages mit meiner Mutter nach Hause gekommen zu sein und die Haustür zu laut zugemacht zu haben. Da kam er aus seinem Arbeitszimmer gestürmt. Das war in dem Haus, wo wir früher gewohnt haben und das viel größer war. Er hat sich total wütend darüber ausgelassen, dass er zum Arbeiten Ruhe braucht. Als ich ein bisschen später durchs Schlüsselloch schaute, saß er nur da, spielte Solitär und trank ein Bier.

»Vielleicht war das ein Teil seines Schreibprozesses.«

Ich sah Zelda mit einem Blick an, der *Na klar* ausdrückte, sodass ich es nicht hinschreiben musste.

»Hat er dir jemals wehgetan?«

Nicht so. Er war kein schlechter Typ. Auch wenn es jetzt so klingt.

»Es gibt keine schlechten Typen«, sagte Zelda und legte eine Hand auf meine. »Nur in schlechten Filmen.«

Ich schob die Schachtel unters Bett zurück. Wir zogen uns fertig an und stiegen dann vom Dachboden herunter. Ich konnte meine Mom unten in der Küche herumpoltern hören. Irgendwie mussten wir an ihr vorbeikommen.

»Sind das deine Eltern?«, fragte Zelda und zeigte auf ein halbes Dutzend Fotos an der Wand. Ich nickte.

»Mein Gott, das ist ja wie ein Friedhof hier drin. Ist das ihr Schlafzimmer?« Bevor ich irgendwas darauf antworten konnte, hatte Zelda die Tür auch schon aufgestoßen. Das Bett meiner Mom war ungemacht, im Kissen konnte man noch die Vertiefung sehen. Auf dem Nachttisch lagen ihre Medikamente – *Prozac* und *Tylenol PM* – neben einer leeren Weinflasche. Zelda schien sich aber mehr für all die Fotos zu interessieren. Eines über dem Fernseher. Ein anderes neben dem Fenster. Ein paar auf ihrem Schminktisch. Zelda nahm das direkt hinter dem *Prozac* in die Hand. In einem kleinen blumenverzierten Rahmen saß mein Vater rauchend an einem Picknicktisch. »Seit wann ist er tot?«

Ich hielt fünf Finger hoch.

»Und deine Mom hat nicht mehr geheiratet?« Ich schüttelte den Kopf. »Das sollte mich eigentlich nicht überraschen. Welcher Mann würde in einem Haus voller Geister Liebe machen wollen?«

Es kam mir ausgesprochen eigenartig vor, das Privatleben meiner Mutter mit einer quasi fremden Person zu besprechen. Im Grunde genommen fühlte es sich schon eigenartig an, ihr Privatleben überhaupt zu besprechen. Ich nahm Zeldas Hand und zog sie zurück auf den Flur.

Warte hier, formte ich mit den Lippen, sobald wir am Treppenabsatz standen.

»Jawohl, Sir«, sagte Zelda mit gespieltem Ernst.

In der Küche stand Mom am Herd. Der unglaublich köstliche Duft von Speck stieg mir in die Nase und lenkte mich kurzfristig von der Aufgabe ab, Zelda unbemerkt aus dem Haus zu schaffen.

»Morgen, Sonnenschein«, sagte Mom. Ich versuchte, mich an ihr vorbei ins Wohnzimmer zu schieben. »Warte mal kurz.« Sie legte eine Hand an meinen Hinterkopf und zog mit einem Finger der anderen mein Augenlid nach unten, sodass sie mein blutunterlaufenes Auge sehen konnte. »Du bist verkatert!«, verkündete sie.

Wie schon gesagt, ist es echt schwer zu lügen, wenn man nicht sprechen kann. Ich suchte noch nach einer Erklärung, als wir beide vom vielsagenden Knacken der Treppe abgelenkt wurden. Ich sah meine Mom an. Sie schaute zur Treppe. Ich schaute zur Treppe. Meine Mom sah mich an. Wir beide schauten zur Treppe.

»Guten Morgen, Ms Santé«, sagte Zelda. »Ich bin Zelda.«

Es gibt ja diese Sorte Schock, die alle üblichen Reaktionen lähmt. Etwa wenn jemand etwas so Fieses sagt, dass einem die passende Erwiderung erst Stunden später einfällt. Ich konnte meiner Mom ansehen, dass sie gerade genau so einen Schock bekam. Die meisten Jugendlichen würden echt Ärger kriegen, wenn sie sich erst betrunken und dann irgendein Mädchen mit nach Hause gebracht hätten. Bei mir dagegen bedeutete das einen so riesigen Satz in Richtung normalem Teenagerverhalten, dass mir klar war, meine Mutter würde es nicht verurteilen. Folglich war sie zwischen zwei jeweils unmöglichen Reaktionen gefangen. Der Augenblick dehnte sich immer weiter in die Länge, während der Speck laut brutzelte.

»Ich schätze, da muss ich mehr Eier nehmen«, sagte Mom schließlich.

»Vielen Dank, Ms Santé.«

Zelda und ich gingen ins Wohnzimmer und setzten uns. Ich ließ ein ganzes Polster zwischen uns frei – eine eher leere Geste in Anbetracht dessen, was Mom vermuten musste, dass letzte Nacht passiert war (auch wenn es tragischerweise nicht dazu gekommen war). Ein paar Minuten später wurde das Frühstück serviert. Dazu lebensspendender Kaffee.

»Brauchen wir noch irgendwas?«, fragte meine Mom.

»Das sieht alles wundervoll aus«, sagte Zelda.

»Dann ist es ja gut.«

Jetzt war es so weit. Es war so unvermeidlich wie der Tod, Steuern und *Law & Order* zu jeder Uhrzeit auf irgendeinem Fernsehsender. Mom setzte sich in den Polstersessel uns gegenüber, holte tief Luft und dann …

DAS VERHÖR, TEIL 1

»ALSO, ZELDA, ERZÄHL MIR ALLES VON DIR. WOHER kommst du?«

»Omaha«, sagte Zelda ohne Zögern. Und bildete ich mir das ein oder hatte sie gerade einen leichten Nebraska-Akzent angenommen? »Waren Sie mal dort?«

»Ja, das war ich. Ich bin Flugbegleiterin bei Delta Airlines, also komme ich quasi überall rum.«

»Das muss Spaß machen. Ich fand Fliegen schon immer so romantisch.«

Mom lachte. »Romantisch? Vielleicht vor fünfzig Jahren, als Fliegen nur was für Reiche war. Aber die Zeiten sind längst vorbei.«

»Was für eine Schande. Wisst ihr, *American Airlines* hatte früher eine Pianobar in der *Touristenklasse*. Könnt ihr euch das vorstellen? Jetzt kann man sich schon glücklich schätzen, wenn man ein Tütchen Erdnüsse bekommt. Aber selbst wenn, dann lässt es sich nicht aufreißen.«

»Klingt, als seist du schon viel gereist. Bist du ein Armykind oder so?«

Zelda schüttelte den Kopf. »Ich schätze, ich habe einfach

unheilbare Wanderlust. Das ist so, wie Kundera schreibt: ›Im Kopf einer Frau, die nirgends zuhause ist, da ist die Vorstellung vom Ende aller Flucht unerträglich.‹«

Mein Mom machte ein irritiertes Gesicht, und ich konnte es ihr nachfühlen – sich mit Zelda zu unterhalten, *war* eine schräge Erfahrung. »Und wo gehst du zur Schule?«

»Auf die französische Schule in der Innenstadt. Kennen Sie die?«

Gestern Abend hatte Zelda mir noch erklärt, sie ginge überhaupt nicht zur Schule. Hatte sie da gelogen oder log sie jetzt?

»Natürlich! Wie schick!« Meine Mom probierte ihren schrecklichen französischen Akzent aus. »*Parlez-vous?*«

»*Bien sûr! Et vous?*«

»Oh, äh, nein. Eigentlich nicht. Ein bisschen Spanisch ist alles, was ich kann.«

»*Me gusta español tambien.*«

Meine Mom beugte sich vor und gab mir einen Klaps aufs Knie. »Was für eine tolle junge Dame du da hast, Parky!«

Als ob ich das nicht wüsste, antwortete ich in Gebärdensprache.

»Und wo planst du, aufs College zu gehen, Zelda?«

»Mehr oder weniger dort, wo Parker sich auch bewirbt, um ehrlich zu sein.«

Mist! Meine Mom sollte eigentlich nie von dem Deal zwischen Zelda und mir erfahren. In erster Linie weil ich nicht vorhatte, meinen Teil zu erfüllen. Ich starrte Zelda mit meinem tödlichsten Laserblick in die Augen, aber sie fuhr unbekümmert fort. »Tja, es läuft so gut zwischen uns, dass ich mir denke, warum sollen wir nicht versuchen, auch an der Universität zusammenzubleiben.«

Meine Mutter machte ein Gesicht, als habe sie gerade den Lottojackpot gewonnen. »Das ist ja ganz was Neues! Mein letzter Stand war, dass er sich überhaupt nicht bewirbt.«

»Er wollte einfach keine große Sache daraus machen«, sagte Zelda. »Wegen seiner Noten und allem wird er ja vielleicht nicht genommen. Aber ich fand, Sie sollten es wissen.«

»Also – das – ich –«

Zuerst dachte ich, meine Mutter suche nach Worten, dann merkte ich, dass sie weinte. »Tut mir leid, Parker«, schniefte sie, »aber das sind so umwerfende Neuigkeiten. Und ich wünschte nur … ich wünschte, Marco wäre hier. Er würde –«

»Keine düstere Stimmung heute Morgen, Ms Santé«, sagte Zelda und schaffte es, die Heulerei einzudämmen, bevor sie richtig losging. »Wir sollten lieber feiern! Habt ihr hier irgendwelche Musik?« Sie ließ den Blick schweifen, bis sie die Stereoanlage auf dem Bord unter dem Fernseher entdeckte. »Perfekt.«

Sie schaltete das Radio ein und suchte einen Sender, der irgendwelchen flotten altmodischen Jazz spielte.

»Komm schon«, sagte sie und streckte mir die Hand hin. »Ich habe gestern den ganzen Abend zu Musik getanzt, die du magst. Jetzt bist du dran.«

Ich stand auf und sofort zog sie mich an sich. Wir tanzten Wange an Wange und mit je einem zur Seite gestreckten Arm, als würden wir zusammen Bogen schießen.

»Ich liebe diese Art von Musik!«, sagte Mom. Sie wischte sich über die Augen, stand dann auf und begann, wie alte

Leute das so machen, auf liebenswerte Weise allein durchs Zimmer zu tanzen. Nach vielleicht dreißig Sekunden ließ sie sich jedoch auf die Couch fallen. »Ich bin zu alt zum Tanzen.«

»Unsinn!«, sagte Zelda. »Sie sind noch nicht einmal die älteste Person hier im Raum!«

Meine Mom lachte, vor allem aus Verwirrung, und begann bald von Neuem zu tanzen. So machten wir drei gute zwanzig Minuten weiter, und mir wurde bewusst, dass dies die vielleicht reinste und unkomplizierteste Freude war, die seit langer Zeit in diesem Haus geherrscht hatte.

IM JAPANISCHEN TEEGARTEN

ICH WEISS, DAS IST VIELLEICHT SCHWER ZU GLAUBEN, aber damals in der Grundschule und bevor ich der berüchtigte sprachlose Einzelgänger wurde, der ich heute bin, hatte ich tatsächlich einen besten Freund. Er hieß John und wir spielten in jeder freien Minute zusammen im Golden Gate Park. Wir taten, als wären wir Zauberer und Krieger aus unseren liebsten Videospielen, fuchtelten mit abgebrochenen Ästen und schleuderten Kiefernzapfen, als wären es Feuerkugeln. Es dauerte nicht lange, bis wir jeden Winkel des Parks kolonisiert hatten wie irgendeine imperialistische Macht, die ihre Flagge auf bereits bewohntem Gebiet aufpflanzt. Ich besitze sogar noch ein paar der Karten, die wir zeichneten und mit geografischen Fantasienamen beschrifteten: *Koboldfriedhof*, *Terrortorium*, *See der Riesenpiranhas*, *Versengter Berg*. In diesen Landschaften führten wir einen nicht enden wollenden Krieg gegen ein namenloses Unheil. Das funktionierte so, dass wir ein paar Minuten lang in die Luft tretend und boxend herumrannten und uns dann zu Siegern erklärten. Für alle anderen Parkbesucher sah das Ganze wahrscheinlich eher aus wie zwei kleine Jungs, die gleichzeitig einen zwanzigminütigen epileptischen Anfall erlitten. In unserer Fantasie waren wir jedoch echte Helden.

John und ich hörten auf uns zu sehen, als wir auf die Mittelschule wechselten, aber ich spielte noch bis zu einem Alter in einer Fantasiewelt, das ich hier im Moment nicht preisgeben will. Jedenfalls konnte Zelda es nicht glauben, als ich ihr erzählte, noch nie im Japanischen Teegarten gewesen zu sein, der sich mitten im Golden Gate Park befindet, verborgen hinter zwei großen, rot lackierten Toren. Die sechs Dollar Eintritt hatten stets genügt, mich abzuschrecken, da der restliche Park gratis für jeden zugänglich war. Aber Zelda meinte, er sei einer ihrer Lieblingsorte in der ganzen Stadt. Nach der improvisierten Tanzparty mit meiner Mom machten wir uns auf den Weg dorthin, vorbei an einer Nach-Halloween-Walk-of-Shame-Parade.

Eine ganz in schwarz gekleidete Teenagerin saß in dem Kassenhäuschen und las in einer Zeitschrift, die nur aus Fotos von Tattoos zu bestehen schien.

»Zweimal, bitte«, sagte Zelda.

Hinter den Toren führten steile Brücken über klare Teiche. Winzige, perfekt geschnittene Bäume hatten Stämme, die so verzwirbelt aussahen wie Handtücher beim Auswringen. Die leuchtend roten Äste von Japanischem Ahorn ließen ihr Laub wie Konfetti fallen – pink auf der einen, weiß auf der anderen Seite. Das Teehaus stand in der Mitte des Gartens. Nur etwa ein halbes Dutzend Leute saß verstreut auf der Holzterrasse, sie unterhielten sich leise und nippten an dampfenden Keramikbechern. Wir setzten uns an einen

Tisch mit Blick auf einen von vielen Steinen durchzogenen Bach. Als die Kellnerin kam, bestellte Zelda für uns beide.

Ich packte mein Notizbuch aus und begann zu schreiben. Nach Zeldas oscarreifer Performance beim Frühstück hatte ich mehr Fragen denn je.

Stimmte das, was du meiner Mom über Omaha und die französische Schule erzählt hast?, schrieb ich.

»Nein. Ich habe dir gestern Abend die Wahrheit erzählt. Oder es wenigstens versucht.«

Ich mein's ernst.

Zelda seufzte. »Parker, lass uns ein Spiel spielen, ja? Es heißt *Vertrau-mir-Mal.* Dieses Spiel spielen alle Leute, wenn sie jemand Neues kennenlernen. Erzählt dir ein Mädchen, es kommt aus Australien oder ist Akrobatin, dann glaubst du ihr doch einfach, oder? Du nimmst nicht an, dass sie lügt.«

Zu sagen, man sei aus Australien, ist nicht das Gleiche wie die Behauptung, du wärst zweihundert Jahre alt.

»Zweihundertsechsundvierzig, Parker, und natürlich ist es das, wenn es stimmt.«

Dann beweis es.

»Das ist leichter gesagt als getan, glaub mir. Was könnte ich dir denn zeigen, um dich zu überzeugen?«

Ich dachte darüber nach und kam zu dem Schluss, dass sie recht hatte. Ich konnte sie ja nicht in der Mitte durchsägen und einfach die Jahresringe zählen.

»Wie wär's denn damit – würdest du mir darin zustimmen, dass ich eine ziemlich beeindruckende Person sein müsste, um eine überzeugende Geschichte von Unsterblichkeit zu erfinden?«

Du bist eine ziemlich beeindruckende Person, schrieb ich.

Zelda lächelte. »Frag mich irgendwas. Versuch, mich bei einer Lüge zu ertappen. Ich fordere dich heraus.«

Unser Tee kam. Er hieß *Genmaicha*. Schon immer mochte ich den Geruch von Tee viel lieber als den Geschmack. Deshalb nahm ich mir auch jetzt kurz Zeit, um den kräftigen Duft einzuatmen, der aus dem dampfenden Tee aufstieg. Als ich dann daran nippte, staunte ich: Er schmeckte wie angebrannter Reis. Nicht schlecht.

Kann ich dich wirklich alles fragen?

»Mach, was du willst.«

Das mache ich immer.

DAS VERHÖR, TEIL 2

WO BIST DU GEBOREN?, SCHRIEB ICH.

»In der Residenzstadt Cassel in Deutschland, die sich heute mit *K* schreibt. Damals sehr hübsch, aber das würde man heute nicht mehr erkennen. Das Stadtzentrum wurde im Krieg zerstört.«

Im Krieg?

»Im Zweiten Weltkrieg. Damals wurden in einer einzigen Nacht 150.000 Menschen obdachlos.«

Ich griff nach meinem Handy und suchte Kassel bei Wikipedia. Zelda wartete geduldig, während ich las. Nachdem ich diese Fakten nachgelesen hatte, suchte ich nach etwas Unbedeutenderem, das ich sie fragen konnte.

Erzähl mir von Park Wilhelmshöhe, schrieb ich und war froh, dass ich das nicht aussprechen musste.

»Das ist ein riesiger Park an einem Berghang. Jedes Jahr lässt man Wasser vom Herkulesdenkmal bis hinunter zum Teich neben dem Schloss laufen. Als Kinder tobten wir immer darin herum.«

Und kannst du mir ein paar Berühmtheiten nennen, die in Kassel gelebt haben?

»Die Brüder Grimm sind wahrscheinlich am bekanntesten. Sie schufen in der Stadt ihre besten Werke, allerdings habe ich damals nicht dort gelebt. Einmal bin ich ihnen auf einem Fest begegnet. Einer von ihnen war geradezu unheimlich langweilig, der andere unheimlich schwul. Natürlich sprach man in dieser Zeit über so etwas nicht. Ich meine die Homosexualität, nicht die Langweiligkeit.«

Welcher Maler ist im Schloss ausgestellt?

»Das sind ein paar, aber wahrscheinlich meinst du Rembrandt. Den mag ich nicht besonders. Zu düster.«

Okay, diese Abfrage war vielleicht nicht wirklich hilfreich. Es wäre für sie ja auch keine große Sache gewesen, die Wikipediaseite einer mittelgroßen Stadt auswendig zu lernen.

Sie lächelte fast ein wenig triumphierend. »Bist du denn jetzt überzeugt?«

Du beantwortest ja nur belanglose Fragen.

»Weil du nur belanglose Fragen stellst.«

Sie hatte recht. Zahlen und Fakten waren leicht. Ich brauchte was Komplizierteres, das schwerer zu ersinnen war.

Erzähl mir dein Leben, schrieb ich.

»Mein Leben?«

Genau. Also alles auf einmal.

»Zweihundertfünfzig Jahre ergeben eine ziemlich lange Geschichte.«

Du sagtest zweihundertsechsundvierzig.

»Ich habe gerundet!«, seufzte Zelda. »Voltaire hat gesagt, das Geheimnis eines Langweilers ist, dass er alles erzählt. Du weißt das noch nicht, Parker, aber es ist möglich, von den eigenen Geschichten die Nase voll zu haben. Ist das die einzige Möglichkeit, dich zufriedenzustellen?«

Lass die Verzögerungstaktik und erzähl schon.

»Meine Güte, was für ein kleiner Tyrann!« Zelda griff nach ihrem Tee, pustete darauf und nahm zögernd einen Schluck. Ich fand, das müsste einem guten Geschichtenerzähler reichen, um sich die Grundzüge einer erfundenen Geschichte zu überlegen. Doch es würde noch Lücken geben, wenn ich aufmerksam genug zuhörte. In einem ersten Entwurf gab es immer Ungereimtheiten.

»Mein Vater war ein Richter«, sagte sie schließlich. »Meine Mutter war eine Mutter, wie alle Mütter damals. Meine Kindheit verlief für die Zeit relativ normal. Ich wurde in Dingen unterrichtet, die Mädchen meines Standes damals lernen durften. Musik und Zeichnen. Sprachen. Nettigkeiten. Trotz der hier war ich eine gute Partie.« Sie zeigte auf ihr silbernes Haar. »Ja, es sah schon immer so aus.«

Du hast es gefärbt.

»Ach, du bist so ein typischer *Mann.* Schau dir doch die Ansätze an, Dummerchen. Die Farbe reicht bis an die Wurzeln.«

Sie beugte sich über den Tisch und hielt mir ihren Kopf ins Gesicht. Ich teilte mit einer Hand ein paar Strähnen. Es stimmte – silbern vom Ansatz bis in die Spitzen.

Du könntest sie erst gestern gefärbt haben, schrieb ich.

»Klar«, schnaubte Zelda. »Ich habe mein Haar gestern gefärbt, damit ich dich, einen Jungen, dem ich noch nie begegnet war, davon überzeugen kann, dass es von Natur aus silbern ist. Mach dich nicht lächerlich.« Sie warf ihr Haar wieder nach hinten. »Aber egal. Mein erster Ehemann, Karl, mochte die Farbe jedenfalls. Er sagte, sie sei etwas Besonderes. Wir heirateten, als ich 18 war. Karl war Advokat, ein sehr guter Freund meines Vaters. Ich mochte ihn ganz gern und bemühte mich nach Kräften, ihm eine gute Frau zu sein. Doch es stellte sich heraus, dass eines der Symptome meines Zustands Unfruchtbarkeit ist. Dabei versuchten wir alles. Ich verbrachte Monate in Sanatorien in großen Höhen. *Kuren* nannte man das. Als klar wurde, dass es keine Heilung geben würde, ließ mein Mann unsere Ehe annullieren. Ich dachte mir, dass ich niemals mehr heiraten würde. Damals galt eine Frau, die keine Kinder bekommen konnte, praktisch nicht als Frau. Ich blieb zuhause bei meinen Eltern, während meine Geschwister alle eigene Familien gründeten. Ein paar Jahre vergingen, bevor erste Fragen aufkamen. Warum sah ich mit 25 immer noch so aus wie mit 18? Und mit 28? Selbst mit 33? Weißt du, damals glaubten die Leute noch an Hexen und Dämonen. Als das Gerede nicht mehr zu überhören war, schickte mich mein Vater in ein Haus in Schottland, das uns gehörte. Dort lebten außer mir nur eine Haushälterin und ein Verwalter. Fiona und Clive hießen die beiden. Irgendwann begriffen sie meinen Zustand, doch Diskretion galt zu jener Zeit noch als Tugend, und keiner von beiden verlor auch nur ein Wort darüber. Sie waren so gute Seelen. Ich habe sie beide überlebt.«

Zelda starrte ins Leere, während sie den Teebecher an ihre Lippen hielt und der Dampf, der vor ihren Augen aufstieg, an Nebel auf einem See erinnerte. Sie schien den Tränen nahe zu sein. Ich glaubte ihr natürlich immer noch nicht, aber mich beeindruckte, wie stur sie an ihrer Geschichte festhielt, und ihr schauspielerisches Talent.

»Das Leben in Schottland war eintönig, aber zumindest war ich dort in Sicherheit. Wenn ich in den Ort musste, bedeckte ich mein Gesicht mit einem Schleier, aber die meiste Zeit über blieb ich einfach zuhause. Ich las Bücher und pflegte meinen Garten. Ich musizierte und malte auch. Ein paarmal im Laufe der Jahre kamen mich meine Geschwister besuchen, und eine meiner Schwestern wohnte sogar einige Zeit bei mir, aber irgendwann starben sie alle. Nicht lange nach meinem hundertsten Geburtstag begann ich zu reisen. Ich besuchte Dutzende Länder auf der ganzen Welt, auf jedem Kontinent mit Ausnahme der Antarktis. Um die Wende zum Zwanzigsten Jahrhundert beschloss ich, nach Amerika auszuwandern. Damals war es viel einfacher, Dokumente zu fälschen, also konnte ich mich als meine eigene Nachfahrin ausgeben. Das geht inzwischen natürlich nicht mehr. Die moderne Technik hat so viele Dinge ihres Zaubers beraubt.«

Wovon lebst du?, schrieb ich.

»Meine Familie hat mir Geld hinterlassen. Das war ungefähr zur Zeit der Weltwirtschaftskrise aufgebraucht. Danach suchte ich mir Arbeit, bis ich wieder heiratete. Nathaniel. Ich habe ihn ja gestern schon erwähnt, glaube ich. Wir lernten uns im Hotel *Palace* kennen. Er war ein gut aussehender junger Mann, aber ich hatte im Laufe meines Lebens schon eine Menge gut aussehender junger Männer kennengelernt, also war ich vorsichtig. Er brauchte Monate, bis er mich so weit hatte, dass ich einwilligte, mit ihm zu Abend zu essen. Wir heirateten noch im selben Jahr und verließen Amerika bald danach, um gemeinsam die Welt zu bereisen.«

Der Name Nathaniel erinnerte mich an die Sprachnachricht, die ich in der vergangenen Nacht gelöscht hatte. Er war zweifellos eine real existierende Person, aber nur Gott wusste, warum Zelda ihn als ihren Ehemann ausgab.

Hast du ihm die gleichen Sachen erzählt wie mir?

»Selbstverständlich. Er wäre ja früher oder später draufgekommen.«

Und er glaubte dir?

»In der Tat.« Zelda trank ihren Tee aus. »Hast du jetzt noch irgendwelche weiteren Fragen, Parker Santé, oder bist du bereit, deine Niederlage einzugestehen?«

Ich überlegte. Sie hatte sich denkbar gut geschlagen; mir war keine einzige Ungereimtheit in ihrer Geschichte aufgefallen. Aber das spielte auch kaum eine Rolle, wenn es in der Story, die sie mir zu verkaufen versuchte, um Unsterblichkeit, mehrfache Eheschließungen und Abhängen mit den Gebrüdern Grimm ging. Im Grunde genommen war das alles eine einzige große Ungereimtheit.

Tut mir leid, schrieb ich. *Aber: Nein.*

GLAUB ES

»TJA, ICH WEISS NICHT, WAS ICH DIR SONST NOCH erzählen soll«, sagte Zelda. »Ich habe getan, was ich konnte.«

Ich schreibe auch Geschichten, Zelda. So schwer ist das nicht.

»Für mich schon. Ich besitze dein Talent nicht. Ich kann Dinge nur so erzählen, wie sie sind.«

Aber du erwartest jetzt nicht tatsächlich von mir, dass ich dir glaube, unsterblich zu sein, nur weil du das behauptest, oder? Ich bin doch nicht bescheuert.

»Ich denke nicht, dass du bescheuert bist, Parker, und ich habe nicht behauptet, unsterblich zu sein. Ich scheine nur nicht zu altern. Aber ich bin sehr zuversichtlich, dass es zu Ende sein wird, wenn ich von der Golden Gate Bridge springe.«

Siehst du, jetzt tust du es schon wieder. Noch mehr verrückter Mist, den ich dir glauben soll, nur weil ich dich mag. Du sagst, du wirst dich umbringen, damit du mir leid tust oder so, und du erfindest diesen Ehemann –

Zelda griff über den Tisch und riss die Seite aus dem Notizbuch, auf die ich gerade schrieb. Sie knüllte das Papier zu einer Kugel zusammen und warf es übers Geländer in den Bach. Entweder war sie jetzt wütend oder tat nur so; ich konnte fast die Wellen in ihren Augen brechen sehen.

»Parker, möchtest du, dass ich gehe?«

Ihr Ton war todernst, und plötzlich erinnerte ich mich an diese Ferien, zusammen mit Mom und Dad, als ich noch richtig klein war. Wir hatten eine ganze Woche mit Angeln auf einem riesigen Boot in Alaska verbracht. Zusammen mit ein paar anderen Leuten und diesem echt krassen Seebären und Kapitän, der einen so dicken Vollbart hatte, dass er darin einen ausgewachsenen Lachs hätte verstecken können. Die Reise war todlangweilig, bis am dritten Tag mein erster Fisch anbiss. Plötzlich fingen alle an Deck an zu jubeln und der Fisch warf sich hin und her, denn es ging ja schließlich um sein stinkendes Leben. Er zog und zog und die Schnur zuckte wie ein EKG bei einem Herzanfall. Der Seebär und Kapitän beobachtete mich mit einer Miene, als hänge meine Brauchbarkeit als menschliches Wesen davon ab, ob es mir gelingen würde, diesen blöden Fisch einzuholen. Ich kämpfte und kämpfte und kämpfte … und dann wurde die Leine schlapp. Der Jubel erstarb. Der Seebär wandte sich ab. Ich hatte den Fisch verloren.

Man würde vielleicht meinen, es sei mir scheißegal gewesen. Weil, dann hatte ich eben keinen Fisch, oder? Wen kümmerte das schon? Eine Minute vorher hatte ich schließlich auch keinen gehabt. Aber irgendwie hatte diese eine Minute des Kampfes die bloße Vorstellung davon, keinen Fisch zu haben, verändert. Von etwas, das keine Rolle spielte, zu etwas, das eine ganze Menge bedeutete.

Wäre ich Zelda nie begegnet, wäre das die eine Sache gewesen. Aber wo sie nun mir gehörte, oder fast mir gehörte, da ertrug ich die Vorstellung, sie zu verlieren, nicht. Mir ist klar, dass dies klingt, als würde ich sie mit einem Fisch vergleichen. Aber was soll's – ist nur eine Metapher.

»Parker, möchtest du, dass ich gehe?«, fragte sie.

Ich schüttelte den Kopf.

»Dann musst du mir glauben. Denn ich werde nicht meinen wahrscheinlich letzten Tag auf Erden mit dem Versuch zubringen, jemand davon zu überzeugen, dass ich keine Lügnerin bin. Ich verspreche dir, dass ich im Gegenzug auch alles glauben werde, was du mir erzählst. Und das, obwohl du ein überführter Dieb, Misanthrop, Schulschwänzer und rundherum Unzufriedener bist.«

Ich werd's versuchen, schrieb ich auf eine neue Seite.

»Nein. Das reicht nicht.« Sie schob unsere Becher an den Rand des Tischs. »Schließ deine Augen.«

Warum?

»Tu es einfach.«

Ich tat es. Dann spürte ich, wie Zelda ihre Hände sanft auf meine legte. »Glaub, Parker.«

Also dachte ich noch mal an alles, was ich jetzt über Zelda »wusste«. Sie alterte nicht. Sie war 1770 in Deutschland geboren. Sie war zweimal verheiratet – und wenn es nicht *zwei* Nathaniels in ihrem Leben gab, dann lag einer ihrer Ehemänner in der Klinik gleich die Straße hinunter.

Niemandem würde je eine unglaublichere Geschichte aufgetischt werden.

Glaub es, sagte ich zu mir selbst. *Glaub es.*

Ich schlug die Augen auf.

»Und?«, sagte sie. »Glaubst du's?«

Ich nickte, und auch wenn das nur zu ungefähr 25 Prozent stimmte, war Zelda so glücklich, dass sie sich über den Tisch beugte und mich küsste. Der Kuss war wahrscheinlich nur eine 3 auf der Leidenschaftsskala (unser Knutschen beim Nacktbaden mit vollem Körperkontakt gestern Abend war eine satte 9,5 gewesen). Aber an diesem Tag war das unser erster Kuss und deshalb eine starke Motivation für blinden Glauben an das Unmögliche – sagen wir 33 Prozent.

»Bin ich froh, dass wir das jetzt geklärt haben«, sagte sie, öffnete ihre Handtasche und legte einen Hundert-Dollar-Schein auf den Tisch. Der Packen war inzwischen etwas dünner geworden als gestern, und ich hatte dieses Bild von Zelda als Baum vor Augen: ein Baum, der seine Blätter eins nach dem anderen verliert, bis nur noch die kahlen Äste übrig sind. »Lass uns einen Spaziergang machen, ja? Ich glaube, es ist höchste Zeit, dass *du* ein paar Geschichten erzählst.«

PARKER SANTÉS LEBENSGESCHICHTE

WIR SCHLENDERTEN ÜBER DIE KIESWEGE, DIE DEN Teegarten durchzogen. Jedes Knirschen unter unseren Füßen klang wie ein großer Hund, der große Happen aus etwas herausbeißt.

»Es gibt so viele Dinge, die ich dich fragen möchte«, sagte Zelda. »Aber angesichts deines Zustands können wir ja eigentlich nicht gleichzeitig spazieren gehen und uns unterhalten, nicht wahr?«

Ich schüttelte den Kopf. Das war einer der vielen Nachteile der schriftlichen Kommunikation, abgesehen von Schreibkrämpfen und der Tatsache, dass man einen Reißwolf braucht, damit abgeschlossene Unterhaltungen auch geheim bleiben.

»Das ist in Ordnung. Dann müssen wir uns einfach abwechseln. Ich werde dich etwas fragen, und dann kannst du irgendwo stehen bleiben und deine Antwort aufschreiben, während ich eine Runde durch den Park drehe. Wenn ich zurück bin, setze ich mich hin und lese deine Antwort, während du spazieren gehst. Klingt das gut?«

Ich nickte.

»Erste Frage: Wie war dein erster Kuss? Beschreibe so detailliert wie möglich.«

Sie hüpfte über einen dieser steilen Stege davon und ich setzte mich auf eine steinerne Bank. Da ich bereits von Rosie Cuevas und dem Flaschendrehen erzählt habe, werde ich hier jetzt nicht genau wiedergeben, was ich geschrieben habe (ich besitze das Notizbuch noch, bis auf die eine Seite, die Zelda in den Bach geworfen hatte, also kann ich meinen Teil der Unterhaltung noch Wort für Wort nachlesen). Weil es keine besonders umfangreiche Geschichte ergab, war ich schon lange, bevor Zelda zur Bank zurückkehrte, damit fertig. Ich ließ sie allein, damit sie lesen konnte, und nahm einen beliebigen Weg durch den Park. Dabei kam ich an verliebten aneinandergeschmiegten jungen Paaren vorbei und an ihren sich langsamer bewegenden älteren Gegenstücken. Auf dem Rückweg verlief ich mich ein bisschen. Dann begrüßte Zelda mich, indem sie mir das Notizbuch an den Kopf warf. Ich konnte es gerade noch am vorderen Einband auffangen.

»Also, das war ja mal langweilig«, sagte sie.

Ich machte ein gekränktes Gesicht.

Sie seufzte. »Ich schätze, ich hätte dir eine aufregendere Frage stellen sollen. Warum erzählst du mir beispielsweise nicht von dem ersten Menschen, mit dem du je geschlafen hast.«

Sie machte sich schon auf den Weg davon, sodass ich aufspringen und sie an der Schulter festhalten musste.

»Was denn?«

Ich habe nicht, schrieb ich.

»Was hast du nicht?«

Ich spreizte die Hände in der universellen Geste für *Überleg doch selbst mal, du Schlauberger.*

»Oh!« Sie lachte, woraufhin ich mich fühlte, als wäre ich ungefähr vier Jahre alt. »Tut mir leid, Parker. Ich dachte einfach, das würden heutzutage alle Jugendlichen machen. Dann eine andere Frage. Warst du schon mal verliebt?«

Ich schüttelte den Kopf.

»Mein Gott. Wer wird denn siebzehn, ohne sich zu verlieben *oder* Liebe zu machen?«

Ich zuckte mit den Achseln. Was gab es dazu noch zu sagen?

»Also, der Bereich Romantik erweist sich als vollkommen fruchtlos. Dann eben Familie. Kannst du mir erzählen, was mit deinem Vater passiert ist?«

Das fällt mir ziemlich schwer.

»Tja, ich habe dir all *meine* Geheimnisse erzählt. Da ist es nur fair, wenn du mir auch welche von deinen verrätst. Außerdem, wenn du Schriftsteller werden willst, musst du in der Lage sein, auch über schwere Stoffe zu schreiben.«

Na schön. Ich versuch's.

»Lass dir Zeit. Ich werde langsam gehen.«

Ich beschloss, gar nicht erst nachzudenken. Ich würde einfach nur die Fakten aufschreiben, wie ich sie in Erinnerung hatte. Zu viel emotionales Zeug dazuzutun, das würde nur eine fette Story von den Ausmaßen der Golden Gate Bridge ergeben, und ich hatte mir ja vorgenommen, die Dinge mit Zelda leicht anzugehen.

Wir waren auf der Rückfahrt von IKEA, schrieb ich. *Und gerade abgebogen. Ich erinnere mich, dass ich Eis von der* IKEA-*Eigenmarke (Joghurt? Frozen Joghurt? Chemisches Zeug mit Vanillegeschmack? Was ist der Mist eigentlich?) von der Haut zwischen meinem Daumen und Zeigefinger ableckte. Mein Dad war gerade am Telefon in einen Streit mit meiner Mom verwickelt gewesen. Vielleicht hatte er vergessen, irgendwas zu kaufen, oder er hatte irgendwas gekauft, das er nicht sollte. Keine Ahnung. Ich war zwölf, hatte ein Eis, da spielte alles andere keine Rolle.*

Dad war wütend, aber daran hatte ich mich schon gewöhnt. Er war oft wütend. Und immer wenn er wütend wurde, machte er am Ende was kaputt. Aber nur Sachen. Keine Leute. »Ist doch nur Zeug«, sagte er dann immer, nachdem er eine Tür eingetreten oder einen Teller gegen die Wand geworfen hatte. Vielleicht waren wir an dem Tag bei IKEA, *um was nachzukaufen, das er kaputt gemacht hatte. Das klingt eigentlich ziemlich einleuchtend.*

Jedenfalls musst du wissen, wie es ist, mit jemand Auto zu fahren, der stinksauer ist. Er beschleunigt zu stark, lenkt mit diesen kleinen wütenden Bewegungen. Er flucht auf jedes andere Auto auf der Straße – so wie das, das in diesem Moment neben uns auftauchte. In diesem beschissenen roten Jetta hockten sechs Teenager, und wir versuchten, auf ihre Spur zu wechseln, damit wir die Ausfahrt nehmen konnten. Nur dass dieses Auto sein Tempo genau an unseres anpasste. Der Fahrer lachte sich kaputt, denn er wusste genau, was er tat (wie sich später rausstellte, hatte er auch noch mehr getrunken als erlaubt). Mein Vater trat das Gaspedal durch, aber wir saßen ja in einer alten Karre, die ungefähr so beschleunigte wie eine verdammte Schildkröte auf WickMediNait. *Ich schätze, er dachte, es würde passen oder dass dieses Teeniearschloch schon rechtzeitig bremsen würde. Aber als er die Spur wechselte, erwischten wir den anderen Wagen an der vorderen Stoßstange, und plötzlich schlingerten wir nach rechts, dann gab es diesen Mordskrach und alles begann sich zu drehen.*

Ich weiß nicht, ob ich ohnmächtig wurde oder so, aber als ich wieder merkte, dass ich ein Mensch war, da hatte ich diesen komischen Druck auf dem Kopf, ungefähr so wie bei einer schlimmen Erkältung. Ich brauchte eine Weile, bis ich begriff, dass ich kopfüber im Sicherheitsgurt hing. Die Tür an meiner Seite sah aus wie zerknitterte Alufolie. Ich schaute zu meinem Dad, dessen Augenlider flatterten. An seinem Gurt entlang floss Blut auf den Autohimmel. Die Fenster waren alle zersplittert, doch ich konnte die Schatten der vorbeifahrenden Autos sehen. Ich erinnere mich an den Gedanken, wie seltsam ich es fand, dass die Welt wegen uns nicht einfach stehen blieb. Wir hatten uns mitten auf dem Highway überschlagen und mein Dad tropfte von innen auf das verdammte Autodach. Aber ich glaube, das Leben ist ein bisschen so wie eine dieser besonderen Schaummatratzen, für die sie im Fernsehen Werbung machen. Bei denen man eine Bowlingkugel auf die eine Seite fallen lassen kann, und derjenige, der nur ein paar Zentimeter davon entfernt schläft, kriegt nichts davon mit. Unsere schlimmsten Tragödien gehören immer nur uns. Es gibt da diese Kurzgeschichte von Ursula K. Le Guin mit dem Titel »Die Omelas den Rücken kehren«. Darin geht es um eine Stadt, wo alle superglücklich und gesund und klug sind, aber wenn die Bürger ein gewisses Alter erreicht haben, erklärt man ihnen, dass die perfekte Großartigkeit ihrer Stadt von einem Kind abhängt, das ganz allein in einem schmutzigen Kerker gefangen gehalten wird, in dem es nur gerade so viel zu essen bekommt, dass es nicht verhungert. Jeder weiß, dass es dort unten lebt, aber auch, dass, sollte man ihm je dort heraushelfen oder ihm auch nur ein einziges Chicken Nugget geben, ihre ganze Gesellschaft zusammenbrechen wird. Das ist so eine Parabel, über all die unglücklichen Menschen, die wir ignorieren, damit wir selbst glücklich sein können. All die auf dem Dach liegenden Autos, an denen wir vorbeifahren, ohne uns auch nur im Geringsten darum zu kümmern, was in ihnen passiert.

Ich war mir nicht sicher, ob ich schon fertig war, aber als Zelda zurückkam, drückte ich ihr einfach das Notizbuch in die Hand und rannte praktisch davon, weil ich nicht sehen wollte, wie sie es las. Während ich dann wieder durch den Park streifte, hatte ich dieses echt starke Bedürfnis, sie und das Notizbuch einfach zurückzulassen. Und zwar, weil ich wusste, wenn ich wiederkäme, würde es zwischen uns anders sein. Sie würde mich auf eine Weise kennen, wie mich außer Mom und Dr. Milton niemand kannte. Ich stand am Eingang zum Teegarten, starrte auf die Straße hinaus und war zu etwa 49 Prozent bereit, loszusprinten. Zum Glück waren die restlichen 51 Prozent von mir nicht total bescheuert.

Als ich zurückkam, saß Zelda auf der Steinbank, das geschlossene Notizbuch in ihrem Schoß, und beobachtete ein Paar, das im Gras unten am Bach knutschte.

Sie blickte zu mir auf. »Das war harter Stoff, Parker. Danke.«

Damit gab sie mir das Notizbuch wieder zurück. *Warum scheint der Mist in unserem Leben immer so viel mehr gedanklichen Raum einzunehmen als die guten Sachen?*, schrieb ich. *Gehört das einfach zum Menschsein oder einfach nur zu mir?*

»Diese Frage beschäftigt mich andauernd.«

Und hast du eine Antwort darauf?

»Ich glaube, auf solche Fragen gibt es keine Antworten. Ein Optimist würde wahrscheinlich sagen, die schlimmen Sachen stechen so hervor, weil sie nicht so üblich sind wie die guten.«

Bist du eine Optimistin?

»Nein.«

Aber du meinst das mit der Golden Gate Bridge nicht ernst, oder?

»Wir hatten einen Deal, Parker. Du wolltest alles glauben, was ich sage.«

Aber warum solltest du dich umbringen wollen? Ich meine, ich hasse so ziemlich alle und alles, und trotzdem bin ich nicht selbstmordgefährdet.

»Ich bin auch nicht selbstmordgefährdet. Ich habe es nur« – sie rang um die richtigen Worte – »einfach satt.«

Was denn?

»Das Leben.«

Wie kannst du das ganze Leben satthaben?

»Nach einem Vierteljahrtausend muss die Frage eigentlich lauten, wie kann ich es *nicht* satthaben. Es ist einfach zu viel Zeit, Parker. Warum sonst glaubst du, beschweren sich alte Leute nicht dauernd über ihren bevorstehenden Tod? Eben weil sie bereit sind. Genau wie ich. Kannst du das nicht verstehen? Hast du schon jemals wirklich darüber nachgedacht, wie es wäre, ewig zu leben?«

Ich zögerte mit dem Stift über dem Papier. Klar hatte ich darüber schon nachgedacht, genauso wie darüber, unsichtbar zu sein, hellsehen oder fliegen zu können. Und ich war zu dem Schluss gekommen, das müsste fantastisch sein. Die ganzen Dinge, die man tun, die Leute, die man treffen, und die Orte, an die man reisen könnte. Die viele Zeit, um Sachen zu lernen wie Gitarrespielen und Breakdance, um verrückt zu sein, Mist zu bauen und Frauen aufzureißen. All die Tage, Monate, Jahre und Jahrzehnte, die sich vor einem erstrecken wie ein Highway durch eine endlose triste Stadt …

Du hast recht, schrieb ich. *Das klingt irgendwie beschissen.*

Zelda lächelte. »Warum?«

Wie sollte ich das ausdrücken? Weil das Leben eben oft Scheiße ist. Weil es einem auch so schon lang genug vorkommt. Weil ich mich erinnerte, wie es gewesen war, als wir die Mutter von meinem Dad besuchten, die an Halskrebs starb. In einem Krankenhaus in einem Vorort von Bogotá, umgeben von schmutzig-orangefarbenen Fliesen und diesen flackernden fluoreszierenden Lampen, die brummten wie genervte Hilfspfleger. Sie sagte immer, wenn jemand sie fragte, wie es ihr ginge: *Ya basta.* Manchmal war das ein Scherz und manchmal war es so ernst, dass es sie selbst zum Weinen brachte. *Ya basta. No doy más.*

Wir haben uns doch gestern Popcorn geteilt, schrieb ich.

»Das stimmt«, sagte Zelda. »Und worauf willst du hinaus …?«

Das Witzige an Popcorn ist doch, dass man eigentlich nur zwei Optionen hat. Es gibt ein Kleines, da sind ungefähr sechs Stück drin und es kostet 6,49 Dollar oder so. Und dann gibt es Medium und Large, die beide geradezu lächerlich groß sind. Eine hungernde Familie könnte so viel Popcorn in einer Woche nicht aufessen. Aber es kostet nur ein paar Cent mehr als das kleine. Ich schätze, das Kino hofft, dass man sich einfach denkt, scheiß drauf, oder? Fünfzig Cent für eine Scheißtonne mehr Popcorn? Sei's drum. Aber das Problem mit so einer Masse Popcorn ist, dass man sich am Ende ekelt, weil es zu viel ist. Man will danach nicht mehr. Und man kann irgendwas doch nur genießen, wenn man am Ende mehr davon will, meinst du nicht?

Nachdem Zelda meinen kleinen Aufsatz fertig gelesen hatte, lehnte sie ihren Kopf an meine Schulter. »Absolut, Parker.«

Wir saßen eine Weile schweigend da, und ich kam zu dem Schluss, dass es eigentlich keine Rolle spielte, ob sie verrückt war oder depressiv oder eine zwanghafte Lügnerin oder alles drei zusammen. Irgendwas stimmte nicht mit ihr. Irgendwas fraß sie von innen auf. Und ich würde sie retten. So wie Mario Prinzessin Peach. Wie Link Zelda.

Okay, unsterbliches Mädchen, schrieb ich. *Du sagst, du bist lebensmüde, ja? Dann werde ich deine Müdigkeit vertreiben. Ich werde dich dazu bringen, dass du leben willst.*

»Das ist eine große Aufgabe, Parker Santé.«

Ich bin auch ein großer Junge.

Sie lachte. Wahrscheinlich weil ich eigentlich nicht besonders groß bin. Und dann küsste ich sie. Es war das erste Mal in meinem bisherigen Leben, dass ich einen Kuss initiierte. Wir küssten uns lange und machten dabei alle anderen in dem Japanischen Teegarten eifersüchtig oder zumindest super verlegen.

EISCREME AUS GEFRORENEM STICKSTOFF

ES WAR NICHT DIE RICHTIGE JAHRESZEIT DAFÜR, aber sei's drum. *Smitten Ice Cream* war definitiv einer der besten Gründe, die mir einfielen, um auf dieser großen, dämlichen Eiskugel von Planet zu bleiben. Das Eis wurde vor Ort hergestellt, und zwar mit irgendeiner superkomplizierten Technologie, die wahrscheinlich irgendwer in Stanford erfunden hatte, als er nach einer Methode suchte, um das menschliche Gehirn kryogen einzufrieren. Stattdessen entwickelte derjenige versehentlich das cremigste, köstlichste Eis aller Zeiten. Die angesagteste Sorte der Saison war Apfel-Zimt-Knusper und schmeckte unbeschreiblich.

Die Plastiktische rund um den Eiswagen waren voll besetzt mit IT-Genies der Internetkonzerne der Gegend, die alle alberne Bärte, karierte Hemden und Smartlets trugen. Seit ein paar Jahren hatten diese Typen die Stadt mehr oder weniger an sich gerissen, Holz und Ziegel durch Glas und Stahl ersetzt und uns Einheimische immer weiter an den Stadtrand gedrängt. Etwa so wie bei einem Waldbrand, der alle Tiere so weit wegrennen lässt, bis sie über eine Klippe stürzen. Meine Mom sagte immer, San Francisco sei eine Stadt der guten Absichten, doch selbst wenn das stimmte, wer scherte sich denn einen Dreck um Absichten? Was zählte, waren Ergebnisse. Und die Ergebnisse sahen hier nicht gut aus. Die eine Hälfte der Stadt wirkte wie die *Apple*-Firmenzentrale, die andere wie ein Slum. Die reichen Leute kurvten mit ihren Tesla-Sportwagen und in Autos von Uber rum, während die Fahrt in einem städtischen Bus eher dem Besuch eines Raritätenkabinetts glich.

Wir entfernten uns von den vollen Tischen und setzten uns auf die Stangen einer kleinen Eisenkuppel, die eigentlich ein Klettergerüst für Kinder war. Zelda tauchte den rosafarbenen Löffel ins Eis und führte ihn an ihren perfekten, an eine Rosenknospe erinnernden Mund. Glücklicher Löffel.

»Mhm«, sagte sie und schloss die Augen. »Das ist fantastisch.«

Lebensbejahend fantastisch?, schrieb ich in mein Notizbuch.

Sie nahm noch einen Löffel, genoss und schüttelte dann langsam den Kopf.

Aber es ist das beste Eis der Welt!

»Darüber lässt sich streiten, Parker Santé. Doch selbst wenn es so wäre, vergisst du, dass ich seit zweieinhalb Jahrhunderten lebe. Ich habe schon *eine Menge* Eis gegessen.«

Auch Eiscreme aus flüssigem Stickstoff?

»Zugegeben, das nicht. Aber hast du schon mal vom Gesetz des abnehmenden Ertrags gehört?«

Ich schüttelte den Kopf.

»Das ist ein Begriff aus der Wirtschaftswissenschaft, der

besagt, dass der Grenzertrag eines Produktionsprozesses letztlich abnimmt, wenn ein Faktor der Produktion gesteigert wird.«

Ich schüttelte noch mal den Kopf, aber diesmal, um ihren Worten irgendeinen Sinn abzuringen.

»Stell es dir mal so vor: Kannst du dich noch an deinen ersten Flug erinnern?«

Klar. Da besuchten wir die Schwester meiner Mutter in Seattle. Damals war ich, glaube ich, sechs.

»Jetzt erzähl mir von deinem letzten Flug.«

Letzten Sommer. Exakt die gleiche Reise. War aber, nebenbei bemerkt, total mies. Meine Tante ist eine Zicke.

»Nun, dazu kann ich nichts sagen. Aber aller Wahrscheinlichkeit nach war der erste Flug ziemlich aufregend. Du warst auf 35.000 Fuß Höhe, hast auf die Wolken runtergeschaut und du hast es überlebt, stimmt's? Das ist toll! Aber ich wette, bei deinem letzten Flug warst du nicht annähernd so begeistert. Wahrscheinlich warst du sogar genervt, weil du stundenlang rumsitzen musstest und es nur mittelmäßiges Essen gab. Das ist das Gesetz des sinkenden Grenzertrags. Du brauchst immer ein bisschen mehr, um dasselbe zu bewirken. Das ist die Fliege im Balsam der Unsterblichkeit.«

Gott verdammt, war das deprimierend. Und hatte ich nicht erst gestern Abend das Gleiche gedacht, als ich mich daran erinnerte, wie klasse Halloween früher gewesen war, und wie lahm ich es jetzt fand?

Das ist für nicht-unsterbliche Leute genauso, schrieb ich.

»Sicher nicht.«

Doch! Nimm nur meinen Dad. Sein erfolgreichstes Buch

war sein erstes. Und meine Mom hat nicht noch mal geheiratet, weil sie nicht glaubt, jemand anderen jemals so lieben zu können wie meinen Vater. Und auf mich trifft es auch zu. Als ich klein war, bin ich liebend gern in die Grundschule gegangen. Ich war ehrlich total verrückt danach, was zu lernen. Jetzt kann ich mich in der zweiten Stunde kaum noch wach halten. Ich habe das alles einfach schon zu oft gemacht.

»Mhm«, sagte Zelda, »vielleicht hast du recht.«

Wir aßen unser Eis auf, das jetzt mit jedem Löffel ein bisschen weniger köstlich zu schmecken schien. Zelda leckte sich die Fingerspitzen ab. »Also, was ist unser nächster Programmpunkt, Mr Ich-werde-dich-zum-Leben-Überreden?«

Mist. Ich hatte tatsächlich nicht über meinen Eröffnungszug mit dem Eis hinausgedacht.

Das sage ich dir, wenn ich von der Toilette zurückkomme, schrieb ich.

»Ich werde warten.«

Sobald ich außer Sichtweite war, holte ich mein Handy raus.

Hey, Alana, schrieb ich. *Ich brauche deine Hilfe. Ich suche irgendwelches Zeug, das ich mit Zelda machen kann. Also, so romantisches Zeug.*

Ich hatte Glück, denn nur wenige Sekunden später begann Alana schon eine Antwort zu schreiben.

Hängt ihr immer noch zusammen ab? Muss ja eine gute Nacht gewesen sein. Willst du Details loswerden? Oder vielleicht ein paar Fotos?

Bin in Eile.

Sorry. Bring sie zur Golden Gate Bridge. Funktioniert jedes Mal.

Glaub nicht, dass so was funktioniert. Lange Geschichte. Nächste Idee.

Wie wär's mit 'nem Museum? Zelda wirkte wie der Künstlertyp. Warst du schon mal in der Legion of Honor?

Nein, aber sie wahrscheinlich. Ich suche nach was, das sie noch nie gemacht hat.

Museen funktionieren nicht so, Santé. Tolle Kunst belohnt häufige Besuche. Der Eindruck geht jedes Mal tiefer. Fast wie bei dem Scotch, den sie uns gegeben hat. Übrigens, meinst du, sie hat noch mehr von dem Zeug?

Hatte Alana recht? Konnte Kunst die Ausnahme vom sinkenden Grenzertrag sein?

Muss weiter, textete ich. *Ich versuch das mit der Legion. Danke.*

Kein Problem, Aufreißer. Lass mal wieder hören, wie's läuft.

Als ich zum Klettergerüst zurückkam, holte Zelda gerade ihr Handy aus der Handtasche.

»Du hast ja ewig gebraucht«, sagte sie.

S-o-r-r-y, buchstabierte ich mit meinen Fingern.

»Und hast du dir überlegt, wo wir hingehen?«

M-u-s-e-u-m.

»Museum«, übersetzte sie für sich. »Hey, ich werde langsam richtig gut darin, was?«

Mit einer Hand zeigte ich ihr meinen hochgereckten Daumen, mit der anderen nahm ich ihr lässig das Handy ab – das immer noch im *Bitte nicht stören*-Modus war – und ließ es wieder in ihre Tasche gleiten.

PORTRÄT EINER DAME, DIE EIN PORTRÄT BETRACHTET

ES WAR NUR EINE 15-MINÜTIGE TAXIFAHRT VON Smitten zum Museum und Zelda war schon innerhalb der ersten fünf Minuten Feuer und Flamme.

»Ich liebe die *Legion of Honor*«, sagte sie, als das Auto in die Divisadero einbog. »Da gibt es dieses wundervolle Gemälde von Paolo und Francesca. Kennst du die?«

Ich schüttelte den Kopf.

»Dante schrieb über sie. Sie waren dazu verdammt, im Wind des zweiten Kreises der Hölle zu schweben, weil sie sich zu Lebzeiten von ihrer Lust hatten hinreißen lassen.«

H-e-i-s-s, buchstabierte ich mit meinen Fingern.

»Schon, oder? Hey, was ist eigentlich in der Gebärdensprache das Zeichen für Lust?«

Ich zeigte es ihr: eine imaginäre Linie vom Kinn zur Brust.

»Wie lahm. Und für Sex?«

Ich machte das Zeichen für den Buchstaben X auf meiner Wange und bewegte die Hand dann zum Kinn.

»Gott, ist das enttäuschend. Gibt es keinen Slangausdruck oder so?«

Es gab ein visuell eindeutigeres Zeichen für Sex, doch das entsprach auch einem etwas weniger anständigen Wort. Ich machte mit beiden Händen Peace-Zeichen, die jetzt zwei Karnickel symbolisieren sollten, und ließ sie mehrmals aneinander krachen.

Zelda lachte. »Na, *das* ist eindeutig.«

Das Auto blieb vor einem schmutzigen steinernen Brunnen stehen. Aus der Ferne sah das Museum griechisch aus (oder vielleicht auch römisch – ehrlich gesagt, habe ich keine Ahnung, worin der Unterschied besteht), mit großen Bögen und Säulen überall. Ein paar Touristen standen am Rand des Geländes und fotografierten die in der Ferne sichtbare Golden Gate Bridge, die weniger golden, sondern eher rostig aussah. Wir stiegen aus und gingen über einen langen asphaltierten Weg unter einem Bogen hindurch und in eine breite Arkade. Genau in der Mitte stand eine Bronzefigur, die sogar ich erkannte. Das war dieser berühmte Typ, der den Kopf auf seine Faust stützt.

»*Der Denker*«, sagte Zelda. »Das Original steht natürlich in Frankreich, aber ein Abguss ist so gut wie der andere. Ich fand ihn eigentlich schon immer ein bisschen fade.«

Er sieht aus wie jemand, der versucht, alle Probleme der Welt zu lösen, während er auf dem Klo sitzt, schrieb ich in mein Notizbuch.

Zelda lachte. »Ja, oder? Und jetzt werde ich nie mehr irgendwas anderes in ihm sehen können. Vielen Dank auch.«

Ich tippte an eine imaginäre Mütze auf meinem Kopf.

Gleich im Eingang des Gebäudes saß eine alte Frau hinter

dem Ticketschalter. An ihrem Pullover trug sie eine Blumenbrosche und direkt daneben ein Namensschild: *GLADYS*.

»Seid ihr beide Schüler?«, fragte sie.

Ich sah Zelda an, aber die hatte sich gerade in eine Broschüre über die aktuelle Ausstellung im Museum vertieft.

»Hallo?«, sagte Gladys. »Seid ihr Schüler?«

Ich nickte.

»Ist das ein Ja?«

Ich nickte wieder.

»Hat eine Katze deine Zunge gefressen?«

Ich nickte ein drittes Mal.

Gladys' Miene verfinsterte sich. »Ich muss euch nicht reinlassen, wisst ihr, wenn ihr euch nicht zivilisiert benehmen könnt. Das ist ein privates Museum.«

Da legte ich mein Notizbuch auf die Theke und schrieb: *Ich bin nicht unhöflich. Ich kann nur nicht sprechen.* Dann drehte ich es so, dass Gladys es lesen konnte.

In ihrem Gesicht kämpfte Verärgerung mit Mitleid. Die Verärgerung siegte. »Das ist keine Entschuldigung für ordinäres Benehmen. Acht Dollar pro Person, bitte.«

Zelda warf einen ihrer Hunderter auf die Theke und marschierte ins Museum, ohne sich noch einmal umzublicken.

»Das war umwerfend«, sagte sie, sobald wir uns außerhalb von Gladys' Hörweite befanden. »Was hast du ihr überhaupt geschrieben?« Ich zeigte Zelda die Zeilen. Sie lachte so laut, dass einige humorlose Museumsbesucher sie anstarrten. »Du solltest dir das auf ein T-Shirt drucken lassen, damit du es den ganzen Tag tragen kannst. Reagieren die Leute oft so auf dich?«

Andauernd.

»Aber du weigerst dich, noch mal zur Sprechtherapie zu gehen.«

Ich zuckte mit den Achseln.

»Seltsam, sehr seltsam, Parker Santé. Und du tust so, als würde *ich* mich mysteriös benehmen.«

Wir betraten einen kleinen, hell erleuchteten Raum. Ein paar durchschnittliche Bronzeskulpturen standen hier und da verteilt, den Mittelpunkt der Aufmerksamkeit bildete jedoch eine riesige Orgel, die an einer Wand stand. Zu beiden Seiten der Klaviatur gab es jeweils zwei Paneele mit so vielen Knöpfen, Hebeln und Schaltern wie im Cockpit eines Jumbojets.

»Die Skinner-Orgel«, sagte Zelda. »Ihr Bau kostete über hunderttausend Dollar, was heute mehr als einer Million entspräche. Jedes Wochenende kommt ein Mann, um auf ihr zu spielen. Er sollte übrigens jeden Moment hier sein. Siehst du das da oben?« Sie zeigte auf ein Stück Wand über der Tür. »Das ist Leinwand, die so bemalt wurde, dass sie wie Mauer aussieht. Alle Pfeifen sind dahinter verborgen. Trompe-l'Œil, nennt man das. Eine optische Täuschung.«

Das wäre mir nie aufgefallen, wenn sie es mir nicht gezeigt hätte, doch jetzt merkte ich, wie die Stelle durch den Luftzug vibrierte. Witzig, dass Zelda tatsächlich eine Menge wusste. Über Kunst und Geschichte. Französisch, Spanisch und wer weiß welche Sprachen noch. Das passte alles sehr gut zu der Geschichte, die ab sofort zu glauben ich ihr versprochen hatte. Mein Trauometer stieg gerade auf 38 Prozent.

»Komm weiter«, sagte Zelda. »Lass uns die Ausstellung ansehen.«

Ich werde in Museen immer schrecklich müde. Dabei weiß ich gar nicht, woran das liegt. Irgendwas mit der Luft oder dem Licht oder vielleicht ist es einfach nur die ganze KUNST, die dich wie eine Maschinengewehrsalve trifft – *bam, bam, bam* –, diese ganzen Heiligen mit ihrem Schein, weinende Marias und blutende Jesusse (das ist doch der Plural von Jesus, oder?). Dann noch die Landschaften, die einen zum Gähnen bringen, und die toten Hühner. Ganz zu schweigen von dem verdammten Obst. Mal im Ernst, was hat es mit diesen Früchten auf sich? Wer hat entschieden, das beste Motiv ever sei ein Büschel Weintrauben und ein Granatapfel in einer Silberschüssel? Den Typen sollte man mit einer unreifen Birne totschlagen.

Meist sind das Einzige, was mich wach hält, die Nackten. Wenn auch nicht annähernd so häufig wie eine Obstschüssel sind nackte Damen in einem durchschnittlichen Museum ziemlich gut vertreten. Es gibt lebensgroße Marmorskulpturen nackter Damen, die immer noch so weiß aussehen wie ein neues Stück Seife. Dann sind da Ölgemälde nackter Damen, die sich unter Wasserfällen vergnügen. Außerdem gibt es noch kantige kubistische nackte Damen, die man erst als solche erkennt, wenn man den Titel gelesen hat. Irgendwas wie *Nackte Frau die Treppe runterkommend*. Ich kann mich noch gut an die Ausflüge in der Mittelschule erinnern, wenn wir, wie zu einer Polonaise aufgereiht, irgendeinem stinklangweiligen Museumsführer von einem Saal in den anderen folgen mussten und dann alle vor den nackten Damen nervös wurden und rote Ohren bekamen. Ich ließ mich gern zurückfallen und berührte die Bilder, wenn keiner hinschaute. Das war eine frühe und wichtige Lektion bezüglich der begrenzten Fähigkeiten von Wachpersonal. Ich streichelte die Marmorschenkel irgendwelcher wertvoller antiker Statuen, und keiner zuckte auch nur mit der Wimper. Lehrer und Museumswärter zogen immer eine große Show ab – »Fasst ja nichts an, sonst kriegt ihr Ärger!« –, aber die Wahrheit ist, dass sie keine Chance gegen uns hatten. Wir sind die 300 Griechen und sie die verdammten Perser.

Jedenfalls wollte ich nicht, dass Zelda merkte, dass ich kein regelmäßiger Museumsgänger war, also tat ich mein Möglichstes, um die von den Obstschalen hervorgerufene Müdigkeit zu überwinden und einen interessierten Eindruck zu machen. Die aktuelle Ausstellung konzentrierte sich auf diesen Typ namens Georges Seurat, der Bilder aus Tonnen kleiner Punkte gemalt hatte, wie Pixel auf einem Computerbildschirm. Ich wanderte umher, sah mir jedes Bild ein paar Sekunden lang an, dann wechselte ich zum nächsten. Inzwischen war Zelda stehen geblieben und starrte ein Gemälde schon ungefähr fünf Minuten lang an. Deshalb ging ich schließlich zu ihr, um zu sehen, welches es war. Studie zu: *Ein Sonntag auf La Grande Jatte*, hieß es.

»Ich habe eine seiner ersten Ausstellungen besucht«, sagte sie. »Kennst du ihn?«

Ich schüttelte den Kopf.

»Den Stil nennt man *Pointillismus*. Seurats Überlegung war, anstatt die gewünschten Farben auf der Palette zu mischen, sie alle einzeln auf die Leinwand zu bringen, damit sie sich im Auge des Betrachters mischen sollten. Siehst du das Gras hier? Wenn du nah herangehst, kannst du sehen, dass es aus allen möglichen Farben besteht. Farben, die man normalerweise nicht mit Gras assoziieren würde. Aber es ist trotzdem welches. Ist das nicht toll?« Sie beugte sich näher an das Bild. »Ich kann mich in diesen Farbflecken verlieren, wenn ich sie konzentriert genug ansehe.«

Also standen wir da und schauten, und als meine Augen nicht mehr fokussierten, begann ich zu sehen, was sie meinte. Die Stellen zwischen den Pünktchen begannen zu zittern, die Farben pulsierten und verschwammen. Ich schloss die Augen und sah sie immer noch. Einen Hund aus violetten, roten und grünen Tupfern vor dem schwarzen Hintergrund meiner Augenlider. Psychedelisch.

Wir gingen weiter. Im Museum hingen nur ein paar Seurats. Den Rest der Ausstellung bildeten Arbeiten anderer Leute, die in den Jahren vor und nach Seurat ähnliches Zeug gemalt hatten. Mit größeren oder kleineren oder anders geformten Farbtupfern oder was weiß ich. Also stimmte es vielleicht, dass es nichts mehr zu tun und zu zeigen gab, das Zelda nicht bereits gesehen hatte. Aber trotz dieser enttäuschenden Erkenntnis (und der, dass der Pointillismus nackte Damen bedauerlicherweise aussparte) gefiel mir die Ausstellung. Vielleicht lag das daran, dass ich zum ersten Mal freiwillig ein Museum besuchte, anstatt von Erwachsenen dazu gezwungen zu werden, um meinen Horizont zu erweitern. Ich machte mir plötzlich wirklich Gedanken über die Gemälde, was ich noch nie zuvor getan hatte. Warum hatte der Maler dort drüben sich die Mühe gemacht, einen Vogel in diesen Baum zu setzen oder diese dicke Wolke in jenen spektralfarbenen Himmel? Warum war dieser Tupfer silbern und nicht braun? Jedes Bild bestand aus einer Million einzelner Entscheidungen.

Die Ausstellung spuckte uns direkt in einen Shop, wo es allen möglichen Kram zu kaufen gab, der gar nichts mit Kunst zu tun hatte. Zelda warf mir einen bunten Schal um den Hals und trat einen Schritt zurück, um mich zu betrachten.

»Herrlich. Den bekommst du.«

Ich schaute aufs Preisschild: 250.00 $. Dieser Ort war so nobel, dass die sich nicht mal die Mühe machten 249,99 $ zu schreiben. Zelda hatte den Schal schon gekauft, bevor ich auch nur ein Argument dagegen vorbringen konnte. Der Packen der Scheine schrumpfte weiter.

Danach bestellten wir uns Kaffee im Museumscafé und besahen uns Leute, die Kunst besahen. Fast jeder war mit Reproduzieren beschäftigt: »ernsthafte« Fotografen mit Teleobjektiven auf ihren protzigen Kameras; Kunststudenten, die im Schneidersitz auf Bänken hockten und Skizzen auf Pauspapier zeichneten; und natürlich Profitouristen mit ihrem Meer aus blinkenden Smartphones, die sie hochhielten wie Feuerzeuge während einer Powerballade auf einem Heavy-Metal-Konzert.

Warum machen die das alle?, schrieb ich.

»Machen was?«

Fotografieren. Wissen sie denn nicht, dass es im Netz schon tonnenweise Bilder davon gibt? Warum sehen sie nicht einfach die Kunst an?

»Ganz deiner Meinung, Parker. Die Leute sind so dumm. Da grenzt es schon an ein Wunder, dass sie es schaffen zu atmen.«

Ich lachte. Das war ein guter Satz. Den würde ich mal in einer Geschichte verwenden. Dadurch erinnerte ich mich an einen Gedanken, den ich auf dem Weg durch die Ausstellung hatte.

Meinst du, man könnte Pointillismus auch beim Schreiben anwenden?

Zelda runzelte die Stirn. »Ich weiß nicht. Wie sollte das dann sein?«

Ich schätze, indem man einfach Worte benutzt. Einzelne Wörter. Und so versucht, eine Geschichte zu erzählen.

»Dann wäre der heutige Tag … was?«

Ich dachte darüber nach. *Aufwachen. Tagebuch. Frühstück.*

»Mutter.«

Tee. Glauben.

Eine Nanosekunde lang erwog ich, auch das L-Wort hinzuschreiben.

Und so weiter, schrieb ich stattdessen.

»Das könnte funktionieren, denke ich. Aber im Grunde genommen ist es dann einfach Lyrik.«

Ja, genau. Das ist es, nicht wahr?

In diesem Moment begann Orgelmusik durchs Museum zu schallen. Es klang wie ein ganzes Orchester.

Hat das jetzt funktioniert?, schrieb ich.

»Inwiefern funktioniert?«

Hat dieser ganze schöne Scheiß dich überzeugt, doch nicht von einer Brücke zu springen?

Zelda lachte. »Also, es ist mit Sicherheit eine Menge *schöner Scheiß*. Aber ich war schon im *Louvre*, Parker. Ich war im *Prado*, im *Whitneymuseum*, im *Metropolitan Museum*, in der

Frick Collection und jedem anderen Museum unter der Sonne. Deshalb konnte das hier kaum der Tropfen sein, der das Fass am Überlaufen hindern würde.«

Wie kann ich dich dann überzeugen?

»Parker, ich …« Sie hob meine Hand an ihre Lippen und küsste sie. »Ich finde es sehr süß, dass du dir solche Mühe gibst. Aber ich bemerke seit einer Weile das besorgniserregende Missverhältnis zwischen der Fürsorge, die du mir angedeihen lässt, und der für dich selbst.«

Was meinst du damit?

»Ich meine, dass du dir diese ganze Mühe machst, um mich dazu zu bringen, dass ich weiterleben will, während du kaum Anstrengungen unternimmst, selbst glücklich zu sein.«

Ich wusste, worauf sie hinauswollte, aber es fühlte sich gut an, mir zur Abwechslung mal Sorgen um jemand anderen zu machen, anstatt mich nur in meinen eigenen Mist reinzusteigern, wie ich es sonst immer tat.

Mein Glück hängt davon ab, dass du am Leben bist.

»Du kannst dein Glück nicht von dem eines anderen abhängig machen. Das führt in den Wahnsinn.«

Was soll ich stattdessen tun?

»Als Erstes? Vielleicht aufhören, mir Dinge zu zeigen, von denen du denkst, ich will sie sehen, und mir Dinge zeigen, die *du* sehen willst. Was macht denn Parker Santé am glücklichsten?«

Das war eine harte Nuss. Was machte mich denn tatsächlich glücklich? Da musste es doch etwas geben, aber wenn ich mir überlegte, wie mein Leben noch vor zwei Tagen ausgesehen hatte, bevor ich Zelda begegnet war, dann kam es mir wie eine Glückswüste vor. Ich hasste die Schule, Partys, Tanzen und Leute. Das Einzige, was ich wirklich mochte, konnte man nicht mit jemandem teilen.

Ich lese gern. Und schreibe gern. Ich denke mir gern Geschichten aus.

»Ja! So wie die Geschichte, die du gestern geschrieben hast, über das schönste Mädchen im Königreich. Die mochte ich sehr. Warum schreibst du mir nicht noch eine?«

Jetzt sofort?

»Warum nicht? Wir haben Zeit.«

Als sie den letzten Satz sagte, huschte ihr Blick kurz zum Handy, das auf dem Tisch lauerte wie eine Viper, die jeden Moment zubeißen kann.

Okay. Worüber?

»Die Liebe. Schreib uns eine Lovestory.«

GESCHICHTE NR. 2

DER JUNGE, DER DEN TOD RIECHEN KONNTE

ES WAR EINMAL EIN JUNGE, DER DEN TOD RIECHEN konnte …

UNTERBRECHUNG NR. 1

»DAS SIEHT MIR ABER NICHT NACH DEM TITEL EINER Liebesgeschichte aus«, sagte Zelda.

Ich funkelte sie böse an.

»Na schön, na schön. Ich werde nicht mitlesen. Deine Handschrift ist übrigens unterirdisch. Lernen die Kinder in der Schule keine Schönschrift mehr?«

Willst du jetzt eine Geschichte oder nicht?

»Ja. Entschuldige. Bitte schreib weiter. Ich werde so leise sein wie … also … wie du.«

GESCHICHTE NR. 2

DER JUNGE, DER DEN TOD RIECHEN KONNTE

ES WAR EINMAL EIN JUNGE, DER DEN TOD RIECHEN konnte. Er sagte, der würde süßer duften, als man erwarten würde – ein bisschen nach Mandeln. Als der Junge noch ein Kleinkind war, glaubte ihm keiner. Wenn er auf der Straße an einer Fremden vorbeiging, konnte es passieren, dass er seine Mutter am Rock zupfte.

»Die Frau da riecht die der Tod«, sagte er dann.

UNTERBRECHUNG NR. 2

»DIE DER?«, SAGTE ZELDA.

Er ist ein kleines Kind. Und hat Schwierigkeiten mit dem W.

»Verstehe. Bitte schreib weiter.«

Das werde ich.

GESCHICHTE NR. 2

DER JUNGE, DER DEN TOD RIECHEN KONNTE

»DIE FRAU DA RIECHT DIE DER TOD«, SAGTE ER DANN. Da schlug seine Mutter ihm auf den Kopf. »Was für eine makabre Fantasie du hast. Red nicht solchen Unsinn.«

Einmal am Abend vor Weihnachten, bei einem großen Familientreffen, saß der Junge auf dem Schoß seines Onkels und zählte alles auf, was er sich vom Weihnachtsmann wünschte.

»Ein Plüschpferd, Fäustlinge, einen Holzsäbel …« Er verstummte, beugte sich dann vor und schnupperte am Hals seines Onkels. »Onkel«, rief er plötzlich so aufgeregt, als hätte er gerade das erste Päckchen unter dem Baum geöffnet, »du riechst die der Tod!«

Alle im Raum verstummten, dann wurde der Junge ohne Nachtisch ins Bett geschickt. Eine Woche später erlitt der Onkel eine Herzattacke, während er mit seiner Frau im Bett lag. Seine letzten Worte waren: »Dieser schreckliche Junge hat mich verflucht.«

Am nächsten Tag stürmte die Witwe in das Haus ihrer Schwägerin. »Ich will nichts mehr mit dir zu tun haben, solange dieser Dämon unter deinem Dach haust. Er hat meinen Mann umgebracht.«

»Das ist nicht seine Schuld«, sagte die Mutter des Jungen. »Mein Bruder war so fett wie der Weihnachtsmann höchstpersönlich. Jeden Tag hat er sein halbes Gewicht in Speck gegessen.«

»Dann willst du wohl behaupten, das sei nur ein Zufall gewesen?«, schrie die Witwe.

Der Junge, der die ganze Zeit oben am Treppenabsatz gestanden hatte, kam plötzlich in die Küche heruntergerannt. »Ich habe deinen fetten alten Mann nicht umgebracht!«, rief er. »Ich habe bloß den Tod an ihm gerochen. Er roch wie Mandeln.«

Die Mutter schlug ihm wieder auf den Kopf. »Geh wieder ins Bett, Kind!«

Doch Klatsch und Tratsch taten ihr hässliches Werk und bald war der Junge in der ganzen Stadt berüchtigt. Erwachsene mieden ihn, während andere Kinder sich seltsam von ihm angezogen fühlten. Sie schlenderten zu ihm, wenn er allein war – weil er im Garten Unkraut jätete oder zum Milchholen auf den Markt ging. Dann fragten sie beiläufig: »Du bist also der Junge, der den Tod riechen kann?« Und der Junge nickte, weil man ihm beigebracht hatte, nicht zu lügen. Dann verlangten sie zu wissen: »Kannst du an mir irgendwas riechen?« Darauf pflegte er Nein zu sagen, was der Wahrheit entsprach, denn ihre Stadt war sicher und es waren ja nur Kinder. Sich dem Jungen, der den Tod riechen konnte, zu stellen, wurde zu so einer Art Initiationsritus für Jugendliche. Wie der Gang in den Keller eines verlassenen Hauses, wo man dann auch noch bis hundert zählen musste.

Es gab einen besonderen Jungen, ein hübscher Bursche, aber mit gemeinem Charakter, der Charles hieß und dem es einen Riesenspaß machte, den Jungen, der den Tod riechen konnte, zu ärgern. Wieder und wieder fragte er: »Hey, du Irrer, kannst du irgendwas an mir riechen?« Und wenn der Junge, der den Tod riechen konnte, erwiderte, er rieche nichts, dann pflegte Charles zu sagen: »Tja, aber ich kann was an dir riechen: meine Faust!« Dann schlug er dem Jungen, der den Tod riechen konnte, gegen die Schulter, in den Magen oder auf die Nase und lief lachend weg.

Doch eines Tages, vier lange Jahre nach dem Tod seines Onkels, da roch der Junge, der den Tod riechen konnte, tatsächlich etwas an Charles. Und weil er gelernt hatte, niemals zu lügen (und vielleicht auch, weil er nach all den Jahren, in denen er schikaniert worden war, ein bisschen böse war), sagte er das auch. »Du riechst nach Mandeln«, sagte er. »Ich gebe dir noch eine Woche, maximal.« Alle rundherum schnappten nach Luft, weil der Junge, der den Tod riechen konnte, noch nie so geantwortet hatte, nicht ein einziges Mal in all den Jahren, seit sie ihn kannten.

Obwohl er so tat, als könne er darüber lachen, fürchtete Charles sich bis ins Mark. Am nächsten Tag ging er vorsichtiger denn je zur Schule und schaute links und rechts, bevor er die Straße überquerte. Als er es endlich unter die Traufe des Schulhauses geschafft hatte, seufzte er vor Erleichterung schwer. Das Geräusch dieses Seufzers genügte, um ein Stück Eis vom Dach zu lösen, das dann ein tiefes Loch in Charles' kleinen Schädel schlug.

UNTERBRECHUNG NR. 3

»WO IST DENN DA BITTE DIE LIEBESGESCHICHTE?«, fragte Zelda.

Dazu komme ich noch!

»Dann mach mal ein bisschen schneller.«

Weißt du, für eine Unsterbliche bist du ziemlich ungeduldig.

Daraufhin sah Zelda mich nur böse an.

GESCHICHTE NR. 2

DER JUNGE, DER DEN TOD RIECHEN KONNTE

BALD NACH CHARLES' FRÜHZEITIGEM ENDE WURDE der Junge, der den Tod riechen konnte, aus der Stadt gewiesen. Die Einheimischen weigerten sich einfach zu glauben, dass er Charles nicht irgendwie verflucht oder sogar umgebracht hätte. Der Junge wanderte lange durch die Welt, wurde groß und hager, denn er aß nur, was er fangen, stehlen oder sich erbetteln konnte. Schließlich kam er in eine Stadt, wo ein Mädchen mit silbernem Haar, silbernen Augenbrauen und sogar zarten silbernen Wimpern lebte. Sie war wegen ihres Aussehens auch eine Ausgestoßene. Als die beiden jungen Leute sich begegneten, erkannten sie sich selbst im anderen wieder.

»Du siehst ausgehungert aus«, sagte sie.

»Ich bin ausgehungert.«

»Geh und versteck dich in dieser Scheune. Ich werde dir etwas bringen.«

Und so machten sie es. Als sie sich in der Scheune trafen

und der Hunger des Jungen gestillt war, da fragte das Mädchen mit den silbernen Haaren ihn, wie er zu einem armen Wanderer geworden war, und er erzählte ihr, dass er den Tod riechen könne, der nach Mandeln duftete. Und dass alle, die ihn kannten, glaubten, er trage den Tod wie eine Krankheit in sich, obwohl er ihn in Wirklichkeit nur roch. Dass sie ihn einen Dämon nannten.

»So nennt man mich auch«, sagte sie.

»Nur wegen deines Haars?«

»Ja.«

»Die Leute sind so dumm. Da grenzt es schon an ein Wunder, dass sie es schaffen zu atmen.«

»So sehe ich das auch.«

Genau in diesem Moment verliebten sie sich. Während sie ein paar Äpfel aßen, die das Mädchen mit den silbernen Haaren aus der Vorratskammer hatte stehlen können, küssten sie sich zum ersten Mal. Das Mädchen löste sich von ihm, als es den Jungen schnuppern hörte.

»Was ist denn?«, fragte sie.

»Nichts«, sagte er.

Aber es war nicht *nichts*. Er hatte an ihr den Tod gerochen, verborgen hinter dem Aroma der Äpfel und dem frischen Duft ihrer Haare. Er war noch nicht sehr nah, aber er würde kommen. Der Junge beschloss, keinen einzigen Augenblick mehr getrennt von ihr zu verbringen, weil ihre gemeinsame Zeit so kurz sein würde.

Noch in dieser Nacht lief sie mit ihm davon und gemeinsam streiften sie durch die Welt. Sie liebten sich unter dem Sternenhimmel, aßen sich an Nüssen und Beeren satt und badeten in kalten, klaren Flüssen. Der Mandelgeruch wurde täglich stärker, bis er praktisch schon überwältigend war. Das Ende war jetzt nah. Das Mädchen konnte sich kaum noch rühren, denn der Junge drückte sie so fest an sich, als sei schon ein Schritt von ihm fort einer zu viel.

»Was ist nur mit dir los?«, fragte sie, auch wenn ihr seine ganze Aufmerksamkeit gefiel.

»Nichts. Gar nichts.«

Als sie eines Tages in einem dieser kalten, klaren Flüsse badeten, tauchte plötzlich ein großer Braunbär zwischen den Bäumen am Ufer auf. Er war struppig und mager und aus seinen dunkelblauen Augen sprach der Hunger. Obwohl der Junge sich in Bezug auf den Geruch noch nie getäuscht hatte, machte er sich daran, das Mädchen mit den silbernen Haaren so gut er konnte zu verteidigen. Mit dem scharf angespitzten Speer, den er sonst zum Fischen verwendete, griff er die große Bestie an. Er stach ein-, zweimal zu, da stürzte das Tier sich auf ihn und verletzte den Jungen schwer. Der stürzte zu Boden, kämpfte jedoch weiter, indem er mit seinem Speer wieder und wieder zustach. Endlich gelang es ihm mit Glück, ein Auge des Bären zu treffen. Der brüllte vor Schmerz auf und rannte zurück in den Wald.

»Nein!«, schrie das Mädchen mit den silbernen Haaren und brach neben dem Jungen zusammen. »Mein Liebling! Mein Liebling!« Sie vergrub ihr Gesicht am Hals des Jungen und weinte große salzige Tränen, aber die waren nichts gegen das Blut, das in Strömen die Wiese rot färbte.

Als sie sich von ihm löste, um ihn anzusehen, staunte sie über sein Lächeln.

»Gott sei Dank«, sagte er.

»Wie kannst du das sagen?«, fragte sie. »Du stirbst!«

»Ich weiß«, antwortete der Junge. »Aber mir ist klar geworden, dass ich die ganze Zeit über meinen eigenen Tod gerochen habe. Jetzt sind die Mandeln weg, was bedeutet, du wirst noch ein schönes langes Leben führen. Bald wirst du einen anderen Jungen finden, der nur deinen süßen Duft riecht, und ihr werdet zusammen sehr glücklich sein.«

»Das werde ich nicht. Wenn du jetzt stirbst, bringe ich mich um.«

Der Junge schüttelte den Kopf. »Das wirst du nicht, Darling.« Er tippte an seine Nase. »Sonst wüsste ich es.«

Und dann tat er seinen letzten Atemzug.

DREI SIND EINER ZU VIEL ODER EIN DREIRAD ODER SO

»DAS WAR EINE LIEBESGESCHICHTE?«, FRAGTE ZELDA.

Ich denke schon, schrieb ich.

»Aber die war so traurig. Warum sind alle deine Geschichten so traurig?«

Traurige Geschichten sind die besten. Das weiß doch jeder.

Zelda seufzte. »Das stimmt vermutlich. Mir hat sie trotzdem gefallen. Die musst du zu deiner Bewerbung dazutun.«

Meiner was?

»Deiner College-Bewerbung.«

Ich wollte gerade zugeben, dass ich diesen Teil unserer Vereinbarung irgendwie vergessen hatte, doch Zelda kam mir zuvor. »Denk nicht mal dran, dich um diesen Teil unserer Abmachung rumdrü–«

»*Wow!*«

Alle im Café drehten die Köpfe zum Eingang. Alana stand in der Tür und trug immer noch den Großteil ihres Kostüms zur Party am Vorabend, inklusive des Plastiksäbels (in einem Gürtel um ihre Taille) und der weißen Pluderhose.

»Ich bin so froh, dass ich dich gefunden habe«, sagte sie, als sie sich an unseren Tisch setzte. »Hey, Zelda.«

»Hallo«, sagte Zelda. »Alana, stimmt's?«

»Alana, Königin der Piraten!« Sie schnappte sich meinen Kaffeebecher und trank den Rest aus. »Iih, der war ja kalt.«

Was machst du hier?, schrieb ich.

»Genau. Also hör zu, mir ist klar, dass ihr hier gerade ein superromantisches Date habt, und es tut mir echt leid zu stören, aber ich habe seit Donnerstag fast nicht geschlafen und muss echt dringend mit jemandem reden. Als du mir dann getextet hast, dass ihr hierherkommt, da dachte ich mir einfach, warum nicht, weißt du? Ich meine, es ist ja nicht so, als hätte ich euch mittendrin gestört oder so.«

»Parker hat dir getextet?«, fragte Zelda.

»Klar. Er brauchte doch Empfehlungen für Date-Locations. Ist das nicht süß?« Alana kniff mich in die Wange. »Er ist doch ein Schatz, unser Parker.« Ich schlug ihre Hand weg. »Abgesehen davon war ich auch schon ewig nicht mehr in der *Legion*. Wisst ihr, ich hatte ganz vergessen, wie viele Obstschüsseln die hier haben.«

Genau das habe ich mir auch gedacht!, schrieb ich.

»Das sind Stillleben«, sagte Zelda. »Üblicherweise zeigen sie entweder eine Schale mit Früchten oder zusammengebundene tote Tiere.«

»Tote Tiere nennt man Stillleben?«, sagte Alana. »Das ist doch bescheuert. Die sollte man *Stilltod* nennen.« Zelda und ich lachten. »Und wenn es heißt *Stillleben*, soll das dann bedeuten *still* im Sinne von unbeweglich?«

»Genau«, sagte Zelda.

»Na ja, ich find sie jedenfalls sterbenslangweilig.«

»Einst war die Idee eines Stilllebens revolutionär. Zuvor hatte man auf Gemälden hauptsächlich religiöse Szenen abgebildet. Stillleben erweiterten mögliche Motive der Kunst um die gesamte Natur.«

Gab es eigentlich irgendwas, wovon Zelda nichts verstand? Die Anzeige meines Trauometers bewegte sich kontinuierlich nach oben.

Alana pfiff anerkennend. »Verdammt, Santé. Dein Mädchen ist schlau. Und siehst du, ich wusste, es würde das richtige Ziel sein. Man kommt in die *Legion*, kriegt ein bisschen Kultur, ein bisschen guten Rat.«

Was für guten Rat?, schrieb ich.

»Lass uns das beim Mittagessen besprechen. Seid ihr zum Aufbruch bereit?«

Wir wollten hier essen.

»Machst du Witze? Du kannst dieser wunderschönen Dame doch nicht einen Lunch im Museumscafé zumuten, Santé!« Sie kniff mich wieder in die Wange, diesmal noch fester. »Museumsfraß ist nur was für dumme Touristen. Ich habe da eine viel bessere Idee.«

Wo?

»Lass mich das erst alle machen.« Sie langte über den Tisch und trank auch noch Zeldas Tasse leer. »Iih. Auch kalt. Na gut, machen wir das. Ich gehe vor.« Damit zog sie ihren Plastiksäbel und marschierte aus dem Café.

Natürlich mussten wir ihr nicht unbedingt folgen. Aber ich hatte auch keine bessere Idee.

GEHIRNWÄSCHE

»WAS IST DAS?«, FRAGTE ZELDA.

»Das ist BrainWash«, erklärte Alana, »die einzige Kombination aus Waschsalon, Diner und Musikkneipe im bekannten Universum.«

Sie versuchte, rückwärts in einen Behindertenparkplatz direkt vor der Waschsalon-Diner-Musikkneipe einzuparken. Ich zeigte auf das Schild. »Macht nix. Ich bin draufgekommen, dass Cops mir absolut nicht widerstehen können. Im Ernst, ich habe noch nie auch nur einen Strafzettel gekriegt. Dabei bin ich eine echt miese Autofahrerin.«

Wie um das zu bestätigen, fuhr sie auf den Gehsteig und wieder runter, rumpelte erst gegen den Wagen vor uns, dann gegen den hinter uns. Irgendwie schaffte sie es trotzdem, noch eine Armlänge vom Bordstein entfernt zu stehen, als sie mit diesen Manövern fertig war.

Das Lokal sah aus wie ein stinknormales Diner, mit den üblichen Resopalflächen, Leuchtreklamen und Stahlbehältern, in denen mieser Kaffee sein musste. Alana empfahl den Frühstücks-Burrito, also bestellten wir den dreimal und setzten uns an einen Metalltisch direkt neben der kleinsten

Bühne, die ich je gesehen hatte. Hinter einem Durchgang war der Waschsalon-Bereich dieses Etablissements zu sehen. Dort drängte sich die Wochenendkundschaft in ihren schönsten Waschtagklamotten.

»Nun, was wolltest du uns erzählen?«, fragte Zelda.

»Stimmt. Also, es geht darum –« Alanas Aufmerksamkeit richtete sich plötzlich auf Zeldas rechte Hand, die drauf und dran war, eine Zuckerkaskade in ihren Kaffee rieseln zu lassen. »Moment mal. Trinkst du ihn nicht schwarz?«

»Niemals.«

»Aber ist das Leben denn nicht schon verfälscht genug, auch wenn man es nicht mit Zucker verwässert?«

»Kann man mit Zucker etwas verwässern?«

Alana runzelte die Stirn. »Okay, das stimmt. Aber nimm bloß einen Schluck, bevor du den Dreck da reintust.«

»Ich habe schon mal schwarzen Kaffee getrunken.«

»Ich weiß, ich weiß. Nur mir zuliebe.«

Zelda senkte das Gesicht bis an den Rand des Bechers und schnitt eine Grimasse. »Bäh!«, sagte sie.

»Genau! Siehst du, Kaffee soll schlecht schmecken. Deshalb ist es ja Kaffee.«

»Da ist mir die Illusion lieber«, sagte Zelda und bediente sich bei Milch und Zucker.

»Jedem das Seine.« Alana nahm einen großen Schluck aus ihrem eigenen Becher. »Der ist ziemlich eklig, was? Vielleicht hast du doch recht.« Sie goss ein bisschen Milch in ihren Kaffee. »Okay, also hier ist der Deal. Mir ist klar, dass das vielleicht ein bisschen plötzlich kommt, weil ich euch beide ja kaum kenne, aber all meine anderen Freunde gehören zur selben verdammten Clique, deshalb kann ich mit denen auf gar keinen Fall reden. Und Zelda, du kamst mir auf der Party gestern so reif und alles vor. Und ihr beide seht so glücklich miteinander aus, dass ich mir dachte, wen gäbe es Besseren, den ich fragen könnte?« Sie holte tief Luft und nahm noch einen Schluck von ihrem Kaffee. »Das ist echt viel besser.«

Worum geht's denn?, schrieb ich.

»Ich glaube, Tyler betrügt mich.«

»Wer ist Tyler?«, fragte Zelda.

»Mein Freund«, sagte Alana.

»Und warum glaubst du, dass er dich betrügt?«

»Es sind nur Kleinigkeiten. Etwa, dass er manchmal nicht an sein Handy geht, und wenn ich ihn dann frage, wo er war, wird er total nervös. Und gestern Abend, auf der Party, da war er echt seltsam und distanziert und so. Er jobbt ja auch an den Wochenenden in diesem Kino, aber er will nie, dass ich ihn da besuche. Oh, und dann hatte er mal diesen Knutschfleck am Hals. Einen ganz schwachen, und er schwor, den hätte ich ihm gemacht, dabei konnte ich mich überhaupt nicht daran erinnern.«

»Das sind eine Menge Indizien«, sagte Zelda. »Hast du auch irgendwelche echten Beweise?«

»Nicht wirklich. Nur so ein Gefühl. Ein schlechtes Gefühl.«

»Interessant«, sagte Zelda, und ich konnte ihr ansehen, dass sie es tatsächlich so meinte. *Behandle mich genau wie einen Teenager*, hatte sie gestern zu mir gesagt. Tja, nichts war wohl teenagermäßiger als ein Beziehungsdrama.

»Parker, was denkst du?«, fragte Alana.

Ich hatte Tyler nie besonders gemocht, obwohl er viel netter war als beispielsweise Jamie, aber vielleicht lag das nur daran, dass ich ein bisschen eifersüchtig auf ihn war.

Keine Ahnung, schrieb ich. *Woher soll ich das wissen?*

»Einfach dein Bauchgefühl, Mann.«

Mein Bauchgefühl sagt, dass ich hungrig bin.

»Parker hat recht«, sagte Zelda. »Du kannst dich mit Vermutungen verrückt machen, aber am Ende bringt dir das überhaupt nichts.«

»Vielleicht. Aber ich schwöre, wenn er mich betrügt, dann schneid ich ihm die Eier ab. Er war mein Erster, wisst ihr. Mit dem Scheiß macht man keine Scherze. Wer war dein Erster, Zelda? Ich wette, irgendein älterer Typ.«

Ich wusste, dass Zelda lügen würde, aber ich staunte, als sie Alana dieselbe Lüge auftischte wie mir. »Ein ganzes Stück älter. Er hieß Karl. Auf seine Art süß, aber ein bisschen streng.«

Alana hielt ihr die Faust hin, damit sie dagegen schlug. »So muss man es machen. Reife Männer sind super, was?« Zelda stieß vorsichtig mit ihrer Faust gegen Alanas. »Und du, P. Diddy? Wer war deine Erste?«

Zum Glück kam mein Burrito genau in diesem Moment und er hatte ungefähr die Größe meines Kopfes. Daher konnte ich Zeit schinden, indem ich einen der größten Bissen in der Geschichte der Menschheit nahm. Es war heute schon das zweite Mal, dass mir diese Frage gestellt wurde. Zelda die Wahrheit zu sagen, hatte mir nichts ausgemacht, aber bei Alana war das etwas anderes. Sie ging auf meine Schule und hatte daher die Möglichkeit, jedem von meiner

Jungfräulichkeit zu erzählen. Ich hob einen Finger – einen Moment, ich kaue noch –, und versuchte mir zu überlegen, was ich sagen sollte.

»Ich glaube, Parker fürchtet intime Enthüllungen«, kam Zelda mir zu Hilfe. »Aber mir ist wirklich egal, wer das weiß. Ich war seine Erste. Die Erste und Einzige.«

Seltsamerweise machte die Tatsache, dass es ausgesprochen wurde, auch wenn es nicht stimmte, das Ganze irgendwie real. Fast als würde sie mir etwas versprechen.

»Respekt, Santé«, sagte Alana. »Ich bin auch ganz dafür, sich für die Guten aufzuheben. Wenn die nur gut bleiben würden.« Dabei fuchtelte sie mit ihrem Burrito, sodass Bohnen und Reis über den Tisch flogen. »Übrigens, auch wenn du das wahrscheinlich schon weißt, Zelda, aber du hast echt irgendwie ein Wunder bewirkt. Du bist *die* Wunderwirkerin.«

»Wie meinst du das?«

»Ich meine, du hast diesem Jungen das Leben gerettet, Mädchen! Gestern Abend habe ich ihn seit Beginn der Highschool das erste Mal ausgehen sehen. Es ist so, als würde er es aktiv hassen, in Gesellschaft anderer menschlicher Wesen zu sein. Sobald eine Unterrichtsstunde zu Ende ist, verschwindet er durch die Tür. Er kommt nicht mal in die Mensa.«

Ich komme in die Mensa, schrieb ich. *Nur esse ich dann in der Bücherei.*

»Wie auch immer, Mann. Der Punkt ist, dass niemand dich jemals sieht. Und zwar nicht, weil irgendwer ein Problem mit dir hätte oder so, auch wenn du das anscheinend denkst. Du bist nur einfach nie da – nicht mal, wenn du es eigentlich bist. Was hat es denn damit auf sich?«

Ich sah Zelda an, weil sie mich vielleicht noch mal retten würde, aber diesmal schien es, dass meine Antwort sie genauso interessierte wie Alana.

Ich weiß nicht, schrieb ich. *Ich habe einfach gemerkt, dass mich niemand um sich haben will.*

»Warum? Weil du nicht reden kannst? Das soll jetzt keine Beleidigung sein, aber das ist total bescheuert. Alle hängen mit Jamie ab, dabei ist der ein absoluter Idiot. Wir wünschen uns, dass *dieser Typ* nicht reden könnte. Und Erik Jones, der auf jeder Party Katy-Perry-Songs rülpst und dann im Bad kotzt, mit dem hat auch keiner ein Problem. Du bist cool, Santé. Du bist smart und so. Auch wenn du im Schach eine Null bist.«

Ich war es nicht gewöhnt zu hören, dass Leute was Nettes über mich sagten. Deshalb hatte ich zwar das Gefühl, lächeln zu sollen, brachte es aber irgendwie nicht fertig.

Danke, schrieb ich.

»Hey, ich habe gerade eine unglaubliche Idee!«, sagte Alana.

»Und zwar?«, fragte Zelda.

»Wie wär's, wenn ihr beide in das Kino gehen würdet, wo Tyler jobbt? Dann könntet ihr rauskriegen, ob da irgendwelche schrägen Sachen laufen.«

Ich bin mir nicht sicher, ob das smart ist.

»Ist es aber«, sagte Alana. »Hab ich doch gerade gesagt. *Eine unglaubliche Idee*, habe ich es genannt. Hast du das nicht mitgekriegt?«

Ich wollte gerade weitere Einwände vorbringen, als Zelda dazwischenflötete: »Das machen wir.«

»Echt? Du bist die Beste!« Alana umarmte Zelda über den Tisch hinweg. »Das wird ein echter Spaß. Ihr seid so was wie Superspione.«

Wir aßen unsere Burritos auf und zahlten, aber Alana bestand darauf, dass wir uns den Waschsalon ansahen, bevor wir das *Brain Wash* verließen.

»Das ist der abgefahrenste Ort überhaupt«, sagte sie.

Wir folgten ihr in den Gestank nach Waschmittel und feuchtem Stoff. Da herrschte so eine Art laute Stille, weil alle Umgebungsgeräusche vom heißen Summen der sich drehenden Trocknertrommeln und dem Klatschen nasser Klamotten an die Scheiben der Waschmaschinen geschluckt wurden. Es waren lauter quadratische Geräte mit runden Scheiben vorne. Wenn man ein Stückchen zurücktrat, konnte man sich fast vorstellen, in die Fenster eines Wohnblocks zu schauen, in dem drei Sorten von Bewohnern lebten: quirlig Schaumige, reglose Tropfnasse oder verreiste Abwesende.

»Einmal habe ich hier eine ganze Stunde damit vertrödelt, auf die Dinger zu starren«, sagte Alana. »Die hypnotisieren einen.«

»Es sieht ziemlich gemütlich aus«, sagte Zelda. »Wie eine Reihe kleiner Jacuzzis.«

Wir standen nebeneinander vor den Maschinen und schauten ihnen beim Drehen und Schleudern zu. Immer rund herum, wie der Mond um die Erde. Wie die Erde um die Sonne. Meine Gedanken kehrten zu dem zurück, was Zelda erst vor ein paar Minuten gesagt hatte: *Ich war seine Erste.*

War das nur ein weiterer Karnevalswagen in ihrem endlosen Umzug von Flunkereien und Fantastereien? Oder sollte es eine Absichtserklärung sein? Würde der heutige Abend anders laufen als der gestrige? Und warum verunsicherte mich dieser Gedanke mindestens so sehr, wie er mich erregte?

»Deine Hand ist schwitzig«, sagte Zelda.

Mir war nicht mal aufgefallen, dass ich nach ihrer gegriffen hatte.

»Also gut, Kinder«, sagte Alana. »Die Pflicht ruft. Lasst es uns angehen wie ein Paar, das natürliche Verhütung praktiziert, und den Rückzug antreten.«

WAS MAN IM KINO TUT, TEIL 2: DIE ABRECHNUNG

ALS ERSTES ORDERST DU DIE EINTRITTSKARTEN ÜBERS Handy, damit ihr ungesehen am Ticketschalter vorbeikommt. Es ist Wochenende, also dürfte es im Kino voll genug sein, um in der Menge unterzutauchen. Es handelt sich um einen dieser riesigen Komplexe mit mehreren Stockwerken, diversen kleinen Videospielarkaden und zahlreichen Snacktheken. Ihr findet Tyler im obersten Stock. Dort schaufelt er Popcorn in Tüten und besprüht jede mit »Butter«. Zusammen mit ihm arbeiten dort drei Leute. Einer von denen hat ein Akneproblem, das sein Gesicht und den Hals komplett beherrscht und sich vermutlich auch schon auf seinen Rumpf erstreckt. Eine andere ist so übergewichtig, dass alle anderen nur seitwärts in dem schmalen Bereich hinter der Theke an ihr vorbeikommen. Die dritte Kollegin ist ein zweifellos süßes Mädchen. Sie hat pinkfarbene Zöpfe und trägt jede Menge grün glitzernden Lidschatten.

Ihr postiert euch unauffällig hinten im Raum. Fünfzehn oder zwanzig Minuten lang passiert nichts, dann beginnt die Lobby sich zu leeren, sodass ihr euch zum Warten in eine der

Arkaden zurückziehen müsst. Nach ungefähr einer weiteren halben Stunde (in der du Zelda bei einer Party Airhockey vernichtend schlägst), beginnt der Raum sich erneut zu füllen. Also begebt ihr euch wieder in die Lobby, um die Beobachtung fortzusetzen. Tyler und das Zopfmädchen stehen sich an den jeweiligen Enden der Theke gegenüber, doch als sie sich in die Mitte begeben, um einem Mann, der definitiv beides nicht bräuchte, eine Schachtel Nachos mit flüssigem Käse und eine überdimensionale Packung Milchschokoladebonbons zu geben, da kommt es zu einem Blickkontakt. Er dauert nur eine Sekunde, doch du und Zelda, ihr erkennt ihn sofort und seht euch mit einem Blick an, der ausdrückt, dass ihr den Blick gesehen und ihn beide entschlüsselt habt. Du bist dir zwar nicht sicher, warum du den Blick deuten kannst, weil es keiner ist, den du selbst schon mal jemandem geschenkt oder selbst geerntet hast. Aber irgendein animalischer Teil von dir, der zum Beispiel auch spürt, ob der vor dem Starbucks angeleinte Hund nach dir schnappen wird, wenn du zu nah vorbeigehst, dieser Teil, der erkennt, ob die Kerle, die gerade den Bürgersteig langkommen, es ratsam machen, die Straßenseite zu wechseln, der weiß, dass dieser Blick bedeutet: *Wir betreiben definitiv irgendwelche gemeinsamen sexuellen Aktivitäten, wenn wir nicht vor Leuten stehen, denen wir Nachos und Bonbons servieren.*

Dann lasst ihr euch Zeit beim Verlassen des Kinos, da ihr schon wisst, dass Alana direkt davor wartet und die Neuigkeit, die ihr bringt, keine gute ist. Als ihr draußen seid, eilt sie über die Straße zu euch und ihr schaut sie mit einem Blick an, der ihr von dem Blick erzählt, den ihr gesehen habt, und da schaut sie euch mit einem Blick an, von dem ihr zuerst glaubt, er sei der Auftakt zu einem Heulfest, doch dann merkt ihr, es ist ein Blick, der sagt: *Oh, verdammt, nein!* Und dann marschiert sie wieder über die Straße und ihr rennt ihr nach.

»Ticket?«, fragt der für die Eintrittskarten zuständige Typ. Alana rauscht an ihm vorbei. Er dreht sich um und schreit ihr nach: »Ticket? Dein Ticket?« Beim Training für diesen Job hat man ihn nicht auf diese Form des Ungehorsams vorbereitet. Man kann ihm ansehen, wie er zwischen der Verantwortung, ihr nachzulaufen, und der, weiter Tickets zu kontrollieren, hin und her gerissen ist. Nach ein paar Sekunden ist sie schon über die Rolltreppe verschwunden, und der Tickettyp zuckt mit den Achseln.

»Na gut«, sagt er und wendet sich dir und Zelda zu. »Tickets?«

Ihr zeigt eure Karten vor und werdet durchgewinkt.

Alana ist im ersten Stock stehen geblieben und späht durch die Menge, um zu sehen, wer hinter der Snacktheke arbeitet. Zelda legt ihr eine Hand auf die Schulter.

»Du kannst nicht klar denken, Liebes. Du musst dich erst mal beruhigen.«

»Oh, ich denke so klar wie eine verdammte Glasscheibe«, sagt Alana. »Also wo ist dieser miese kleine Scheißer?«

»Lass uns doch erst mal in Ruhe hinsetzen, meinst du nicht?«

»Ihr wollt's mir nicht sagen? Schön. Dann finde ich ihn eben ohne eure Hilfe.« Sie marschiert zu der Theke, kümmert sich nicht um die Schlange und knallt ihre Handfläche auf die Glasplatte. Salzkristalle springen in die Höhe wie eine

Kolonie winziger Insekten, die versucht zu fliegen. »Wo ist Tyler Siegel?«, fragt sie.

Das Mädchen an der Kasse lässt sich von dieser abrupten Störung nicht beeindrucken. Sie gibt ungerührt einem Kunden sein Wechselgeld. »Dritter Stock«, sagt sie. »Und von mir hast du es nicht.«

»Danke.«

Jetzt seid ihr wieder unterwegs, zurück zur Rolltreppe. Alana rempelt ungefähr die Hälfte der Leute darauf an. Ihr folgt ihr und entschuldigt euch für sie bei jedem einzelnen. Als ihr den dritten Stock erreicht, hofft ihr, dass Tyler sich vielleicht gerade in den Pausenraum verdrückt hat. Aber nein, er ist noch da. Und es ist echt Pech für ihn, dass er gerade irgendeinen Witz für das Mädchen mit den pinkfarbenen Zöpfen gerissen hat und sie viel zu heftig lacht. Das ist so, als hätte Gott der Herr ihm eine Zielscheibe auf die Stirn gepinselt.

»Scheißkerl!«, verkündet Alana laut genug, um jedes Gespräch rundherum verstummen zu lassen, vor allem unter Familien, die hier warten, um sich einen Film anzusehen, in dem so ein Wort nicht vorkommt. Alana – immer noch wie ein Pirat gekleidet – turnt über die Theke wie dieser böse japanische Geist in dem Horrorfilm *Ring* und stößt dabei das kleine Popcorn von irgendeinem kleinen Kind um, das sofort zu weinen beginnt. Das Mädchen mit den pinkfarbenen Zöpfen weiß zwar, dass da irgendwas Verrücktes passiert, doch sie hat noch nicht begriffen, dass es etwas mit ihr zu tun hat. Nicht bis Alana Tyler an seinem schwarzen Buttondown-Hemd packt und ihn heftig gegen die Maschine mit dem Slusheis stößt. Woraufhin kirschrotes Slush auf die Theke zu fließen beginnt.

»Baby«, sagt Tyler, einen Moment bevor er eine so heftige Ohrfeige kriegt, dass der Menge ein bewunderndes *Ooooh* entschlüpft.

»Lass ihn los!«, kreischt das Mädchen mit den pinkfarbenen Zöpfen und reißt Alana von Tyler weg. Jetzt haben sich die beiden Mädchen gegenseitig an den Haaren gepackt und zerren sich hierhin und dorthin, während sie Schreie der Wut und des Schmerzes ausstoßen. Tyler schaut nur zu und ist sich anscheinend unsicher, worin seine Rolle besteht. Da weißt du, dass du eingreifen musst.

Du kletterst ebenfalls über die Theke und versuchst, dich zwischen die Mädchen zu stellen, die sich jedoch fest umklammern. Du stürmst hinter Alana, packst sie an der Taille, um sie wegzuziehen. Zelda ist neben dir und versucht, die Situation mit Worten zu entschärfen. In diesem Moment scheint Tyler aufzuwachen und will jetzt zu Hilfe eilen. Doch die Mädchen wirbeln wie wild herum und rutschen auch noch auf dem Kirscheis aus, das inzwischen schon überall auf dem Fliesenboden verteilt ist. Dabei wirst du so heftig gegen ihn geschleudert, dass dein Ellbogen voll seinen Magen trifft. Tyler richtet sich stöhnend wieder auf, und das ist der Augenblick, in dem du erklären müsstest, dass es einfach nur ein Versehen war, wenn du sprechen könntest. Aber das kannst du ja nicht, oder?

Der Schock kommt zuerst. Es ist nicht so sehr der Schmerz, eher die stumpfe Gewalt. Ein entfernter Teil deines Gehirns registriert, dass du gerade einen Schlag ins Gesicht erhalten hast, aber es gibt noch keinen Bericht dazu. Die Rolle des Schlägers ist noch keinem zugewiesen: Da ist erst mal nur der Schlag. Und dazu ein grelles Licht, so wie die Leute das beschreiben, aber keine Sterne – eher ein einziger grellweißer Blitz, ein Schuss, der sich in deinem Kopf löst. Du bewegst dich rückwärts und abwärts, auf die nassklebrigen Fliesen zu. Da landest du mit einem quatschenden Geräusch. Dann beginnt der Schmerz, strahlt von deiner Wange in heißen Wellen aus. Blut tropft schon aus deiner Nase, ein unglaublich grellroter Strich, als du es an deinem Arm abwischst; als würde etwas wirklich Lebenswichtiges aus dir sickern. Oder könnte das auch Kirsch-Slush sein – das ist im Moment wirklich schwer zu sagen. Zum ersten Mal kommst du auf den Gedanken, hochzuschauen. Da steht Tyler mit starrer finsterer Miene, wie ein Totempfahl, und schüttelt den Schmerz aus seinen Fingergelenken. Du siehst Kirschrot und bist nur noch Sekunden davon entfernt, wieder auf die Füße zu springen und ihm die Kehle rauszureißen, als du bemerkst, dass es Zelda gelungen ist, hinter ihn zu treten. Dann packt sie seinen Kopf und schlägt ihn gegen die Glaswand der Popcornmaschine, die zersplittert. Als nächstes liegt ihr zu fünft auf einem Haufen am Boden hinter der Snacktheke des Multiplexkinos und überall ist Blut und Slusheis. Der Ringkampf dauert noch ungefähr eine Minute, bevor Erwachsene mit Namensschildern und ernsten Mienen auftauchen, um euch zu trennen. Sie zerren euch alle grob durch eine Tür und in ein kleines Büro.

Und das ist es, was man in einem gottverdammten Kino so macht.

EIN ARRANGEMENT

DER MANAGER DES KINOS WAR EIN PUMMELIGER TYP mit einer schrecklichen Frisur – Marke *Resthaare-peinlich-Quergekämmt* – und einer seltsam hohen Stimme. Auf seinem Namensschild stand *PIREZ*.

»Ihr wisst, dass ich die Polizei rufen muss?«, sagte er. »So ist das Gesetz, wenn es zu einer gewalttätigen Auseinandersetzung kommt. Und zu Sachbeschädigung.«

»Mr Pirez?«, sagte Zelda.

»Und natürlich wird die eure Eltern informieren, die dafür verantwortlich sind, diese Schäden zu bezahlen, auch wenn nur Gott weiß, ob sie tatsächlich löhnen.«

»Mr Pirez?«

»Und was mich persönlich betrifft«, fuhr der Manager fort, »hoffe ich mal, ihr wisst, wie schändlich so ein Verhalten ist. Wenn solche Dinge passieren, gibt man immer mir die Schuld, auch wenn das nicht im Geringsten fair –«

»Mr Pirez«, sagte Zelda noch etwas lauter.

»Was?«

»Ich wollte Sie nur fragen, wie hoch Sie den von uns verursachten Schaden einschätzen.«

»Das kann ich wirklich nicht sagen.«

»Dann schätzen Sie doch bitte.«

»Nun, die Popcornmaschine zu reparieren wird mindestens ein paar Hunderter kosten. Und außerdem musste ich ja allen, die das mit angesehen haben – diese *Prügelei* –, Freikarten geben. Dann kommen natürlich noch die Reinigungskosten hinzu.«

»Würden sechshundert Dollar alles abdecken?«

»Tja, äh, das ist schwer zu sagen –«

»Dann sagen wir sieben.« Zelda öffnete ihre Handtasche und holte den Packen Geldscheine heraus.

»Meine Fresse«, sagte Tyler beeindruckt.

Zelda zählte die Scheine. »Eins, zwei, drei, vier, fünf, sechs, sieben.« Dann gab sie alles Pirez. »Das wäre das. Wenn Sie uns dann bitte entschuldigen?«

Der Manager sah perplex drein. Ich bin mir sicher, er wollte die Polizei genauso wenig in diese Sache verwickelt sehen wie wir, aber die Alternative bestand darin, sich von einem Teenagermädchen kaufen zu lassen.

»Ich muss trotzdem eure Eltern anrufen«, sagte er. »Ich kann euch doch nicht einfach laufen lassen, damit ihr gleich wieder zu raufen anfangt.«

Zelda seufzte theatralisch. »Sehr schön. Aber meine Eltern sind beide tot, daher, fürchte ich, werden Sie bei mir kein Glück haben.«

»Wirklich?«, fragte der Manager. »Wer passt dann auf dich auf?«

»Ich passe selbst auf mich auf. Aber bitte machen Sie voran.«

Also rief der Manager nacheinander unsere Eltern an. Bei Alana, Tyler und dem Mädchen mit den pinkfarbenen Zöpfen bekam er jemanden an die Strippe; meine Mutter war nicht zu erreichen.

»Was ist mit deinem Dad?«, fragte Pirez.

»Sein Vater ist auch tot«, sagte Zelda.

»Ach, ja? Wie praktisch.«

»Nein«, antwortete Zelda mit versteinertem Gesicht. »Ganz im Gegenteil.«

Also rief Pirez noch mal bei meiner Mutter an und hinterließ eine Nachricht. Danach saßen wir alle einfach nur schweigend da und warteten. Der Manager verließ gelegentlich das Büro, um seiner Arbeit nachzugehen, aber er blieb nie lange genug weg, als dass Abhauen eine realistische Option gewesen wäre. Ich hatte Kleenex in meiner Nase stecken, um das Blut zu stoppen, Tyler hielt sich einen Waschlappen ins Gesicht gepresst, wo die Popcornmaschine ihm die Stirn aufgeschnitten hatte. Alana und das Mädchen mit den pinkfarbenen Zöpfen hatten beide Kratzer auf den Wangen und Haare, als hätten sie mit einer Gabel im Toaster rumgestochert. Nur Zelda war aus dem Handgemenge relativ unbeschadet hervorgegangen.

S-o-r-r-y, signalisierte ich ihr.

»Muss es nicht«, sagte sie lächelnd. »Ich kann mich gar nicht mehr erinnern, wann ich das letzte Mal in eine echte Rauferei verwickelt war.«

Eine Stunde später wurde das Mädchen mit den pinkfarbenen Zöpfen von einer Mutter abgeholt, die zufällig auch zu viel grünen Lidschatten trug. Alana kam als Nächste dran und wurde von einer älteren Schwester rausbegleitet, der das, was passiert war, sichtlich am Hintern vorbeiging.

»Du bist selbst hergefahren, oder?«, fragte sie Alana.

»Genau.«

»Cool. Dann treffen wir uns zuhause.«

Ein paar wortlose Minuten, nachdem Alana weg war, hüstelte Tyler so, dass es wie eine Einleitung klang. »Hey, Parker«, sagte er, »tut mir leid, dass ich dich geschlagen habe.«

»Mir tut es nicht leid, dass ich deinen Kopf gegen die Popcornmaschine gehauen habe«, sagte Zelda.

I-s-t o-k, deutete ich mit den Fingern.

»Was hat er gesagt?«, fragte Tyler.

»Er hat gesagt, dass es okay ist«, übersetzte Zelda. »Weil er ein sehr großzügiger Junge ist.«

»Oh. Cool. Danke, Mann.«

Tylers Mutter war eine zierliche blonde Frau, die nicht so aussah, als könne sie irgendjemandem wegen irgendetwas böse sein.

»Was ist denn passiert?«, fragte sie und nahm vorsichtig den Waschlappen von der Stirn ihres Sohnes, um sich den Schnitt anzusehen. »Das ist tief«, sagte sie zu Pirez. »Wahrscheinlich muss es genäht werden.«

»Geht mich nichts an«, sagte Pirez. »Und übrigens ist Ihr Sohn gefeuert.«

Schließlich waren nur noch Zelda und ich übrig. Pirez schaute auf seine Uhr. »Jesus«, sagte er. Die Zeit verging. Er schaute wieder auf die Uhr. »Jesus«, sagte er noch mal. Die Zeit verging. Er sah wieder auf die Uhr.

»Verzeihung, Sir«, sagte Zelda. »Ich möchte ja nichts Unpassendes sagen, aber vielleicht lässt sich diese Geschichte zum Wohle aller beenden.«

»Wie meinst du das?«

»Nun, Sie haben Parkers Mutter eine Nachricht hinterlassen, also wird sie sicher erfahren, was heute hier passiert ist. Vielleicht ist es deshalb an der Zeit, dass Sie uns gehen lassen.«

»Ich bin mir nicht sicher, ob ich das kann. Ich habe selbst Kinder, wisst ihr.«

»Dann waren Sie vielleicht mit der Schätzung des Schadens an Ihrem Eigentum ein bisschen konservativ. Sagen wir um zweihundert Dollar zu niedrig oder so?«

»Ja«, sagte Pirez und lächelte zaghaft. »Ja, das klingt ziemlich korrekt.«

Ein paar Minuten später wurden wir zurück auf die Straßen von San Francisco entlassen. Zelda war 900 Dollar ärmer und ich begann, ein ziemlich ausgeprägtes blaues Auge zu kriegen.

»Das nimmt die gleiche Farbe an wie der Sonnenuntergang«, erklärte Zelda mir und zeigte dorthin, wo der blaue Himmel sich mit Anbruch der Nacht verdunkelte. Ich musste lachen, weil es witzig war, wie gut sich das blaue Auge auf einmal anfühlte, obwohl es ganz schön wehtat. Es fühlte sich an wie *leben*.

Wir spazierten eine Weile ungefähr in die Richtung meines Zuhauses und genossen die Sinfonie der quietschenden Straßenbahnen. Eine Viertelstunde später klingelte mein Handy.

»Komm sofort nach Hause«, sagte meine Mom und legte augenblicklich wieder auf.

DEBAKEL ZUM DINNER

ZELDA HATTE NICHT MIT MIR KOMMEN WOLLEN. SIE meinte, sie hätte genug Erfahrung mit Eltern und Kindern, um zu wissen, dass sie mitten in ein Feuergefecht geraten würde. Aber ich bestand darauf. Zu diesem Zeitpunkt konnte ich es mir nicht leisten, sie mit ihrem Handy allein zu lassen. Sie musste sich schon gefragt haben, warum das Krankenhaus noch nicht angerufen hatte, und sie würde nicht lange brauchen, um das kleine *Bitte nicht stören*-Symbol in der Ecke ihres Startbildschirms zu entdecken. Ich musste deshalb für ununterbrochene Unterhaltung sorgen, selbst wenn diese Unterhaltung darin bestand, von meiner Mutter zur Rede gestellt zu werden.

Sie wartete in der Küche, als wir reinkamen, und hatte ein fast leeres Weinglas in der Hand. Ihre Augen waren bereits gerötet.

»Hallo, Zelda«, sagte sie.

»Hallo, Ms Santé.«

»Danke, dass du meinen Sohn nach Hause begleitet hast, aber jetzt würde ich gern allein mit ihm sprechen.«

Nein, sagte ich in Gebärdensprache, *sie bleibt.*

»Wie bitte?«

Sie bleibt.

Meine Mom brauchte einen Moment, um das zu verarbeiten, dann gab sie einen dieser kurzen freudlosen Lacher von sich, mit denen Eltern einem zu verstehen geben: *Ach, du glaubst,* so *wird das laufen?*

»Schön. Was kümmert's mich?« Sie füllte ihr Glas nach. »Du warst heute also an einer Prügelei beteiligt. In einem Kino. Möchtest du dir die Mühe machen, das zu erklären?«

Ich habe einer Freundin geholfen, deutete ich.

Wieder ein falsches Lachen, nur, dass es diesmal heißen sollte: *Ach,* so *willst du das nennen?*

»Ich sehe nicht, wie es irgendjemandem helfen kann, wenn man mit dem Kopf eines Jungen das Glas einer Popcornmaschine einschlägt.«

»Um genau zu sein, war ich diejenige, die mit dem Kopf des Jungen das Glas eingeschlagen hat«, sagte Zelda.

Meine Mom wandte ihren tödlichen Blick für einen Moment von mir. »Zelda, hat Parker dir schon erzählt, dass dies nicht seine erste Prügelei war? Wusstest du, dass er diesen Mist während der Mittelschule praktisch andauernd gemacht hat?«

»Das gehört jetzt nicht wirklich hierher oder –«

»In der achten Klasse hat sich ein Junge über ihn lustig gemacht, da hat Parker ihn auf die Straße geschubst und ein Auto ist über sein Bein gefahren. Hat es dreimal gebrochen. Er hätte tot sein können.«

Okay. Das habe ich vor einer Weile schon mal flüchtig erwähnt (auf Seite 68, falls jemand es nachlesen will). Da hatte ich geschrieben, dass ich euch irgendwann noch die Einzelheiten erzählen würde. Tja, das waren sie.

Obwohl alles, was meine Mutter sagte, eigentlich stimmte, war es nicht die ganze Geschichte. Ich hatte *nicht* versucht, irgendwen absichtlich zu verletzen, und dieses Kind – Trevor Jaffe war sein Name – hatte mich schon das ganze Jahr über gequält. Und es ging nicht nur um einfaches *Sich-lustig-Machen*. Er schubste und schlug mich, stellte mir ein Bein und trat nach mir – im Grunde genommen das ganze Mobbingrepertoire. Also ja, ein einziges Mal habe ich zurückgeschubst und nicht darauf geachtet, wo wir uns befanden (an der Bushaltestelle), und dieses eine Auto fuhr viel zu dicht am Bordstein vorbei, und ja, da wurde er schließlich überfahren. Trevors Eltern erstatteten Anzeige, und vielleicht weil sie weiß waren und ich nicht, landete dieser Vermerk über geringfügige Körperverletzung in meiner Akte. Danach wurde ich noch für einen Monat vom Unterricht suspendiert, was mich in all meinen Kursen zurückwarf. In gewisser Weise habe ich mich davon nie mehr so richtig erholt. Das ist sie. Die ganze Geschichte.

»Ich weiß nichts über die Vergangenheit, Ms Santé«, sagte Zelda. »Aber was den heutigen Vorfall angeht, der war wirklich nicht Parkers Schuld.«

»Das will ich gar nicht hören. Wirklich nicht. Das hier« – sie zeigte auf mich und dann rund um sich – »ist jetzt seit Jahren mein Leben, seit Marcos Tod. Es hört nie auf. Parker benimmt sich, als sei er der Einzige, der etwas verloren hat. Er vermasselt es immer und immer wieder, und ich soll alles am Laufen halten.« Ihre Augen füllten sich mit Tränen, wie immer, wenn sie meinen Dad auch nur erwähnte. »Du hast keine Vorstellung, wie viele Ausreden ich schon gehört habe.«

Zelda sah mich an, als bäte sie mich um Erlaubnis für etwas, von dem ich jedoch nicht wusste, was es war. (Und wenn doch, hätte ich sie ihr vermutlich nicht gegeben.)

»Und was ist *Ihre* Ausrede?«, sagte sie.

Meine Mom war so in ihre eigene emotionale Kernschmelze versunken, dass sie die Frage gar nicht richtig mitbekommen hatte. »Was?«

»Ich habe gefragt, was Ihre Ausrede ist.«

»Meine Ausrede? Wofür?«

»Für die Show, die Sie hier abziehen. Für die andauernde Mitleidsparty, die Sie hier für sich selbst zu geben scheinen. Sehen Sie denn nicht, was für ein schreckliches Vorbild Sie für ihn abgeben?«

»Junge Dame, du bist gerade in meinem Haus –«

»Genau!«, sagte Zelda. »Dann wollen wir uns dieses Haus doch mal ansehen, ja?« Aus der Küche marschierte sie ins Wohnzimmer zu dem Foto, das über dem Fernseher hing. Es war in Mexiko gemacht, glaube ich, aber jedenfalls an irgendeinem Strand – meine Mom und mein Dad sahen darauf jünger aus, als ich sie je gekannt hatte, sogar ein bisschen jünger, als sie je gewesen sein konnten. Im Grunde genommen noch Jugendliche. Sie waren zu nah an der Kamera, die wohl mein Dad hielt (ein Selfie vor dem Zeitalter der Selfies), und lächelten, als sei das Leben ein Blatt voller Asse. Perfekte Glückseligkeit.

»Sehen Sie sich das an, Ms Santé. Mitten im Raum. Und da wundern Sie sich, warum Ihr Sohn total gehemmt ist?«

»Weil ich Fotos von meinem verstorbenen Mann aufhänge? Was hat das denn damit zu tun?«

»Parker könnte eine Besserung erleben, aber er will nicht. Und das liegt daran, dass *Sie* eine Besserung erleben könnten und nicht wollen. Sie umgeben sich mit all dem, damit Sie niemals loslassen müssen, und Ihrem Sohn haben Sie beigebracht, es wäre normal. Das ist eine Schande, Ms Santé. Es tut mir leid, aber das ist eine absolute Schande.«

»Ich werde hier nicht stehen und mich von einem Mädchen über Trauer belehren lassen.«

»Aber Sie erwarten, dass Ihr Sohn hier steht und sich von einer Alkoholikerin über Selbstkontrolle belehren lässt?«

Zum ersten Mal in dieser Unterhaltung war meine Mutter so verblüfft, dass sie schwieg. In dem Augenblick schossen mir hundert verschiedene Mikroerinnerungen durch den Kopf: in der Recyclingtonne gestapelte Flaschen, schlechte Laune am Morgen und Schläfrigkeit am Abend, ihre Fahne. Es gab eine Vorschrift bei Delta, wonach man zwölf Stunden vor einem Flug nichts Alkoholisches mehr trinken durfte, und ich wusste, dass meine Mom sie noch nie gebrochen hatte. Aber ich wusste auch, dass es für sie eine *große* Sache war, sie nicht zu brechen, und sie sich deshalb manchmal frühmorgens eine große Bloody Mary eingoss, wenn sie einen Nachtflug vor sich hatte. Bedeutete das, dass Zeldas Behauptung stimmte? Und warum hatte ich das nie bemerkt?

Schließlich fand meine Mom ihre Stimme wieder. »Raus hier«, sagte sie.

»Mit Vergnügen.«

Zelda knallte die Tür hinter sich zu. Innerhalb von dreißig

Sekunden hatte sie meiner Mutter jede elterliche Autorität genommen. Jetzt waren wir nur noch zwei gestörte Leute, die in einer dreckigen Küche standen und keine Ahnung hatten, was sie zueinander sagen sollten. Mit zitternder Hand stellte meine Mom ihr Weinglas auf die Küchentheke. Ich ging zur Tür.

»Wo willst du hin?«

Wohin auch immer sie geht, antwortete ich.

IM SHAKESPEAREGARTEN

ICH RANNTE, UM ZELDA NOCH EINZUHOLEN, UND gemeinsam gingen wir Richtung Norden, zurück in den Golden Gate Park. Es war schon nach acht und das Gelände fast leer, bis auf ein paar herumrennende Gesundheitsfanatiker in Lycrashirts und Shorts, die iPods an die Oberarme geschnallt wie bunte Nikotinpflaster. An den großen Wegen strahlten Straßenlaternen orangefarben, doch auf dem Weg, den Zelda nahm, gab es kein Licht. Er führte zu einem abgeschlossenen Tor und einem Metallschild mit der Aufschrift SHAKESPEAREGARTEN.

»Komm«, sagte sie und kletterte hinüber.

Ich war schon im Shakespearegarten gewesen, doch in der Dunkelheit kam er mir total verändert vor, fast wie ein Friedhof. Ein Pfad führte zwischen zwei Reihen von Steinbänken zu einer Art Altar, auf dem eine Büste des großen Mannes höchstpersönlich stand. Mit seinem kahl werdenden Kopf, der Halskrause und einem Gesichtsausdruck, als wolle er sagen: *Bin ich nicht schlichtweg der schlaueste Scheißkerl der ganzen Welt?* Ich legte meine Hand an seine breite nackte Stirn. Sie fühlte sich ganz kalt an.

»Tut mir leid, dass so was passieren musste«, sagte Zelda. Ich überlegte mir, dass dies wohl so ungefähr die größte Nicht-Entschuldigung der Welt war. Aber eigentlich spielte das gar keine Rolle, weil ich keine Entschuldigung erwartete. Ich war sogar dankbar dafür, was eben vorgefallen war, obwohl ich nicht sicher hätte sagen können, warum. »Deine Mutter … sie kommt mir vor, als habe sie einen Eiswürfel im Mund und meine deshalb schon zu wissen, wie Erfrieren sich anfühlt. Weißt du, von wie vielen Menschen ich mich im Laufe der Jahre verabschieden musste?«

Mir wurde klar, dass Zelda sich wieder mal auf ihre angebliche Unsterblichkeit bezog.

»Genau hier habe ich geheiratet«, sagte sie. »Zum zweiten Mal, meine ich. Nathaniel. Ich hatte alle möglichen gefälschten Dokumente, um es, nun ja, so legal wie möglich zu machen. Die einzigen Leute hier waren seine Schwester und der Priester, der uns getraut hat. Es regnete auf mein Kleid, aber das kümmerte keinen von uns. Weiß zu tragen, war sowieso albern. Weißt du, warum Bräute weiß tragen?«

Ich nickte. Darüber hatten wir im selben Kurs geredet, in dem wir erfuhren, warum Super Mario der ständig entführten Prinzessin Peach was schuldig ist. Weiß ist ein Zeichen von Reinheit.

»An jenem Abend war ich bei Weitem keine Jungfrau«, sagte Zelda und lachte dann. »Aber in gewisser Weise fühlte ich mich wie eine. Ich weiß, wie sentimental das klingt, aber was soll's? Manche Menschen … erneuern einen eben.«

Mir kam ein Gedanke, der mir so wichtig schien, dass er es lohnte aufgeschrieben zu werden. In dem Garten war es dunkel, also holte ich mein Handy heraus und schrieb ihn in eine SMS: *Vielleicht ist die Liebe die Ausnahme von deiner Sache mit dem Gesetz des abnehmenden Ertrags.*

Zelda nahm sich mein Telefon und las. »Was für ein wundervoller Gedanke, Parker. Ich glaube, den hätte ich gern als Grabinschrift: Liebe ist die Ausnahme vom Gesetz des abnehmenden Ertrags.« Sie fing an, irgendwas zu tippen, doch es dauerte ein paar Sekunden, bis ich verstand, warum, und da war es schon zu spät. »Ich schicke das an mich«, sagte sie und gab mir mein Telefon zurück. Danach holte sie ihr eigenes aus der Handtasche. Sie wartete darauf, dass die Nachricht aufploppte, und merkte nicht, dass ich ihre Erreichbarkeit sabotiert hatte. Schnelles Handeln war gefragt.

Ich überwand die dunkle Entfernung zwischen uns, legte die Arme um ihre Taille und zog sie zu einem Kuss an mich. Dabei hörte ich ihr Handy mit einem dumpfen Geräusch auf den Rasen fallen. Einen Augenblick später lagen auch wir im Gras. Sie rollte sich auf mich, hielt meine Arme über meinem Kopf fest und drückte sich auf eine Weise gegen mich, dass ich jedes Problem vergaß, das ich je gehabt hatte oder wahrscheinlich jemals haben würde.

Dann hielt sie kurz inne und setzte sich wie ein kleines Kind rittlings auf mich. Ihre Knie neben meinen Hüften.

»Ich dachte nicht, dass ich dies hier wollen würde, Parker. Ich habe es schon lange nicht mehr gewollt.« Sie starrte zum Himmel hinauf, wirkte im Sternenlicht nachdenklich und rezitierte dann, was ich als Teil eines Gedichts erkannte. »Ich fühle, dass da ein Engel in mir ist, den ich beständig schockiere.« Sie ließ die Hände auf meine Brust fallen und schaute mir mit einer Entschlossenheit in die Augen, die mich verunsicherte. »Aber nicht hier. Überall, bloß nicht hier.«

NEIN, TUST DU NICHT

UND SO KEHRTEN WIR DORTHIN ZURÜCK, WO ALLES begann: ins Hotel *Palace*. Ich hatte dort natürlich noch nie übernachtet, weil die Zimmer ungefähr vierhundert Flocken die Nacht kosten. Oder achthundert, wenn man eine Suite mietet. Was wir taten.

»Lass uns zuerst noch einen Drink nehmen«, sagte Zelda, und ich bekam ein elektrisierendes Gefühl im Bauch bei dem Gedanken, worauf sich das *Zuerst* wohl bezog. »Warst du jemals im *Maxfield*? Wobei ich glaube, es heißt jetzt *Pied Piper.*«

Ich schüttelte den Kopf.

»Dann kannst du dich auf was freuen.«

Das *Pied Piper* war eine altmodische Bar, die man über die Lobby des *Palace* erreichte, mit gepolsterten Ledersesseln, dunklem Holz und runden Messinglampen. Piekfeine Leute saßen dort herum und nippten Rotwein und Whiskey aus Gläsern, welche für die darin enthaltene Menge Flüssigkeit viel zu groß wirkten. Das war etwas, das ich auch im Hotelrestaurant beobachtet hatte – winzige Portionen wurden immer auf Riesentellern serviert. Das ergab doch keinen Sinn.

Wenn man Leuten solche Minimengen auftischte, wäre es doch klüger, das auch auf Miniaturgeschirr zu tun, damit das Essen proportional größer wirkte. Aber egal. Reiche Leute waren sowieso Idioten. Ich wäre mit einem riesigen Frühstücksburrito von *BrainWash* an jedem Tag der Woche zufrieden.

»Ich werde bestellen«, sagte Zelda. »Ich habe einen ziemlich überzeugend gefälschten Führerschein. Außerdem bin ich die Einzige von uns, die reden kann.«

Ich setzte mich in einen der Sessel und sah ihr zu, wie sie auf einen der Kellner zuging. Sie scherzte, er lachte, und dann machte er zwei Drinks für sie. Den gefälschten Führerschein musste sie nicht mal auspacken.

»Cheers«, sagte sie, als sie mit zwei Gläsern Scotch zurückkam. Wir stießen an und tranken. Es brannte von der Zunge bis in den Magen, aber ich nickte trotzdem, als Zelda vor Wohlbehagen *aah* machte und behauptete: »Der ist weich.«

Dann schlug sie die Beine übereinander, lehnte sich in ihrem Sessel zurück und ließ die Flüssigkeit im Glas kreisen wie ein Bösewicht bei James Bond. »Also jetzt erzähl mir mal, Parker Santé, was du gestern wirklich hier wolltest? Außer dein Wochenende verlängern, meine ich.«

Ich schlug mein Notizbuch auf. *Ich mag Hotels.*

»Warum?«

Keine Ahnung. Sie sind kein Teil des echten Lebens, weil niemand dort hinkommt, um zu bleiben. Außerdem sind schicke Hotels immer eine gute Adresse zum Klauen, weil alle reich sind.

Zelda lachte. »Das hätte ich fast vergessen! Du hast dir ja mein ganzes Geld geschnappt!«

Ich habe es auch zurückgegeben.

»Am Ende.« Über den Rand ihres riesigen Glases hinweg betrachtete sie den Raum. »Hol dir jetzt irgendwas«, sagte sie.

Ich hob nur eine Augenbraue.

»Los. Ich will dich in Aktion sehen.«

Es war die Arbeit von dreißig Sekunden. Gleich am Eingang zur Bar gab es eine Garderobe. Ich nahm mir von dort einen Kaschmirschal und wickelte ihn theatralisch um meinen Hals, über den Schal, den Zelda mir in der *Legion of Honor*s gekauft hatte. Dann durchsuchte ich die Taschen von ein paar Mänteln, bis ich auf ein antikes silbernes Feuerzeug stieß. Zu meinem Platz zurückgekehrt, zeigte ich es Zelda.

»Bravo!«, sagte sie und applaudierte. Wir stießen wieder an und tranken den Rest von unserem Scotch.

»Ich hole uns Nachschub«, sagte Zelda. »Und den werde ich wohl nicht brauchen.« Gleichzeitig warf sie mir ihren gefälschten Führerschein auf den Schoß. Ihr Alter war mit kaum plausiblen 22 Jahren angegeben. Bei der Haarfarbe stand *silber*.

Das ist witzig, schrieb ich, nachdem sie mit der zweiten Runde zurück war. *Das, was an diesem Ausweis gefälscht ist, ist das exakte Gegenteil dessen, was die meisten gefälschten Ausweise ausmacht. Du gibst vor,* jünger *zu sein, als du in Wirklichkeit bist.*

Sie nahm den Führerschein wieder an sich und betrachtete ihn. »Ich schätze, da hast du recht. Aber willst du ein Geheimnis erfahren, Parker? Keiner hört jemals wirklich auf, sich jung zu fühlen. Wir mögen einen Job kriegen und einen Ehemann und ein Haus, aber die ganze Sache mit dem Erwachsensein ist bloß eine Farce. Wir *tun* alle nur so, als wären wir erwachsen geworden. Und weißt du, was die grausamste Erfindung aller Zeiten ist?« Ich schüttelte den Kopf. »Der Spiegel. Er zerstört die Illusion.«

Aber nicht für dich.

»Was meinst du damit?«

Du siehst immer dasselbe, oder?

Ich gebe zu, dass diese Frage eine gewisse Herausforderung darstellte. Mein Trauometer war den ganzen Tag über gestiegen, zuckte aber vor der kritischen 50-Prozent-Marke zurück.

»Ach, das ist eigentlich genauso schlimm, nur auf eine andere Art. Die Leute mögen es zwar nicht, alt zu werden, aber sie mögen Veränderung. Immer gleich zu bleiben, ist quasi wie der Tod.«

Mein Mom hat mal zu mir gesagt, für eine Million Dollar möchte sie nicht noch mal Kind sein. Sie sagte, dass einen Dinge viel mehr verletzen, wenn man noch keine Vorstellung von Schmerz hat.

»Das stimmt.«

Aber will denn nicht jeder für immer jung und attraktiv sein?

»Sie *glauben* nur, dass sie das wollen, Parker. Aber niemand will irgendwas für immer. Nur länger, als sie es bekommen.«

Ich will dich für immer.

Da lächelte sie, beugte sich vor und küsste mich sanft mit ihrem nach Whiskey schmeckenden Mund. »Nein, tust du nicht«, sagte sie, »aber du willst mich heute Abend, ja?«.

Ich nickte.

»Dann trink aus, Darling, und lass uns nach oben gehen.«

Das machte ich. Feuer bis nach unten.

DIE TRAGÖDIE DER MINIBAR

WIR FUHREN MIT DEM AUFZUG IN DEN OBERSTEN Stock.

»Früher einmal«, sagte Zelda, »gab es hier große wunderschöne Schlüssel aus Messing. Und jetzt?« Sie hielt die weiße Plastikkarte in die Höhe und schnippte dagegen. »So rächt sich das Rad der Zeit.«

Das elektronische Schloss piepte und wir betraten die Suite.

Jesus Christus. Das war kein Hotelzimmer. Das war ein Apartment.

Die Einrichtung sah aus, als hätte man seine Großmutter mit einer Million Dollar und ohne Vorgaben zum Einkaufen geschickt. Jeder Quadratzentimeter freie Fläche war mit irgendeinem teuer aussehenden Schnickschnack bestückt. Im Wohnzimmer ruhte eine gläserne Tischplatte auf dicken Steinsäulen; darauf standen eine Vase mit frischen Rosen und eine silberne Schale mit Obst (*das ist ein Stillleben*, dachte ich). Die in Gold und Braun gehaltene Couch lag wie ein schlammiges Nilpferd auf einem Orientteppich und vor dem großen Maul eines mit Marmor eingefassten offenen Kamins.

In den Regalen, die alle Wände bedeckten, standen Bücher, die auch Filmrequisiten sein konnten: in Leder gebunden, alt und mit Goldprägung.

Ich begab mich ins Badezimmer, das vom Fußboden bis zur Decke mit winzigen weißen Fliesen gekachelt war, die schimmerten wie das Innere einer Auster. Die Wanne stand in der Mitte des Raums auf einem Podest. Alle Armaturen strahlten golden. Ich betrachtete mich im Spiegel. Meine schwarzen Augen schillerten regenbogenartig von Pink bis Dunkelgrün. Ich sah älter aus als gestern, und zwar deutlich älter als einen Tag. Morgen würde ich ein ganz anderer Mensch sein.

Als ich wieder rauskam, saß Zelda im Schneidersitz vor der Minibar und versuchte, eine winzige Flasche Edelbourbon aufzuschrauben.

»Ach, die Tragödie der Minibar«, sagte sie. »Völlig überteuert und nicht gut genug bestückt. Außerdem trinken nur Alkoholiker aus so kleinen Flaschen.« Das A-Wort ließ mich schlagartig Mitleid für meine Mom empfinden, die jetzt allein zuhause war. *Ignorier das, Santé. Bleib hier bei der Sache.*

Ich nahm Zelda das Fläschchen aus der Hand und half ihr beim Aufstehen. Wir standen uns jetzt vor einem riesigen Himmelbett gegenüber. Die einzige Beleuchtung war ein goldener Lichtstrahl aus der leicht geöffneten Badezimmertür. Ich küsste an der Linie entlang, die er auf ihr Gesicht zeichnete. Dann waren wir auf dem Bett und sie zog mir mein Hemd aus, während ich ihr die Bluse abstreifte. Eine Zeitlang genügte das: ihre Wärme zu spüren und all die weichen, traumhaften Stellen zu erforschen, von denen ich schon geträumt, die ich aber noch nie berührt hatte. Und ein Teil von mir sagte: *Das würde schon reichen*, aber ein anderer Teil sagte: *Verdammt, nein, würde es nicht.* Zelda half mir, diesen Konflikt zu lösen, indem sie meinen Gürtel öffnete und mir die Jeans runterzog. Eine komische Pause entstand, als sie mir die Socken auszog (seien wir ehrlich, Socken sind nun mal nicht im Mindesten sexy). Aber das war gut, weil das uns beiden Gelegenheit gab zu lachen. Danach zog ich ihr die Jeans aus (die genau genommen auch meine war) und wir schlüpften nur in Unterwäsche unter die Decke. Für eine Weile küssten wir uns so, dass es sich anfühlte, als würden die Dinge bereits eskalieren, obwohl wir uns doch nur küssten. Da schob sie die Daumen unter den Bund meiner Boxershorts und begann, sie runterzuziehen …

Ich hielt sie an den Handgelenken fest.

»Was ist denn los?«, fragte sie.

Zuerst verstand ich es selbst nicht, aber als sie versuchte, mich erneut zu küssen, wich ich zurück.

»Parker?«

Ich angelte nach meinem Notizbuch auf dem Nachttisch.

Wenn wir das hier tun, schrieb ich, *muss ich wissen, wer du bist.*

»Du weißt, wer ich bin«, sagte sie leise.

Nein, das tue ich nicht.

»Doch, tust du. Du hast versprochen, es mir zu glauben.«

So funktioniert Glauben nicht. Du kannst es nicht erzwingen.

»Schön!«, sagte Zelda. »Dann sagen wir mal, ich hätte dich

vom ersten Augenblick an belogen, obwohl das nicht stimmt. Warum sollte das eine Rolle spielen? Wir sind hier. Du bist hier, ich bin hier, und wir sind miteinander im Bett. Was willst du noch? Was wird je genügen, damit du die Klappe hältst und dein Leben lebst?«

Wahrscheinlich waren es die zwei Gläser Scotch, die mich so weit brachten. Aber nach allem, was wir an diesem Tag erlebt hatten, und im Lichte dessen, was wir im Begriff waren zu tun, brach mir die Vorstellung, dass sie mich weiter belügen würde, einfach das Herz.

Ich werde dir sagen, was genügen würde. Eine Sekunde der Wahrheit.

»Und was ist die Wahrheit, Parker?«

Aufgrund der wenigen Indizien, die ich hatte, riet ich auf gut Glück. *Dass du eine ganz normale Siebzehnjährige bist, aber dass jemand, an dem dir viel liegt, sehr krank ist. Und dass du nicht weißt, wie du damit umgehen sollst, und dir deshalb diese Geschichte ausgedacht hast.*

Zelda war schon aus dem Bett gesprungen, noch bevor ich zu Ende geschrieben hatte, und sie starrte mich mit offensichtlicher Wut an. »Woher weißt du das?«

Dann stimmt es also, schrieb ich in großen Buchstaben, damit sie es von dort, wo sie jetzt stand, lesen konnte.

»Woher weißt du von Nathaniel?«

Ich hätte behaupten können, dass ich einfach richtig geraten hatte, vielleicht hätte sie mir das sogar abgenommen. Aber ich wollte mit *allen* Lügen Schluss machen, nicht nur mit ihren.

Gestern Nacht hat das Krankenhaus angerufen. Du schliefst, als die Nachricht kam, also habe ich sie gelöscht. Und dann habe ich dafür gesorgt, dass auf deinem Handy keine Nachrichten mehr ankommen.

»Du Arschloch«, flüsterte sie.

Ich schrieb weiter, versuchte zu erklären, aber sie zog sich schon an.

Ich hatte Angst, du meinst das ernst, was du von der Brücke gesagt hast. Ich konnte doch nicht danebenstehen und es zulassen.

Sie weigerte sich, anzusehen, was ich geschrieben hatte, egal wie ich im Zimmer rumrannte und versuchte, es in ihr Blickfeld zu halten. Schließlich packte ich sie an der Schulter. Da fuhr sie herum und gab mir mit voller Wucht eine Ohrfeige auf meine ohnehin schon blaue Wange. Ein paar Sekunden lang war ich blind vor Schmerz, und bis ich mich wieder gefangen hatte, war sie fort.

KRANKENHAUSESSEN

ZUM GLÜCK MEINTE ICH ZIEMLICH SICHER ZU wissen, wo sie hinwollte: ins University of San Francisco Medical Center. Für ein Taxi fehlte mir das Geld, aber ich erwischte die Straßenbahn und war in weniger als einer halben Stunde dort.

Ein Obdachloser in einem *Yale*-Sweatshirt saß nur ein paar Schritte von den gläsernen Schiebetüren entfernt und rauchte direkt unter dem NO SMOKING-Schild eine Zigarette. Als ich vorbeiging, nickte er mir zu.

Und *wumms*! Krankenhausgeruch wie ein unerwarteter Schlag auf die Nase, der mich taumelnd in den Monat zurückversetzte, den ich nach dem Unfall hier verbracht hatte. Matschiges Essen auf beigefarbenen Plastiktabletts. Das ständige Piepen und Tuten von Maschinen, die Menschen am Leben hielten oder dafür sorgten, dass sie weiterlebten, oder sie sogar ins Leben zurückholten. Der Arzt wie ein distanzierter Vater, der nie lang genug blieb. Krankenschwestern in allen Größen und mit allen Figuren – vom Kaugummi kauenden Fast-noch-Teenager bis zur humorlosen Lehrerin, von der kugelrunden Katzendame, die darauf bestand, mir

Fotos von ihren »pelzigen Lieblingen« zu zeigen, bis zur Hippie-Schwester mit Dreadlocks, die mir ein Buch mit dem Titel *Jetzt! Die Kraft der Gegenwart* gab. Das Nachmittagsfernsehprogramm und eine Telenovela, die mich seltsam faszinierte, in der es um Zwillingsschwestern ging, die einander hassten, aber immer dieselben Männer liebten. Meine Mutter, die auf zusammengeschobenen wackeligen Sesseln schlief und in der Dunkelheit wimmerte.

Ich hasse Krankenhäuser, verdammt noch mal. Was eigentlich witzig ist, weil sie viel mit Hotels gemeinsam haben. Beide sind hauptsächlich bevölkert von Leuten, die nicht planen (oder nicht hoffen), viel Zeit dort zu verbringen. In beiden gibt es massenhaft Zimmer, in denen jeweils mehr oder weniger der gleiche Scheiß steht. In beiden wird dauernd sauber gemacht, aber trotzdem kommt es einem unglaublich dreckig vor. Natürlich gibt es aber einen wichtigen Unterschied: Niemand kommt in ein Hotel, weil er bald sterben wird.

Die Schwester an der Aufnahme schaute von ihrem Computer hoch und bemerkte mein super blaues Auge. Sie sprach mit irgendeinem karibischen Akzent. »Suchst du die Notaufnahme? Das sieht ziemlich übel aus, was du da hast.«

Ich hatte mein Anliegen schon im Notizbuch vorbereitet. *Mein Name ist Parker. Ich kann nicht sprechen. Ich suche Nathaniel Toth. Er ist Patient hier.*

Die Schwester begann, etwas in ihren Computer zu tippen. »Kannst nicht sprechen? Ist das was Religiöses?«

Ich schüttelte den Kopf.

»Ich hab eine Tochter, die ist mit einem Zeugen Jehovas

verheiratet. Der Mann glaubt nicht an Bluttransfusionen. Ich sage: *Weißt du, wie viele ich schon gesehen habe, denen durch Bluttransfusionen das Leben gerettet wurde? Jeden Tag Dutzende.* Aber vielleicht komme ich in den Himmel und der Herrgott sagt mir, ich kann nicht rein, weil ich mal eine Bluttransfusion hatte. Dann stünde ich dumm da, was?« Sie lachte laut. »Da haben wir's schon. Nathaniel Toth. Siebter Stock. Folg einfach den Schildern zur Geriatrischen Abteilung.«

Im Lift fuhr ich zusammen mit einem Arzt und einem kahlköpfigen Kind auf einer fahrbaren Liege. Das Kind grinste mich an, als ich das Peace-Zeichen in seine Richtung machte.

Es war schon nach zehn Uhr, daher herrschte in der Abteilung nicht gerade buntes Treiben. Genau genommen saß am Empfang überhaupt niemand. Ich ging über die Flure und schaute in jedes Zimmer. Eine Menge Patienten waren noch wach und schauten auf die an den Zimmerdecken befestigten Fernseher oder lasen dicke Taschenbücher. Ihre Namen standen auf Schildchen vor den Zimmern. Ich brauchte nur ein paar Minuten, um N. TOTH zu finden. Zuerst legte ich ein Ohr an die Tür, aber als ich nichts hörte, ging ich rein.

Es war ein Einzelzimmer. Ein alter Mann saß aufrecht im Bett, doch er war entweder nicht wach oder bemerkte trotzdem mein Hereinkommen nicht. In seinem Hals steckte ein Plastikschlauch, an seinem Arm hing eine Infusion. Das EKG piepte.

Auf dem Nachttisch stand eine kleine Sammlung gerahmter Fotografien: Ein junger Mann mit einem jungen Mädchen in romantischer Umarmung. Dann ein etwas älterer

Mann mit einem jungen Mädchen, immer noch romantisch. Schließlich ein noch älterer Mann mit einem jungen Mädchen, wobei ihre Haltung nun nur noch vertraut war.

Vielleicht war das nicht sie auf allen Bildern. Unterschiedliche Mitglieder derselben Familie können sich manchmal verdammt ähnlich sehen. Meine Mom hat beispielsweise dieses eine Foto meines Urgroßvaters in der Küche. Darauf ist er als Achtjähriger mit seinen Schulkameraden zu sehen. Es wurde in Kolumbien aufgenommen, in den 1920er-Jahren oder so. Das Verrückte ist, dass er genauso aussieht wie ich in diesem Alter. Mom hat sogar eines meiner eigenen kleinen Klassenfotos danebengeklebt, damit man die Ähnlichkeit sehen kann.

Als ich älter wurde, verschwanden die äußerlichen Ähnlichkeiten zwischen mir und meinem Urgroßvater als Kind, während das Mädchen hier auf jedem Foto Zeldas Doppelgängerin sein könnte. Immer derselbe kleine Mund, dasselbe silberne Haar, dieselben meergrünen Augen. Und wer war dieser Typ, der aussah wie das Beste seit der Erfindung des Jelly Doughnut? Konnte das tatsächlich der alte Mann sein, der hier in diesem Bett lag? Ich starrte ihn an, versuchte, Parallelen zu entdecken, aber er war zum Skelett abgemagert und sein Gesicht so faltig wie ein Labyrinth auf der Rückseite einer Frühstücksflockenschachtel. Ich musste mit ihm sprechen, um ein für allemal die Wahrheit herauszufinden. So sanft ich konnte, berührte ich seinen Arm. Die Haut sah aus wie Pergamentpapier, auf das jemand grüne und violette Tinte gekleckert hatte. Nichts. Ich versuchte es noch mal, schüttelte ihn sogar ein bisschen an der Schulter.

»Er ist im Koma«, sagte Zelda. Beim Geräusch ihrer Stimme zuckte ich zusammen.

Sie schloss die Tür hinter sich. In der Hand hielt sie einen feuchten Waschlappen. »Ich weiß nicht mal, ob er das spürt.« Sie setzte sich neben Nathaniel und begann seine Stirn abzutupfen. »Anfang dieses Jahres erkrankte er schwer, doch wir sind erst im August zurück nach San Francisco gezogen. Er wollte zurück an den Ort, wo er aufgewachsen ist.« Ich stand vollkommen reglos da und versuchte weder mit Gebärden etwas zu sagen noch irgendwas aufzuschreiben. Als könnte ich mich für das, was im *Palace* passiert war, entschuldigen, indem ich einfach die Klappe hielt und sie reden ließ. »Vor ein paar Tagen habe ich ihn endgültig verloren. Man sagte mir, dass er wahrscheinlich von allein sterben würde. Das war der Anruf, auf den ich gewartet habe.« Sie begann zu weinen, und obwohl ich am liebsten auf sie zugegangen wäre, um sie zu trösten, hielt ich mich zurück. »Aber ich habe gerade mit dem Arzt gesprochen, anscheinend hat Nathaniel sich stabilisiert. Das war die Nachricht, die sie mir gestern Abend hinterlassen haben. Es könnte noch monatelang so bleiben, bevor es mit ihm zu Ende geht. Jetzt ist es an mir zu entscheiden, wann – denn ich bin als seine Enkelin und einzige noch lebende Verwandte registriert. Kannst du dir das vorstellen?«

Sie tupfte sich die Augen mit dem Waschlappen ab und legte ihn dann beiseite.

Ich merkte, wie mein Trauometer in die Höhe ging. All diese Fotos von einem Mädchen, das nicht zu altern schien. 60 Prozent. Die Sturheit, mit der sie den ganzen Tag lang an ihrer Geschichte festgehalten hatte, egal wie oft ich sie der Lüge bezichtigt hatte. 70 Prozent. Ihr enzyklopädisches Wissen über Kunst und Geschichte und Scotch, ihre Reife und Erfahrenheit. 80 Prozent. Ihre bescheuerte Art zu tanzen. 90 Prozent.

Zelda strich mit ihren Fingern die feuchten silbernen Strähnen aus der Stirn des alten Mannes. Das tat sie mit einer Zärtlichkeit, die über die einer Enkelin hinausging, und da schmolzen meine letzten Zweifel. Alles, was sie mir erzählt hatte, stimmte. Sie war vor 246 Jahren in Deutschland geboren und der Mann in diesem Bett ihr Ehemann. Und wenn er starb, was innerhalb der nächsten Stunde, des nächsten Tages oder Jahres passieren konnte, dann hatte sie fest vor, von der Golden Gate Bridge zu springen. Und hatten wir nicht in Biologie von einer Frau in Frankreich gelesen, die 122 geworden war? Zeldas Geschichte war ja nicht schlichtweg *unmöglich* – sie war nur wirklich, wirklich, *wirklich* unwahrscheinlich.

Ich glaube dir, schrieb ich in mein Notizbuch.

»Gut«, sagte Zelda.

Dafür habe ich jetzt ungefähr eine Million Fragen.

»Können die bis morgen warten? Ich glaube, ich sollte heute Nacht hierbleiben.«

Okay.

»Du kannst auch bleiben, wenn du möchtest. Es ist nicht sehr komfortabel, aber ich habe auf diesen Sesseln schon geschlafen, und man kann es überleben.«

Ich zeigte auf Nathaniel und hob eine Augenbraue.

»Ihm würde es nichts ausmachen. Es gibt keine Eifersucht

zwischen uns. Es ist schon Jahre her, dass wir … so waren. Er hat mir eine Million Mal gesagt, ich soll mir jemand anderen suchen. Ich sah nur einfach keinen Sinn darin. Schon vor langer Zeit habe ich entschieden, dass mein Leben mit seinem enden soll.«

Also zerrte ich einen Sessel aus dem leeren Wartebereich über den Flur und stellte ihn neben Zeldas vor das Fenster. Wir saßen mit Blick aufs Meer, in Decken gehüllt und die Füße auf dem Fensterbrett. Im Tal unterhalb des Krankenhauses wallte der Nebel wie eine Schüssel voll Trockeneis. Ich wäre fast schon eingedöst, als Zelda zu reden begann.

»Das wegen vorhin tut mir leid«, sagte sie. »Ich weiß, warum du getan hast, was du getan hast. Du hast versucht, mich zu retten.«

Mein Notizbuch lag auf der anderen Seite des Zimmers, also hob ich meine Hand und stellte ihr mit einzelnen Buchstaben meine Frage.

W-a-r-u-m e-r?

»Warum Nathaniel? Im Sinne von, warum ich mich in ihn verliebt habe?«

Ich nickte.

»Oh, keine Ahnung. Warum verliebt man sich in jemanden? Ich glaube ja nicht, dass wir jeder eine einzige bestimmte Person haben, die da draußen auf uns wartet, wenn du das meinst. Ich habe mich im Laufe der Jahre zu oft verliebt, um diese olle Binsenweisheit zu glauben. Es ist eher eine Frage des Timings, weißt du. Als hätten wir alle diese kunstvollen Schlösser in unseren Herzen, die ständig ihre Gestalt ändern, aber immer mal wieder kommt zufällig jemand mit dem perfekten Schlüssel des Weges. Liebe ist nicht mehr als ein Zusammentreffen glücklicher Umstände. Und dann merkt man plötzlich, dass man am Ende fünfzig Jahre mit jemandem verbracht hat.«

Sie griff unter die dünne Decke und drückte meinen Arm. »Und jetzt sieh zu, dass du ein bisschen schläfst, Parker Santé.«

Sie stand auf und setzte sich wieder neben Nathaniels Bett. Ich starrte in den Nebel, der vom Wasser aufstieg, und lauschte dem Piepen des EKGs, das die Schläge von Nathaniels Herz dokumentierte. Dann schlief ich darüber ein, dass ich mir die unendliche Bergkette von Zeldas Herzschlägen vorstellte, die sich durch die Jahrhunderte zurückerstreckte und in einer unbekannten Zukunft verschwand.

SONNTAG

2

NOVEMBER

GUTEN MORGEN, SAN FRANCISCO

ES IST ÄTZEND, WENN MAN EINEN TRAUM HAT UND es total offensichtlich ist, was er bedeutet. Ich bevorzuge schon immer die superzufälligen. Etwa, wenn man auf seinem Luftkissenmotorrad durch ein futuristisches Tokio fährt, dann merkt, das Motorrad ist ein Nashorn, oder nein: in Wirklichkeit ist es ein Roboter-Nashorn, gesteuert von Prince. Der beginnt, *Purple Rain* zu singen, während er einen Schalter drückt, der den Schleudersitz auf dem Robo-Rhino auslöst. Dann fliegt ihr in den Himmel, seht den violetten Knautschsamtanzug und die Rüschenhalsbinde von Prince immer kleiner und kleiner werden, und eigentlich müsstet ihr inzwischen fallen, doch das tut ihr nicht, weil ihr inzwischen ein Ballon seid, der ins All schwebt, bis die Erde verschwindet und ihr vor lauter Sauerstoffmangel kaum noch atmen könnt. Dann wacht ihr auf und denkt euch: *Was zum Teufel war das denn?*

Der Traum, den ich in der Nacht in Nathaniels Krankenhauszimmer hatte, ließ sich allerdings so leicht interpretieren, dass es schon fast peinlich war: Ich verfolgte Zelda durch die schmalen Gassen einer Stadt, und obwohl ich noch nie in Deutschland gewesen bin, wusste ich irgendwie, dass wir dort waren. Zelda schien sich zwar nicht sehr schnell zu bewegen, aber ich konnte sie trotzdem nicht einholen. Meine Beine fühlten sich schwach an und mein Herz hämmerte, als wollte es meinen Brustkorb sprengen. Erst als ich mein Spiegelbild in einem Schaufenster entdeckte, verstand ich, warum: Ich war ein alter Mann geworden. In diesem Traum hatten Zelda und ich unser ganzes Leben – oder eher *mein* ganzes Leben – miteinander verbracht. Jetzt war ich im Begriff, an irgendeiner namenlosen Krankheit zu sterben, und sie plante, sich umzubringen, indem sie von irgendeiner gotischen deutschen Brücke in irgendeinen eisigen deutschen Fluss sprang. Ich würde sie niemals einholen, aber irgendwie wusste ich, dass es eine Möglichkeit gab, sie aufzuhalten. Also summte und summte ich, wie Dr. Joondeph es mir vor all den Jahren gezeigt hatte. Und weil es ein Traum war, kam schließlich ein Wort.

»Zelda!«, schrie ich. Meine Stimme war schwach und zittrig und uralt, aber sie hatte mich gehört und es hatte sie stehen bleiben lassen. Sie drehte sich um und sah mich an.

»Piep«, sagte sie.

»Was?«

»Piep«, sagte sie wieder. »Piep, piep.«

Piep.

Piep.

Ich schlug die Augen auf. Das Krankenhaus. Als ich versuchte, mich aufzusetzen, informierte mein Körper mich sofort und schmerzhaft darüber, dass ich gerade sechseinhalb

Stunden schlafend in einem armselig designten Krankenhaussessel verbracht hatte. Es fühlte sich an, als wären meine Knochen durch Schotter ersetzt worden.

Ich gab die stumme Version eines Stöhnens von mir und schaffte es, aufzustehen. Zelda war weg, ihre Decke lag zusammengeknüllt auf dem Sessel neben meinem. Nathaniel ruhte natürlich noch genau dort, wo er am Vorabend gewesen war. Ich öffnete die Jalousie. Dicker Nebel lag über der Stadt wie ein Quilt, den jemand bis ans Meer gezogen hatte, wo er zerfranste und das glitzernde Wasser hindurchschimmern ließ. Der Himmel war eine einzige riesige Wolke. Meine Mom sagt, dass man in Wolken immer unruhiger fliegt, was irgendwie witzig ist, weil sie von außen doch so friedlich aussehen. In dieser Hinsicht waren sie ein bisschen wie Menschen. Ich fragte mich, welcher verrückte Mist in genau diesem Moment in Nathaniels Kopf abging.

»Zimmerservice!«

Zelda erschien mit zwei Bechern Kaffee und einer Auswahl einzeln verpackter Gebäckstücke auf einem Tablett. Sie stellte alles aufs Fensterbrett und wir schauten beim Essen ins Weiß hinaus. »Mein Gott, mein Nacken bringt mich um«, sagte sie, den Mund halb voll mit einer Zimtschnecke. »Wenn ich an die herrliche Suite denke, die wir letzte Nacht vergeudet haben, möchte ich fast weinen.«

Ich hätte auch weinen mögen, wenn ich daran dachte, was ich letzte Nacht versäumt hatte. Ich öffnete mein Notizbuch und stellte fest, dass nur noch ein paar Seiten frei waren. In den letzten 24 Stunden hatte ich mehr geschrieben als sonst in einem Monat.

Kann ich dir jetzt all meine Fragen stellen?

»Hast du das nicht schon gestern getan?«

Gestern habe ich nur rumgealbert. Aber jetzt –

Ich hielt mitten im Satz inne, aber es war schon zu spät.

»Glaube ich dir«, vollendete Zelda den Satz.

Ich nickte.

»Schön. Dann leg los. Was willst du wissen?«

Ich stellte ihr die erste Frage, die mir gestern Abend schon eingefallen war, als mein Glaubometer schließlich die 100-Prozent-Marke erreicht hatte.

Gibt es noch andere wie dich?

»Meinst du im Hinblick auf meine allgemeine Ausstrahlung und Lebensfreude? Oder andere Unsterbliche?« Sie wartete eine Sekunde und sprach dann weiter, bevor ich irgendwas schreiben konnte. »In beiderlei Hinsicht lautet die Antwort Nein. Oder zumindest nicht, dass ich wüsste.«

Ist das nicht einsam?

»Das *Leben* ist einsam. Aber weniger einsam für hübsche Teenagermädchen als für andere. Nächste Frage.«

Dann hast du also eine Menge durchlebt.

»Habe ich. Ist das deine Frage?«

Nein. Ich meine … warte mal.

Ich versuchte, mich in einen meiner Geschichtslehrer zu versetzen. Wie eifersüchtig würden sie sein, wenn sie wüssten, dass ich mich mit jemandem unterhalten hatte, der den ganzen Scheiß, von dem sie immer laberten, mit eigenen Augen gesehen hatte?

Was war deine Lieblingszeit, also in der Vergangenheit?

»Heute«, sagte Zelda.

Nein, ich meine, wann war die beste Zeit zum Leben?

»Heute.«

Heute? Ein x-beliebiger Sonntag im November ist die beste Zeit in 250 Jahren?

»Absolut. Meiner Ansicht nach ist die beste Zeit zum Leben immer gerade jetzt. Die Leute jammern ständig darüber, dass sie im falschen Jahrhundert geboren wurden, dabei haben sie das nicht wirklich zu Ende gedacht. Sie stellen sich alte Burgen vor, in denen sie wohnen könnten, denken aber nicht an die Zugluft im Winter, die stockdunklen Nächte oder all die Spinnen und Läuse. Sie können sich die alltäglichen Schmerzen eines Lebens ohne Antibiotika oder Betäubungsmittel nicht vorstellen. Die Langeweile in einer Welt ohne Filme oder Musikaufnahmen … oder … oder Katzenvideos im Internet. Und fang mir erst gar nicht mit *Frauen* an, die vergangene Zeiten idealisieren. Hast du eine Ahnung, wie es auch nur vor hundert Jahren war, eine Frau zu sein? Schrecklich! Und noch hundert Jahre früher spottet die Situation praktisch jeglicher Beschreibung. Da hätten wir genauso gut Sklaven sein können. Gefesselt von Reifröcken und Korsetts, begattet wie Rennpferde. Auf Nimmerwiedersehen, Geschichte, sage ich!«

Zelda wandte den Kopf ab und spuckte auf den Fliesenboden.

»Das sollte ich in einem Krankenhaus wahrscheinlich nicht tun«, sagte sie leise.

Vergiss, dass ich gefragt habe, schrieb ich.

»Mach ich.«

Kannst du mir dann sagen, welches der beste Ort *war, an dem du je gelebt hast? Oder taugt diese Frage auch nichts?*

»Nein, die gefällt mir. Es gibt nur so viele gute Antworten darauf.«

Paris? Viele Leute behaupten ja, Paris sei Mist.

»Ja, ich habe die Besessenheit der Amerikaner von dieser Stadt nie verstanden. Das Essen ist eigentlich insgesamt eher schrecklich, und die Leute können auch ziemlich gemein sein, wenn man ihre Sprache nicht beherrscht. Natürlich war ich vor Haussmanns Umgestaltung dort, damals war es einfach eine weitere feuchtkalte mittelalterliche Stadt, und anscheinend kriege ich dieses Bild nicht aus meinem Kopf. Nein, meine Lieblingsstadt ist, glaube ich, immer noch Berlin, trotz all seiner Schwächen.«

Wo kommt denn San Francisco auf deiner Liste?

»Vor Zürich, aber hinter Kapstadt.«

Keine Ahnung, was das bedeutet.

»Dann solltest du mehr reisen. Wie Nathaniel und ich es getan haben.«

Sie schaute zu ihrem Ehemann hinüber – mir fiel es immer noch schwer, ihn als solchen zu bezeichnen. Später würde noch Zeit sein, Zelda weitere Fragen zu stellen, aber jetzt wollte ich erst mal raus aus diesem Krankenzimmer.

Also, ich könnte dich ewig weiterfragen, aber wie du gesagt hast, scheiß auf die Geschichte.

»Ich glaube nicht, dass ich es so formuliert habe.«

Egal. Was ich damit sagen will, lass uns rausgehen und irgendwas machen, ja?

»Parker …« Zelda zögerte. »Parker, ich glaube, das muss jetzt hier enden.«

Was?

Sie schloss die Augen, als fände sie so mehr Entschlossenheit. »Es ist an der Zeit, dass wir uns voneinander verabschieden.«

ZWANGSWEISE TRENNUNG

»ICH HATTE EINE WUNDERVOLLE ZEIT MIT DIR«, sagte sie und sah mich dabei immer noch nicht an. »Die hatte ich wirklich. Aber mir kommt es so vor, als sollte ich jetzt allein sein, um zu entscheiden, was ich wegen Nathaniel tun werde. Kannst du das verstehen?«

Klar, schrieb ich, obwohl ich es eigentlich nicht tat.

Sie öffnete die Augen wieder und atmete laut aus. »Gut. Da bin ich froh.«

Den Rest unseres Frühstücks verzehrten wir in der piependen Stille des Krankenhauses. Ich fühlte mich wie jemand, der nach einem One-Night-Stand rausgeworfen wird, nur dass das hier noch schlimmer war, weil Zelda und ich ja nicht mal miteinander geschlafen hatten. Als alles aufgegessen war, stand ich auf und Zelda ebenfalls. Wir umarmten uns lange. Ich wollte sie küssen, doch es kam mir seltsam vor, das vor Nathaniel zu tun, auch wenn er im Koma lag.

»Auf Wiedersehen, Parker«, sagte sie. »Ich danke dir für den größten Spaß, den ich seit Langem hatte.«

Ich machte in Gebärdensprache das Zeichen für *Wiedersehen*, von dem ich annahm, dass sie es aus dem Zusammenhang verstand, dann noch die Zeichen für *Ich liebe dich*, von denen ich annahm, sie verstand sie nicht.

Als ich den gefliesten Flur entlangging, hallten meine Schritte eigenartig laut. Ich machte mir nicht die Mühe, meine Augen zu trocknen. Sollte irgendwer mich sehen, würde er eben annehmen, dass gerade jemand, der mir am Herzen lag, starb. In gewisser Weise stimmte das ja auch.

Hätte der Aufzug mich direkt ins Erdgeschoss gebracht, dann wäre es wahrscheinlich das Ende der Geschichte zwischen Zelda und mir gewesen. Aber durch irgendeine Laune des Schicksals öffneten sich die Türen im vierten Stock und ich erblickte das Schild des Zentrums für Gehörlose.

Ich habe nie viel Zeit unter Gehörlosen verbracht, oder zumindest nicht seit der Zeit, als meine Diagnose erstmals gestellt worden war. Mit zwölf war ich noch jung genug, sodass meine Mutter mich zwingen konnte, zu diesen *Mixer* genannten Veranstaltungen zu gehen, wo Menschen mit Hörbehinderung sich treffen, Brettspiele spielen, Gebärdensprache üben, sich anfreunden und solches Zeug. Ich kann mich noch erinnern, darüber gestaunt zu haben, wie glücklich und normal alle dort wirkten. Ich meine, ich hatte nicht erwartet, dass sie alle heulend rumstanden oder so, aber auch nicht, dass die Behinderung fast nie ein Thema war. Und das Verrückte ist, genau deshalb hörte ich auf, zu diesen Treffen zu gehen – weil alle dort so ausgeglichen wirkten. Diese ganzen glücklichen normalen Menschen gaben mir erst recht das Gefühl, ein Loser zu sein. Und ich wollte nicht alle anderen mit meinem Losertum runterziehen.

Es war Jahre her, dass ich in einem Raum gewesen war, wo

sich hauptsächlich Hörbehinderte aufhielten, und ich war neugierig, wie sich das anfühlen würde. Also stieg ich aus dem Aufzug und setzte mich in den Wartebereich. Ein kleines Mädchen mit Cochlea-Implantaten las in der Kinderzeitschrift *Highlights*. Ein alter Mann in einem schicken braunen Anzug saß neben einer alten Frau in einem rosa Kleid. Keiner von ihnen sagte was – weder in Gebärdensprache noch verbal –, aber sie wirkten absolut zufrieden damit, gemeinsam nichts zu tun. Die einzigen Leute, die sich in Gebärdensprache unterhielten, war ein Paar in der Ecke. Sie hatten einen Kinderwagen vor sich stehen, und der kleine Junge darin schaute sich mit der üblichen babyhaften Neugier um; jeder Blick stellte eine superwichtige Babyfrage: *Was zum Teufel ist das?!* Oder: *Wo zum Teufel ist meine Mom?! (Oh, da ist sie ja)*, oder: *Warum zum Teufel liegt das Spielzeug, das ich gerade runtergeworfen habe, immer noch dort?!*

Ich »hörte« dem zu, was das Paar miteinander besprach.

Sag ihnen, es geht nicht. Sag, wir werden erschöpft sein, meinte die Frau.

Sie sind meine Eltern. Sie wollen die Ferien mit ihrem Enkelkind verbringen.

Tja, das können sie nicht. Es ist kein Platz.

Sie können in einem Hotel wohnen.

Und zehn Stunden am Tag bei uns sein.

Na und?

Das Baby begann auf forschende Art zu schreien, als wolle es das Geräusch nutzen, um die Größe des Raums oder das Ausmaß der Liebe seiner Eltern zu ermessen. Sie konnten es jedoch nicht hören, entweder weil sie beide taub waren oder weil sie so mit ihrem Streit beschäftigt waren. Nach etwa einer Minute durchquerte ich das Zimmer und kauerte mich vor den Kinderwagen. Da ich keines der Geräusche von mir geben kann, die Leute üblicherweise für Babys machen, verzog ich nur mein Gesicht zu einer Monsterfratze und bot dem Jungen einen Finger an. Er hörte auf zu schreien und griff danach. Ich schaute zu den Eltern hoch, die ebenfalls aufgehört hatten zu streiten.

Süßes Kind, signalisierte ich ihnen, nachdem ich meinen Finger sanft wieder zurückgezogen hatte.

Willst du es haben?, antwortete der Vater, worauf die Mutter ihn scherzhaft gegen die Schulter boxte.

Wie alt?

Achtzehn Monate, bedeutete mir die Mutter.

Ist er wegen einer Operation hier?

Sie nickte.

Eine Krankenschwester kam aus dem Büro hinter dem Empfangstresen. *Wir sind jetzt bereit*, sagte sie in Gebärdensprache zu den Eltern.

Wir standen alle auf. Das Baby schrie nicht mehr und wirkte zufrieden damit, dass die Welt seine Existenz zur Kenntnis genommen hatte. Ich ging nicht sofort weg, sondern blieb in der Tür stehen, um zu sehen, wie die Eltern ihr Baby auf die Stirn küssten und es dann der Schwester gaben. Obwohl sie noch vor einer Minute vollkommen in Ordnung gewirkt hatte, fing die Mutter nun an zu weinen. Nachdem ihr Sohn weggebracht worden war, drehte sie sich um und vergrub ihr Gesicht an der Schulter des Mannes.

Ich hatte schon gehört, dass Leute gern am Ankunftsgate des Flughafens abhängen, weil das ein Ort mit so konstant fröhlicher Atmosphäre ist. All die Leute, die wieder mit ihren Lieben vereint sind, wieder und wieder, 24 Stunden am Tag, sieben Tage die Woche, 365mal im Jahr. Schilder mit *WILLKOMMEN ZUHAUSE*, kleine Kinder, die in die Luft geworfen werden, und leidenschaftliche, schamlose Küsse. Krankenhäuser sind quasi das Gegenteil. Überall um mich herum wurden Leute durch die Umstände auseinandergerissen: durch Krankheit, Gebrechlichkeit, Tod. Das Leben selbst würde einem am Ende alles nehmen. Also warum sollte dann jemand so dumm sein, einen geliebten Menschen freiwillig zu verlassen?

Ich fuhr mit dem Aufzug zurück in den siebten Stock. Zelda saß immer noch an Nathaniels Bett und schaute sich irgendeine Sitcom ohne Ton an. Sie merkte nicht, dass ich reinkam, bis ich die Hand ausstreckte und den Fernseher ausschaltete.

»Parker, was tust du da?«

Ich setzte mich mit meinem Notizbuch vor ihr auf den Boden. *Er braucht dich nicht mehr*, schrieb ich. *Aber ich schon.*

Ich sah, wie eine Million möglicher Antworten über ihr Gesicht huschten. Dann schaute sie auf Nathaniel hinab.

»Eines Tages wirst du wie er aussehen«, sagte sie. »Ich werde das alles nicht noch mal durchmachen.«

Ich werde nie so aussehen. Kolumbianische Männer altern sehr ansprechend.

Zelda lachte, und ich konnte daran, wie sie Nathaniels

Arm drückte, erkennen, dass sie ihre Entscheidung getroffen hatte. Zumindest für den Moment.

»Wie schrecklich eitel.«

Es ist einfach nur die Wahrheit, schrieb ich.

»Sieh an, sieh an. Du hast fast dein ganzes Notizbuch vollgeschrieben, nicht wahr?«

Ich malte einen Smiley in die letzte freie Ecke.

»Hast du noch eins?«

Ich schüttelte den Kopf.

»Tja, ich habe noch etwas Geld übrig und mir diese spiralgebundene Abscheulichkeit lange genug angesehen. Lass uns ein Geschenk für dich kaufen gehen, ja?«

BEWIRB DICH SELBST

»DAS IST EIN MOLESKIN«, SAGTE ZELDA UND HIELT ein großes schwarzes Notizbuch in die Höhe. »Es ist im Grunde genommen das berühmteste Papierprodukt des ganzen Planeten. Hemingway hat in eins von denen geschrieben. Und jetzt du.«

Wir befanden uns in einem Künstlerbedarfladen, es war einer dieser ausgefallenen Schuppen, voll mit buntem Papier, Farbgeruch und Studenten im Hipster-Look. Ich hatte bis jetzt immer in Notizbücher geschrieben, wie man sie für 99 Cent in jedem Supermarkt bekommt. Die taten es, was mich anging, auch, aber Zelda schien ganz wild darauf, mir irgendwas *Professionelleres* zu besorgen.

»Wir sollten gleich mehrere davon nehmen, wenn man bedenkt, wie schnell du die Dinger voll hast.«

Dann suchten wir noch ein paar super elegante Füller aus. So dick wie mein Daumen, mit glänzenden, diamantförmigen Federn und Lederetui.

»Ein guter Füller lässt es so wirken, als hättest du eine bessere Handschrift, als du sie tatsächlich besitzt«, erklärte Zelda. »Das ist so eine Art Camouflage.«

Insgesamt kosteten die Notizbücher und Füller über dreihundert Dollar. Zeldas Packen Banknoten war inzwischen nur noch ein trauriger Schatten seiner früheren Erscheinung – wahrscheinlich bestand er nur noch aus sechs- oder siebenhundert Dollar. Als wir wieder draußen waren, schraubte ich einen der Füller auf und schrieb auf die erste Seite eines neuen Notizbuchs. Sofort merkte ich, dass Zelda recht hatte. Meine Handschrift sah echt besser aus.

Dein Geld ist fast weg.

»Das stimmt.«

Wir müssen von jetzt an ein bisschen sorgsamer sein. Keine Shopping-Orgien mehr.

»Ich bin froh, dass du das ansprichst«, sagte Zelda. »Ich meine mich zu erinnern, dass unsere Vereinbarung nicht nur besagte, dass ich dir für nichts Unmengen Geld gebe. Du solltest dich im Gegenzug am College bewerben.«

Nicht bevor das Geld weg ist.

»Das ist vollkommen unvernünftig, und du weißt das. Ich werde dann nicht mehr überprüfen können, ob du es tatsächlich durchgezogen hast. Bis dahin schwimme ich schon bei den Fischen.«

Du hast gesagt, du würdest es nicht tun, bevor der Anruf kommt.

»Er kam doch. Nathaniel ist stabil, Parker. Ich werde nicht einfach herumsitzen und darauf warten, dass er stirbt.«

Dann willst du es also machen, wenn das Geld weg ist?

»Warum nicht? Das scheint mir ein passendes Ende zu sein.«

Dann lasse ich es dich nicht ausgeben.

»Ach, du lieber Junge. Ich brauche doch deine Erlaubnis nicht, um Dinge anzuschaffen. Ich könnte mich umdrehen und auf der Stelle noch fünfzig Notizbücher kaufen. Soll ich?« Sie machte einige Schritt zurück in Richtung des Ladens, und ich musste rennen, um mich zwischen sie und die Tür zu stellen.

»Dann sind wir uns einig«, sagte sie. »Du wirst dich unverzüglich fürs College bewerben.«

Aber die Bewerbungen sind erst Ende des Jahres fällig.

»Na und? Hast du noch nie eine Hausarbeit vor dem Termin fertiggestellt.«

Nein.

Zelda verdrehte die Augen. »Komm schon. Wir sind frisch und munter. Wir sind jung und schön. Und jetzt haben wir sogar auch noch frisches Papier und nagelneue Füllhalter.«

Tja, wenn ich ihr nicht schon geglaubt hätte, wäre jetzt der Zeitpunkt dafür gewesen: Nur ein Idiot oder eine Unsterbliche konnte glauben, dass man für eine Collegebewerbung im 21. Jahrhundert Papier und Füller brauchte.

Das geht inzwischen alles online, schrieb ich. *Wir brauchen einen Computer.*

»Und wo ist ein Computer?«

Zuhause. Aber ich werde nicht ausgerechnet jetzt da hingehen. Nicht nach allem, was gestern zwischen dir und meiner Mom vorgefallen ist.

»Dann finde woanders einen.«

Ich überlegte. *Ich denke, ich weiß, wo.*

»Ach ja? Warum machst du dann so ein finsteres Gesicht?«

Weil ich nicht glauben kann, dass wir am Sonntag in die Schule gehen.

Vor ein paar Jahren beschloss man an meiner Schule, dass der Computerbereich der Bibliothek auch an den Wochenenden zugänglich sein sollte, damit Schüler kommen und dort ihre Hausaufgaben machen könnten. Ich selbst war nie hingegangen, aber ein paar Jugendliche aus *Schach & Krieg* hatten mal erwähnt, dass sie jedes Wochenende hingingen, um dort online zu spielen.

Zelda und ich nahmen die Bahn Richtung Westen und liefen dann die sechs Blocks von der Haltestelle bis zu meiner Schule zu Fuß.

»Ein bisschen brutalistisch, nicht wahr?«, sagte Zelda.

Ich nickte. Der Campus bestand aus einer Ansammlung kubischer Betonklötze mit diesen schmalen Fensterschlitzen – fast wie die Schießscharten für Bogenschützen in mittelalterlichen Burgen. Eine der Freiwilligen aus dem Elternkommitee saß auf einem orangefarbenen Plastikstuhl vor der Bücherei und las ein Buch mit dem Titel *Wie man Millionen macht*. Sie schaute zu uns hoch und verschob den Schirm ihrer Kappe, damit die Sonne sie nicht blendete. Außerdem runzelte sie die Stirn.

»Schülerausweise.«

»Ich bin sein Gast«, erklärte Zelda, nachdem ich meinen vorgezeigt hatte.

»Gäste sind nicht erlaubt. Da stehen eine Menge teure Computer drin.«

»Das verstehe ich vollkommen«, sagte Zelda und beugte sich geradezu verschwörerisch zu ihr. »Aber ich bin Parkers

Bewerbungsberaterin, und wir müssen unbedingt heute mit der Arbeit beginnen. Wollen Sie wirklich dafür verantwortlich sein, dass dieser kleine Engel nicht aufs College kommt?«

Zelda deutete auf mich und ich bemühte mich um mein schönstes engelhaftes Lächeln. Die Freiwillige schaute ein paarmal zwischen uns hin und her, bevor sie ein ärgerliches kleines Grunzen von sich gab. »Schön«, sagte sie. »Aber ich schwör euch, wenn wir noch mal welche von euch erwischen, die im Keller Sex haben, dann wird dieses ganze Projekt eingestellt. Hier unterschreiben, bitte.« Zelda trug ihren Namen in die Liste ein und wir passierten die Türen der Bibliothek.

Es roch nach Büchern, Langeweile und Unbeliebtheit. Auf der Ausleihtheke stand eine Bronzeskulptur eines Affen, die oben schon ganz glatt war, weil die Leute über seinen Kopf rieben, um Glück zu haben. Natürlich hatte es sich schon ein halbes Dutzend Leute aus *Schach & Krieg* im Computerbereich bequem gemacht und pustete sich gegenseitig bei *Call of Duty* die Schädel weg. Ich setzte mich in die letzte Reihe, bevor jemand Notiz von uns nahm.

»Was machen die da?«, flüsterte Zelda und nahm sich den Stuhl neben mir.

Computerspiele, schrieb ich.

»Freunde von dir?«

Nicht wirklich. Aber mach dir keine Sorgen ihretwegen.

»Okay. Also … wo fangen wir an?«

Woher soll ich das wissen? Ich habe mich noch nie für ein College beworben.

»Gut, wo möchtest du denn hin?«

Meine ehrliche Antwort wäre *nirgends* gewesen, aber ich musste mir irgendwas einfallen lassen. *SF State*, schrieb ich spontan.

»Warum dahin?«

Keine Ahnung. Es ist nah. Und nicht zu streng bei der Auswahl.

»Das sind ja unglaublich dumme Gründe. Ich glaube, das kannst du besser. Lass es uns doch mal logisch angehen. Du willst schreiben, ja?«

Klar.

»Also wer ist dein Lieblingsschriftsteller?«

Mein Dad, schrieb ich wieder spontan, obwohl es nicht mal stimmte.

»Außer ihm.«

Ursula K. Le Guin, denke ich.

»Von ihr habe ich noch nie gehört.«

Sie schreibt Science Fiction.

»Aha.«

Zelda tippte *Ursula K. Le Guin* bei Google ein und drückte auf Suchen. Dann klickte sie sich durch die Wikipedia-Seite der Autorin und las ihre Biografie.

»Oh-oh«, sagte Zelda.

Was?

»Ich hatte gehofft, rauszufinden, auf welche Schule sie gegangen ist, damit du dich dort bewerben kannst, aber offenbar war sie in Radcliffe.«

Meinst du, da komme ich nicht rein?

Zelda lachte. »Nein, aber nur weil es eine reine Mädchenschule war und nicht mehr existiert. Aber schau mal, hier steht, dass sie danach an der *Columbia* war.«

Wo ist die Columbia?

»In New York City. Ich bin schon mal über den Campus spaziert. Absolut wundervoll. Ich zeig es dir.«

Sie öffnete die Website der *Columbia* und wir begannen, uns durch die Fotos zu klicken. Das Ganze sah weniger nach einem College und mehr nach einem europäischen Urlaubsziel aus, mit riesigen steinernen Festungen und gut angezogenen, schlau aussehenden Jugendlichen jeder Sorte, die dort rumliefen. Zelda fand die Seite des Studiengangs *Creative Writing*, wo von all den berühmten Autoren, die dort studiert hatten, und all den berühmten Autoren, die dort unterrichteten, die Rede war. Ich musste zugeben, dass das wirklich ziemlich krass aussah.

Dann fanden wir die Seite, auf der erläutert wurde, was der ganze Luxus kostete.

Scheiße, schrieb ich in mein Notizbuch. Dann unterstrich ich es. Danach malte ich eine Schachtel mit Sternen und Dollarzeichen rundherum.

»Die gewähren auch Stipendien«, sagte Zelda.

Nicht mir. Mein Notendurchschnitt ist mies.

»Du bist zu negativ. Heute wollen wir nicht negativ, sondern positiv denken. Und ich bin optimistisch, dass, wenn wir diese Bewerbung ausfüllen, irgendwas Gutes dabei rauskommen wird, okay?«

Ich hob resignierend die Hände.

Und so legten wir ein Benutzerkonto an und begannen, die Bewerbung auszufüllen. Ich konnte gar nicht glauben, wie lang das Ding war – Seite um Seite mit hirnverbrannten Fragen: *Was sind Ihre Lebensziele? Was könnte die Columbia Ihrer Meinung nach dazu beitragen, diese zu erreichen? Gibt es etwas in Ihrer Biografie, das der Erklärung bedarf? (Wenn ja, bitte fügen Sie die Erklärung in den Kasten unten ein.) Was war die wichtigste Erfahrung in Ihrem Leben?*

»Fang an zu schreiben, Kumpel.«

Ich kritzelte, so schnell ich konnte, eine Antwort auf die erste Frage in mein Notizbuch, riss dann die Seite heraus und gab sie Zelda. Sie tippte sie in das Bewerbungsformular und nahm dabei Änderungen und Korrekturen vor, während ich mich schon an die nächste Frage machte. So kamen wir in eine Art Rhythmus und hatten nach ein paar Stunden das ganze Ding fertig. Oder sagen wir, wenigstens jenen Teil, den wir fertigstellen *konnten*.

»Hier steht, du brauchst Empfehlungen«, sagte Zelda. »Wer könnte die für dich schreiben?«

Keiner.

»Ich weigere mich, das zu glauben. Was ist mit einem Lehrer?«

Ich erinnere mich nicht mal an meine Lehrer.

»Aber ich wette, deine Lehrer erinnern sich an dich. Du bist sehr einprägsam.«

Plötzlich tauchte Danny Wus Kopf über unserem Computermonitor auf. »Mr McArthur würde das machen«, sagte er.

Irgendwann in den letzten Minuten war das Spiel von *Call of Duty* zu Ende gegangen und jetzt standen drei meiner Mitschüler aus *Schach & Krieg* hinter unserem Computer und starrten Zelda an, als wäre sie so eine Art Alien. Danny war der stellvertretende Kapitän der Schachmannschaft unserer Schule. Maya Leung und Tom Wilson neben ihm waren nur zwei der üblichen Trottel.

»Wer ist Mr McArthur?«, fragte Zelda, aber da war Danny bereits von meinem blauen Auge abgelenkt.

»Ist ja ein dolles Veilchen, was du da hast, Parker! War das Tyler? Alana hat mir erzählt, dass im Kino irgendwas los war, aber ich dachte, sie denkt sich das nur aus.«

Ich begann schon, eine Antwort zu schreiben, aber Danny unterbrach mich.

»Ich verstehe auch Gebärdensprache, wenn du die benutzen willst.« Dann fuhr er mit Gebärden fort: *Mein kleiner Bruder ist taub, deshalb musste ich sie lernen.*

Warum hast du mir das nie gesagt?, fragte ich zurück.

Keine Ahnung. Wir reden ja nie.

»Wusstet ihr, dass die erste bedeutende Gemeinschaft von Tauben in Amerika auf Martha's Vineyard gegründet wurde?«, sagte Maya und unterbrach unser stummes Gespräch. »Ich habe mal ein ganzes Referat darüber gehalten. Die hatten da sogar ihre eigene Zeichensprache.«

»Wer ist denn deine Freundin, Parker?«, fragte Tom.

Zelda streckte ihm die Hand hin. »Ich bin Zelda.«

»Echt? Was für ein cooler Name! Hast du schon mal irgendwelche Zeldaspiele gespielt, auf *Nintendo* oder so?«

»Leider nein.«

»Schade. Die sind so verdammt gut. Also, da gibt es dieses eine, wo du die Welt retten musst, bevor dieser Planet in den Hyrule kracht und man dieselben drei Tage wieder und wieder durchleben muss, und es ist superspannend, weil –«

»Tom?«, sagte Danny.

»Ja?«

»Vielleicht hebst du dir die Videospielzusammenfassung für die nächste Mittagspause auf.«

Tom grinste. Er war berüchtigt für seine Fähigkeit, endlos über irgendwas zu labern, und auch dafür, dass ihm nichts peinlich war. »Abgemacht. Dann kriegst du auch noch die ganze Franchisegeschichte.«

»Nett, dich kennenzulernen, Zelda«, sagte Danny. »Ich bin Danny, und das hier sind Tom und Maya.« Alle schüttelten sich die Hand. »Was macht ihr denn hier?«

»Ich helfe Parker bei seinen College-Bewerbungen«, sagte Zelda.

»Echt?«, sagte Maya. »Wo bewirbst du dich?« Sie verrenkte sich den Hals, bis sie auf den Bildschirm schauen konnte. »*Columbia*? Das ist ja Ivy League! Glaubst du echt, dass du da reinkommst?«

Ich schüttelte heftig den Kopf.

»Sei dir da nicht so sicher«, sagte Danny. »Ich meine, du *bist* Angehöriger einer Minderheit. Und einer guten noch dazu. Für mich dagegen als Chinese ist das praktisch nutzlos. Keiner wird im Bewerbungsbüro von Stanford rumsitzen und sich denken: *Ich wünschte, ich würde endlich mal einen akademisch erfolgreichen chinesischen Studenten finden*, weißt du?«

»Das habe ich gehört«, sagte Maya.

»Hey, du weißt nicht, was Kämpfen heißt, wenn du es noch nicht als weißer Mann in diesem Land versucht hast«, sagte Tom. »Selbst wenn ich einen Job kriege, werde ich höchstens dreißig Prozent mehr verdienen als eine Frau. Vor gerade mal zwanzig Jahren wäre es das Doppelte gewesen.«

Maya verdrehte die Augen. »Sehr witzig, Tom.«

»Danny«, sagte Zelda, »du hast vorhin einen Lehrer erwähnt, der eine Empfehlung schreiben könnte.«

»Ja, Mr McArthur. Den hatten wir in der Neunten in Englisch.«

»Erinnerst du dich an ihn, Parker?«

Natürlich erinnerte ich mich. Er war so ziemlich der einzige Lehrer, den ich je tatsächlich gemocht hatte, der einzige, der als Lektüre Science-Fiction und Fantasy durchnahm (die meisten Lehrer tun das ab, als wäre es alles Mist, weil sie zu blöd sind, infrage zu stellen, was sie selbst als Kinder gelernt haben). Es war Mr McArthur, der mich dazu brachte, mir Sachen auszudenken, anstatt nur Tagebuch zu führen. Für seine Wortschatzübungen mussten wir Geschichten schreiben und dabei in jedem Satz ein neues Wort verwenden.

Das war vor drei Jahren, sagte ich in Gebärdensprache.

»Na und?«, sagte Danny. »*Ich* erinnere mich noch an die Geschichten, die du geschrieben hast. Zelda, Parker hat die *besten* Stories geschrieben. Die meisten von uns brachten nur Quatsch zustande, weil wir in jedem Satz Wörter wie *brobdingnagisch* benutzen mussten.«

»Brobdingnagisch«, rezitierte Tom, »bedeutet *gigantisch* und stammt aus Jonathan Swifts *Gullivers Reisen*. Und wo bleibt mein Fleißbildchen?«

»Aber Parker«, fuhr Danny fort, »der schrieb tatsächlich richtige Geschichten. Da war doch diese eine über ein Raumschiff, das verloren ging und am Ende um den Mond kreiste, bis alle darauf tot waren. Mr McArthur hat sie vor der ganzen Klasse vorgelesen.«

»Du meinst, er würde Parker eine Empfehlung schreiben?«, sagte Zelda.

»Definitiv.«

Sie klatschte vor Begeisterung in die Hände. »Perfekt! Lass ihn uns gleich anrufen.«

Warte, deutete ich.

Aber Tom war schon unterwegs. »Ich hole ein Telefonverzeichnis«, rief er im Rausgehen über seine Schulter.

Das müssen wir doch nicht jetzt sofort machen, schrieb ich.

»Es gibt keinen besseren Zeitpunkt als die Gegenwart, Darling«, sagte Zelda. Tom kam mit dem Telefonverzeichnis zurück und fand auch Mr McArthur darin. Zelda machte den Anruf.

»Hallo, ist da« – sie warf noch mal einen Blick in das Verzeichnis – »Edward McArthur? Oh, gut. Mein Name ist Zelda Toth und ich bin die Bewerbungsberaterin eines Studenten namens Parker Santé. Sagt Ihnen sein Name etwas?« Sie lächelte mich an. »Ach ja? Wundervoll! Also ich habe gehofft, Sie wären vielleicht bereit, ein Empfehlungsschreiben für Parker zu verfassen. Er kann Sie das nicht selbst fragen, weil … genau. Wirklich? Sie sind ein Held, Sir! Ich danke Ihnen vielmals. Ihre E-Mail-Adresse liegt mir hier schon vor. Dann sende ich Ihnen das Formular in ein paar Minuten. Ja. Ja, danke. In Ordnung. Auf Wiederhören.« Sie legte auf. »Ta-daa!«

Während Danny und der Rest des Schachteams applaudierte, gab Zelda mir plötzlich einen Kuss mit 6,8 Punkten auf der Leidenschaftsskala. Tom johlte, während Danny und Maya einen kurzen Dialog mittels ihrer Augenbrauen führten. In den letzten fünf Minuten war ich von einem Niemand und Taugenichts mit Sprechbehinderung zu einem heimlichen Casanova mit megascharfer Freundin und Hoffnung auf einen Studienplatz an einer Ivy-League-Universität geworden.

»Also wir gehen jetzt alle in die Pizzeria gegenüber zum Mittagessen«, sagte Tom, nachdem der Applaus abgeebbt war. »Ihr solltet echt mitkommen.«

»Klar«, sagte Zelda und sprach für uns beide. »Gebt uns nur noch eine Stunde. Ich denke, wir sollten wenigstens mit einer weiteren Bewerbung anfangen, meinst du nicht, Parker?«

Ich nickte, realisierte aber erst nach ein paar Sekunden, dass ich gar nicht mehr nur so tat als ob. Mr McArthur hatte sich einverstanden erklärt, meine Empfehlung zu schreiben, und keiner von den Schachkids hatte mich behandelt, als wäre ich verrückt, weil ich mich an einer guten Uni bewarb. Also warum es nicht probieren?

Nur diesmal keine Ivy League, okay? Irgendwer hier muss doch realistisch bleiben.

»Ach ja?«, sagte Zelda. »Warum denn?«

MITTAGESSEN DER NERDS

DIE GANZE UNTERNEHMUNG – EIN PAAR STUNDEN *Call of Duty* und danach Mittagessen unten am Wasser – war offensichtlich etwas, das die Kids aus *Schach & Krieg* seit Schuljahresbeginn allwöchentlich machten. Trotzdem überraschte es mich, Alana auf uns warten zu sehen, als wir bei *Mad Pizza* eintrafen. Sie saß vor einem bereits erstarrten Stück Pepperonipizza und einem Haufen weich gewordener Fritten und begrüßte uns mit einem kaum wahrnehmbaren Kopfnicken. Nach allem, was zwischen mir und Zelda in den letzten 24 Stunden passiert war, hatte ich fast vergessen, dass Alana und ihr Freund gestern Schluss gemacht hatten, und zwar auf spektakuläre Weise.

Zelda und ich setzten uns ihr gegenüber, während die anderen zum Bestellen gingen.

»Was machst du hier?«, fragte Zelda.

»Ich bin jede Woche da«, sagte Alana mit tragisch monotoner Stimme. »Heute dachte ich, es würde mich aufheitern.«

»Und?«

Sie schüttelte den Kopf. »Mein Essen schmeckt scheiße.«

Ich nahm mir eine von ihren Fritten und steckte sie in den

Mund. *Für mich schmecken sie ok*, schrieb ich in mein Notizbuch, das ich danach so drehte, dass sie es lesen konnte.

»Das ist Ausdruck meiner Trauer, du Blödmann. Selbst Fritten schmecken nicht mehr.«

»Offensichtlich«, sagte Zelda.

»Ich denke, das ist eines der klassischen Stadien von Trauer. Stufe zwei vielleicht. Oder was auch immer nach der Stufe kommt, in der man auf Facebook jedes Foto von sich und dem Ex löscht, und direkt vor der Stufe, in der man nachts in sein Haus schleicht und ihm den Schwanz anzündet.« Sie schloss die Augen, holte tief Luft und öffnete sie wieder. »Hübsches Moleskin übrigens.«

»Das hab ich ihm gekauft«, sagte Zelda.

»Natürlich hast du das.« Sie deutete anklagend mit einer Fritte auf Zelda und betonte jedes Wort mit einer kleinen Frittengeste. »Denn du ... bist ... ja ... auch ... nicht ... so ... scheiße.« Sie zerquetschte die Fritte in ihrer Faust, bis deren kartoffelige Innereien zwischen ihren Fingern hervorquollen. »Wisst ihr, was Tyler mir immer gekauft hat? Blumen. Dabei hasse ich Blumen, verdammt noch mal. Welches Arschloch kauft dir was, um das du dich dann kümmern musst? *Bitte, du Person, die ich angeblich liebe, hier ist noch was, wofür du verantwortlich bist. Und wenn du deine Pflichten vernachlässigst, dann hast du Blumenleichen am Hals. Gern geschehen!* Das ist doch das Gegenteil von einem Geschenk. Das ist ein verdammtes Nicht-Geschenk!«

Sie keuchte jetzt, ihr Gesicht war rot und ihre Hand mit Frittenmatsche verschmiert. »Was ich damit nur sagen will, Parker, halt das fest. Sie ist echt die wahre Liebe.«

Klar, schrieb ich in mein Notizbuch, *du würdest mich doch nicht einfach sitzen lassen, oder, Zelda?*

»Wie kannst du sie das überhaupt fragen?«, sagte Alana. »Das würde sie natürlich nicht.«

Zelda schenkte mir einen bedeutungsvollen Blick, sagte aber nichts.

Der Rest der *Schach & Krieg*-Kids kam an den Tisch zurück. Zu Danny, Maya und Tom hatten sich jetzt noch Gabrielle Okimoto, Narun Vasher und Steven Wong gesellt. Ich wusste über keinen von ihnen besonders viel (abgesehen von der Tatsache, dass ich im Schach besser war als Narun und Steven und deutlich schlechter als Gabrielle). Doch keinen von ihnen schien es zu überraschen, dass ich zu der Pizzaparty aufgetaucht war.

»Wie habt ihr beiden euch eigentlich kennengelernt?«, fragte Tom. »Ich staune ja immer wieder, wenn einer aus unseren Kreisen eine Freundin findet.«

»Er hat im Hotel *Palace* versucht, mich auszurauben«, sagte Zelda. »Dann habe ich ihm erzählt, dass ich unsterblich bin. Seither sind wir unzertrennlich.«

Einen Moment lang herrschte Schweigen, dann meldete Steven sich zu Wort. Er war ein kleiner Bursche mit dicker Hipsterbrille und berühmt für das Erreichen der vollen Punktzahl beim Hochschulzulassungstest.

»Wie die Hydra«, sagte er.

Zelda runzelte die Stirn. »Die was?«

»Die Hydra. Das ist so eine Art Qualle. Altert nie, soweit man weiß, und wenn man sie in Stücke schneidet, wachsen aus den Stücken ganze neue Hydren. Und dann gibt es noch so eine Art, die diese krasse Benjamin-Button-Nummer kann, bei der sie erst erwachsen wird, sich dann wieder in einen Polyp zurückverwandelt und dann wieder erwachsen wird.«

»Seeigel altern auch nicht«, sagte Maya. »Oder Hummer, glaube ich. Oder Muscheln.«

Tom verzog das Gesicht. »Ich hasse Muscheln. Die schmecken wie Rotz mit Meeresgeschmack.«

»Eklig.«

»Man könnte auch behaupten, dass Bakterien unsterblich sind«, sagte Danny. »Sie teilen sich unendlich in perfekte Kopien von sich selbst. Aber bei Menschen … da geht so was nicht.«

»Ich glaube, das ist nur eine Frage der Zeit«, sagte Narun. Er war der vielleicht humorloseste Mensch bei *Schach & Krieg*, und er wurde echt sauer, wenn er ein Spiel verlor. »Mein Vater sagt, dass wir bald alle unsere Hirne in die Cloud hochladen.«

»Was sollen unsere Gehirne denn in den Wolken?«, fragte Zelda.

Alle lachten, weil sie glaubten, sie mache einen Scherz. *Die Cloud bedeutet Computer*, schrieb ich. *Wie das Internet und solches Zeug.*

»Eigentlich weiß ich nicht mal, *warum* Menschen überhaupt altern«, sagte Maya. »Ich meine, es kommt einem aus Sicht der Evolution doch ziemlich bescheuert vor.«

»Das weiß keiner genau«, sagte Danny.

Echt?, fragte ich in Gebärdensprache nach. *Gar keiner?*

»Es gibt Theorien.«

»Die kenne ich alle«, sagte Zelda, »was man ja auch erwarten kann, wenn ich schon unsterblich bin.« Wieder wurde gelacht, obwohl alle anderen den wahren Scherz gar nicht mitkriegten. »Ein Biologe namens Peter Medawar hielt die Natur für so brutal, dass es sinnlos sei, Tieren das Unsterblichkeitsgen mitzugeben, weil sie ja sowieso unvermeidlich gefressen würden. Aber das ergibt keinen Sinn, weil das Altern doch bewirkt, dass eine Menge Tiere gefressen werden.«

»Meine Oma ist eine total lahme Ente«, sagte Tom. »Warum hat sie noch keiner gefressen?«

»Halt die Klappe, Tom«, sagte Maya. »Bitte red weiter, Zelda.«

»Laut Medawar müssen die Gene, die uns altern lassen, irgendeinen Vorteil gewährt haben, nur dass wir den eben bisher noch nicht erkannt haben. Aber wir kennen schon eine Menge Gene, die mit dem Altern zusammenhängen, und viele davon haben keinen sonstigen Nutzen. Nach einer anderen Theorie ist der Körper quasi zum Wegwerfen gedacht, nur als Mittel zur Weitergabe von Genmaterial zwischen Generationen. Daher werden die meisten Ressourcen ins Produzieren von Babys gesteckt, nicht in die Sorge für den eigenen Körper.«

»Das ergibt Sinn«, sagte Narun.

»In der Theorie. Aber Studien zeigen, dass Menschen, die weniger essen, am Ende länger leben, was bedeutet, eine Fülle von Ressourcen verlängert nicht die Lebenserwartung.«

Tom hielt mit seiner Pizza auf halbem Weg zum Mund inne. »Wenn ich die hier esse, werde ich dann früher sterben?«

»Vielleicht.«

»Scheißegal.« Er nahm einen Bissen und sagte dann mit vollem Mund: »*Live fast, die young, eat pepperoni.* Das ist mein Motto.«

Wie lautet dann die Antwort?, schrieb ich.

»Danny hat recht«, sagte Zelda. »Keiner weiß es. Das Altern als Phänomen konterkariert alles, was wir über die Evolution wissen, aber alle Erkenntnisse deuten darauf hin, dass es einem Zweck dient.«

»Gott«, sagte Gabrielle.

Man hörte ein kollektives Stöhnen der versammelten angehenden Wissenschaftler.

»Was denn?«, fragte Gabrielle defensiv. »Gott und die Wissenschaft sind nicht inkompatibel. Und Zelda hat es gerade selbst gesagt. Nichts ergibt einen Sinn, außer wenn man Gott miteinbezieht.«

»Welchen Gott?«, fragte Narun.

»Oh, werdet jetzt bloß nicht politisch. Es spielt keine Rolle. Kali. Buddha. Der verdammte Cthulhu, wenn ihr wollt. Ich sage doch nur, dass wir alle den wahren Grund dafür kennen, warum Menschen alt werden und sterben. Weil das Leben scheiße wäre, wenn es immer und immer weiterginge. Und nur irgendeine Form von Gott könnte das klären.«

Ich sah schon, welche Richtung das Gespräch nahm: Es war genau das, worüber nachzudenken ich Zelda *nicht* bewegen wollte.

Können wir das Thema wechseln?, fragte ich in Gebärdensprache in Dannys Richtung, aber er achtete nicht darauf.

»Warum sagst du, dass ein ewiges Leben scheiße wäre?«, fragte Zelda.

»Ich weiß nicht«, sagte Gabrielle. »Es ist einfach so, dass ich den Großteil meines Lebens damit verbringe, über die Zukunft nachzudenken, oder? Das ist der eigentliche Grund, warum ich alles tue, was ich tue. Wenn ich aber wüsste, dass die Zukunft ewig dauern würde, dann gäbe es doch plötzlich keinen Grund mehr, irgendwas zu versuchen. Warum sollte ich mir dann auch nur die Mühe machen, morgens aus dem Bett aufzustehen?«

»Stimmt«, sagte Danny. »Und denkt mal an eure Freunde und eure Familie. Dann müsstet ihr so ungefähr auf eine Million Beerdigungen gehen.«

»Das ist so, als ob dir jemand Blumen kauft«, sagte Alana. »Man erwartet von dir, dass du rumstehst und ihnen beim Sterben zuguckst. Wenn du für immer leben würdest, dann müsstest du das mit Menschen tun. Das wäre quasi eine Nonstop-Todesparade.«

Alle am Tisch schwiegen kurz, weil die Diskussion eine ziemlich düstere Richtung genommen hatte. Ich glaube, Narun versuchte, die Stimmung etwas aufzuheitern, als er wieder auf Zelda zurückkam. »Und, stimmt das?«

»Stimmt *was*?«, fragte sie.

»Tja, du bist die Unsterbliche hier. Ist das so? Eine Nonstop-Todesparade?«

Zelda ließ sich mit ihrer Antwort so lange Zeit, dass ich merkte, wie alle anfingen, ein wenig nervös zu werden. Es war zwar nicht so, dass sie das mit ihrer Unsterblichkeit tatsächlich glaubten, aber wir sprachen in Wirklichkeit ja über den Tod, und niemand konnte mit Sicherheit sagen, wie viel Zelda darüber wusste. Ob man zwölf oder achtzig oder zweihundert ist – keiner kann einem von außen ansehen, was man schon durchgemacht hat. Nur Boxer und Junkies tragen ihre Narben an Stellen, die für andere Leute sichtbar sind.

»Parker und ich haben uns gestern eine Seurat-Ausstellung angesehen«, sagte sie schließlich. »Kennt ihr den?«

»Der Typ mit den Tupfen«, sagte Steven.

»Genau. Der mit den Tupfen. Ich denke schon immer, älter werden ist ein bisschen wie das Betrachten dieser Gemälde. Du wirst geboren und stehst quasi direkt vor der Leinwand. Nichts ergibt irgendeinen Sinn. Da sind einfach nur eine Menge Licht und Farben. Aber während du älter wirst, weichst du weiter zurück und da beginnt das Bild, einen Zusammenhang zu entwickeln. All diese kleinen Tupfen werden zu Blumen oder Menschen oder Hunden. Du gewinnst an Perspektive. Aber wenn du ewig lebst … also, falls du ewig lebst, dann müsstest du dich immer weiter wegbewegen und bald wäre das Bild nur noch ein helles Rechteck in weiter Ferne. Du könntest dich zwar noch daran erinnern, wie es aussah, als du noch näher dran warst, aber du könnntest es nicht mehr sehen. Und du würdest dich weiter entfernen, bis auch keine Farben mehr erkennbar wären und das Gemälde nur noch ein einziger Lichtpunkt wäre. Auch der würde dann von der ihn umgebenden Dunkelheit verschluckt, wie ein erlöschender Stern. Die Trauer wäre so riesig, meint ihr nicht? Nicht nur, weil ihr die Menschen, die ihr liebt, verlieren würdet – das müssen wir ja alle –, sondern wegen der Perspektive. Ihr würdet den schrecklichen Bogen der Geschichte sehen, deren Tragödien sich immer wiederholen. Wie ein Schiff würdet ihr unter all der Zeit versinken.«

Nachdem Zelda zu Ende gesprochen hatte, war das einzige Geräusch in dem Lokal die kitschige italienische Musik, die aus den Lautsprechern drang.

»Leck mich«, sagte Tom schließlich. »Ich glaube, ich würde mich einfach umbringen.«

Ich stand vom Tisch auf. *Wir sollten jetzt gehen*, deutete ich.

»Schon?«, sagte Danny. »Wir wollten noch für ein bisschen mehr *Call of Duty* in den Computerraum zurück.«

Zelda und ich müssen wo hin.

Ich machte mir gar nicht die Mühe, mehr zu sagen, sondern griff nur nach Zeldas Hand und half ihr beim Aufstehen.

»Es war ein Vergnügen, euch alle kennenzulernen«, sagte sie. »Habt ein wunderbares Leben.«

»Du auch«, sagte Danny irritiert.

Draußen fiel leichter Regen und der Himmel sah aus wie ein riesiger grauer Ballon, der die ganze Stadt durchtränken würde, wenn man nur mit einer Nadel drankäme. Zelda blickte so abwesend wie bei unserer ersten Begegnung im Hotel *Palace*. So reglos und betrübt wie eine alte Statue auf einem leeren Platz.

S-o-r-r-y, buchstabierte ich mit den Fingern.

»Warum? Es ist doch nur die Wahrheit.«

Ich schüttelte den Kopf.

»Ist es doch.«

Ich schüttelte wieder den Kopf, diesmal nachdrücklicher, und ich hasste es, dass ich ihr nur dieses Kopfschütteln entgegensetzen konnte. Warum brüllte ich nicht aus voller Kehle »Nein!« wie ein normaler Mensch?

»Doch, das ist es, Parker! Ich weiß es und du weißt es und sogar deine Freunde wissen es.«

Ich öffnete mein Notizbuch wieder und füllte eine ganze Seite mit diesem einen Wort – *Nein*. Aber es war nur ein Wort auf einem Blatt Papier, stumm wie ein Grabstein. Ich blätterte auf die nächste Seite. *Ich werde dir trotzdem noch beweisen, dass das Leben lebenswert ist. Sag mir einfach, was du willst. Ich tue alles.*

Zelda stieß einen kleinen Schrei der Verzweiflung aus. »Was ist denn mit *dir*? Was willst *du*, Parker?«

Ich will dich glücklich machen.

Aus irgendeinem Grund machte diese Antwort Zelda nur noch wütender. Sie schlug mir das Notizbuch aus den Händen. Einer meiner teuren neuen Füller knallte aufs Pflaster und rollte in einen Gulli.

»Du sagst, du willst mich davon überzeugen, dass dieses Leben lebenswert ist? Dann wirst du mir verraten müssen, warum *du* überhaupt leben willst. Denn soweit ich sehen kann, gibt es da nichts.« Sie spuckte die letzten Worte geradezu aus. »All diese jungen Leute, die ich in den letzten Tagen getroffen habe und die deine Freunde sein sollten – sie haben dich genauso neu kennengelernt wie mich. Dabei kennen sie dich schon seit Jahren. Also wo bist du gewesen, Parker? Wie hast du es geschafft, dich mitten in deinem eigenen Leben zu verstecken?«

Ich konnte nur mit den Schultern zucken.

»Da haben wir es wieder. Du zuckst mit den Schultern.« Sie gab mir einen Stoß. »Wer weiß?« Sie stieß mich wieder. »Wen kümmert's?« Sie schubste mich vom Bordstein, sodass ich mitten auf der Straße stand. »Warum bleibst du nicht einfach da? Ziemlich bald dürfte ein Auto kommen und den Job für dich zu Ende führen.« Ich machte einen Schritt in Zeldas Richtung, doch sie streckte die Hände aus, wie um mich abzuwehren. »Nein! Komm bloß nicht hierher zurück, bis du nicht bereit bist, ein Mensch zu sein. Ein richtiger Mensch. Ich meine, einer, der Dinge fühlt und Dinge ausprobiert und Dinge *will*. Kannst du das? Weil, wenn du es nicht kannst, dann solltest du einfach jetzt auf der Stelle das Handtuch werfen. Wir beide sollten das.«

Ich wusste, sie hatte recht. So lange Zeit hatte ich mir nicht erlaubt, irgendwas zu wollen oder zumindest nichts Wichtiges. Es fühlte sich so sicherer an. Aber die Wahrheit ist, dass ich jetzt Dinge wollte: Ich wollte aufs College und ich wollte sprechen und ich wollte, dass Zelda bei mir blieb. Und vielleicht mehr als alles andere wollte ich ihr sagen, dass ich sie wollte. Und ich konnte mich nicht dahinter verstecken, keine Worte zu haben, weil ich dafür keine Worte brauchte.

Ich streckte die Arme aus und zog sie zu mir auf die Straße. Ich schaute in diese meerfarbenen Augen und strich ihr das silberne Haar hinter die Ohren. Und dann küsste ich sie. Dieser Kuss dauerte so lange, dass sie nicht missverstehen konnte, was ich wollte. Als sie sich endlich von mir löste, lachte oder lächelte sie nicht. Es erschreckte mich richtig, wie absolut ernst sie dreinblickte.

»Dann bring mich nach Hause, Parker.«

WEHMUT

HÖRT MIR BLOSS MIT DEN VERDAMMTEN BIENEN UND Blümchen und Vögeln auf. Warum sollten wir Kindern Sex auf diese Weise erklären? Mir platzt immer der Kragen, wenn Leute mit diesem Scheiß anfangen. Denn sie reden dann ja nicht von Vögeln, die flatternden, schnäbelnden Sex mit anderen Vögeln haben, oder von Bienen, die summenden, stechenden Sex mit anderen Bienen praktizieren. Nein, sie palavern darüber, wie Vögel und Bienen den *Blumen* helfen, Sex zu haben, indem sie unabsichtlich Pollen mit ihren Körpern aufnehmen, wenn sie rumfliegen und Nektar sammeln. Soweit ich weiß, läuft das bei Menschen nicht so.

Meine Mom zum Thema Sex: »Versuch, ihn hauptsächlich mit Leuten zu haben, die du liebst. Schütz dich dabei. Sei kein Scheißkerl.«

Mein Dad über Sex (in einem Artikel, den er für irgendeine Zeitschrift verfasst hatte): »Sex haben ist zwanzig Mal leichter, als darüber zu schreiben.«

D'Angelo über Sex: »My darling – You aren't the average kind – You need the comfort of my lovin' – To bring out the best in you.«

Also was tun? Zu beschreiben, was zwischen mir und Zelda passierte, kommt mir vor wie der Inbegriff von *to much information*. Aber wäre es nicht eine ziemlich ernste (darf ich das sagen?) Antiklimax, es komplett zu übergehen? Ich meine, die Leute behaupten, sie würden Geschichten mögen, in denen ein Junge einem Mädchen begegnet und dann der Junge das Mädchen kriegt. Doch ich denke, den Leuten geht es nicht so sehr ums Kriegen, wenn damit nicht auch ein Rumkriegen verbunden ist. Und ich habe ja am Beginn dieser ganzen Saga versprochen, ich würde nicht vorgeben, dass Sex nicht existiert, einfach weil ich ich bin und ihr seid, wer ihr eben seid. Also gehen wir es mal hübsch langsam an. Kein Grund, nervös zu werden.

Als wir bei mir Zuhause ankamen, sah ich das Auto meiner Mutter in der Einfahrt, und das war ein schlechtes Zeichen. Ich würde sie entweder vollkommen ignorieren oder den Streit noch mal komplett ausfechten müssen. Aber ich hatte Glück: Das Haus war leer. Ich wusste nicht, wo meine Mom war, und ehrlich gesagt, interessierte es mich auch nicht. Zelda und ich gingen schnurstracks hinauf in mein Zimmer und setzten uns aufs Bett. Ich musste daran denken, wie sie vor weniger als 48 Stunden genau hier gesagt hatte: »Ich werde heute Abend nicht mit dir schlafen.« Ein Teil von mir wünschte sich sogar, sie würde das wiederholen, weil der Moment der Wahrheit näher rückte und ich mich davor fürchtete. Doch das tat sie nicht. Ich fing an, mein Hemd auszuziehen, aber Zelda hinderte mich daran.

»Lass mich das tun. Es ist immer besser, ausgezogen zu werden, als sich selbst auszuziehen.«

Ich wusste nicht, was ich mit meinen Händen oder meinem Gesicht machen sollte, also saß ich einfach da, starr wie eine Schaufensterpuppe, während sie das Hemd aufknöpfte, das sie für mich gekauft hatte. Kurz schoss mir durch den Kopf, dass dieses Mädchen tatsächlich älter war als meine Ururururururgroßmutter jetzt sein würde. War es seltsam, dass mich diese Tatsache nicht stärker aus der Fassung brachte?

»Hey«, sagte Zelda. »Komm mal aus deinen Gedanken hervor. Ich bin direkt hier.«

Ja, das war sie. Wir zogen einander fertig aus und schlüpften ins Bett. Das Haus war gerade kalt genug, sodass es sich gut anfühlte, Haut an Haut unter die Decke zu kriechen. Und dann küssten wir uns und es passierte. Ich werde die schmutzigen Details jedermanns Fantasie überlassen.

Hinterher lag Zelda mit geschlossenen Augen neben mir. »Ich habe das vermisst«, sagte sie. »Und wusste es noch nicht einmal. Stell dir das vor.« Dann schmiegte sie ihr Gesicht in meine Halsbeuge. Ich erinnere mich, dass ich dachte, wie fantastisch das doch ist: diese Millionen Möglichkeiten, wie menschliche Körper zusammenpassen. »Nathaniel und ich haben aufgehört, miteinander zu schlafen, als er fünfzig wurde. Das war seine Entscheidung. Er meinte, es fühle sich falsch an, so mit mir zusammen zu sein. Danach behandelte er mich eine Weile wie eine Tochter. Als dann seine Gesundheit nachzulassen begann, behandelte ich ihn irgendwann wie einen Sohn. Das ist alles sehr seltsam.« Ich lachte. Das war die Untertreibung des ganzen verdammten Jahrhunderts. »Aber egal, all das ist jetzt vergangen. Wir brauchen nicht darüber sprechen. Wir sollten schlafen. Du weißt es noch nicht, aber das Nachglühen ist der absolut beste Zeitpunkt für ein Nickerchen.«

Ich lag da und betrachtete sie, während ihr Atem tiefer wurde und ihr Gesicht sich entspannte. Im Portugiesischen gibt es ein Wort, über das mein Vater in einem seiner Bücher geschrieben hat: *Saudade*. Das ist die Trauer, die man um etwas empfindet, das noch nicht fort ist, es aber sein wird. Trauer um Hoffnung ohne Aussicht. Trauer um das dahinfliegende Leben.

Ich schob meine Beine zwischen Zeldas und meine Arme zwischen ihre, als könnte ich sie halten, indem ich sie einfach umfing. Wir schliefen miteinander verschlungen wie ein Kabelsalat ein. Und zwar ein Kabelsalat von der Sorte, die an so vielen Stellen verknotet ist, dass man ihn nur mit einer Schere auflösen kann. Und das würde ja mindestens ein Kabel ruinieren. Wenn nicht sogar beide.

Als ich eine Stunde später aufwachte, stand die Sonne wie perfekt eingerahmt in einem Fenster. Eine gelbe Korona aus Licht ergoss sich in den weißen Nebel wie ein Eidotter.

Ich schnappte mir mein Notizbuch vom Nachttisch und setzte mich im Bett auf.

Zelda murmelte im Schlaf irgendeinen Unsinn oder vielleicht etwas in einer fremden Sprache. Ich fing an zu schreiben.

GESCHICHTE NR. 3

HELDENMUT

NACH DER SCHLACHT DER BÖSEN BLICKE WURDEN die besten Krieger des Stammes vor König Uthor geführt, um Preise für ihre Tapferkeit entgegenzunehmen. Als Erster kam Christos, der auch *Gliedersammler* genannt wurde, weil er eine Kollektion von abgetrennten Armen und Beinen seiner Feinde draußen vor seiner Hütte hatte. Sein Preis war eine kostbare Axt aus gehämmertem Gold. Als Nächster kam Boris an die Reihe, den man auch *Eisenhaut* nannte. Er war zwei Meter und vierzehn groß und unglaublich breit, außerdem trug er keine Rüstung, weil sein Körper seine Rüstung war. Er war schon so viele Male verletzt worden, dass jede neue Wunde, die man ihm zufügte, nur eine alte Narbe öffnete. Sein Geschenk war ein herrlicher schwarzer Hengst, denn er hatte seinem alten Reittier den Rücken gebrochen, als er während der Schlacht auf dessen Rücken springen wollte. Schließlich wurde der allerbeste Krieger des Stammes herbeigeholt. Sein Name war Janos, auch wenn die meisten ihn *Drachenkopf* nannten, denn wie das furchterregende

Feuer spuckende Haupt eines Drachen führte er jeden Angriff aus.

König Uthor pries ihn überschwänglich, denn jeder im Stamm wusste, dass der Tag eine Niederlage gebracht hätte, wäre Janos nicht gewesen. Die Königin konnte nur erröten, als der große Krieger vor ihr niederkniete und ihre Hand küsste. (Insgeheim hatte sie schon immer eine Schwäche für ihn, der Tag für Tag seinen starken, herrlichen Körper riskierte, während ihr Gatte, auch wenn er ein guter König war, mit den Jahren weich und schwabbelig geworden war.) Für seinen Mut bekam Janos eine riesige Badewanne aus Bronze, die man wie einen Kessel über offener Flamme beheizen konnte. Dazu noch die übliche Beute eines gut geführten Krieges: Gold und Edelsteine, Sklaven usw.

Nun trug es sich zu dieser Zeit zu, dass eine Mystikerin an den Grenzen des Stammesgebiets umherziehen sollte. Berichte über ihre Erscheinung waren sehr unterschiedlich. Manche erzählten, sie sei eine verschrumpelte Alte, gebeugt wie ein krummer Hirtenstab, die einen ebenso uralten Esel mit sich führe. Andere meinten, sie sei eine junge Frau von außerordentlicher Schönheit, mit rabenschwarzem Haar, bis auf eine einzige silberne Strähne, die ihr wie ein Blitz in die Stirn fiel, und sie reite auf einem herrlichen weißen Hengst. In letzterer Erscheinung wurde sie ein paar Tage später von zwei Kundschaftern des Stammes entdeckt. Da war sie soeben von Räubern angegriffen worden und wäre wahrscheinlich getötet worden, wenn die Männer ihr nicht zu Hilfe geeilt wären.

Aus Dankbarkeit trug sie ihnen auf, eine Nachricht an

ihren König zu schicken. Sie würde für drei Tage am Ort ihrer Rettung lagern. In dieser Zeit würde sie unentgeltlich jeweils einem Menschen pro Nacht, exakt um Mitternacht, die Zukunft vorhersagen. Doch ihre Botschaft ging noch weiter. Die Kundschafter sollten ihren König auch warnen: Eine solche Prophezeiung sei ein Geschenk, könne sich aber auch als Fluch erweisen.

»Die Wahrheit«, so sagte sie, »ist nichts für die Kleinmütigen.«

Als König Uthor die Nachricht erhielt, war er überglücklich. Erst kürzlich hatte er sich Sorgen gemacht, dass seine Jahre an der Macht ihn schwach und wankelmütig hatten werden lassen. Ihm war nicht entgangen, dass seine Frau, die Königin, ihn nicht mehr so aufregend fand wie früher. Zu Anfang, gleich nachdem er wegen seiner mutigen Taten in der Schlacht um Ardors Sturz ihr Herz erobert hatte, war sie eine unersättliche Geliebte gewesen. Jetzt verspürte sie anscheinend nur noch unersättliches Verlangen nach Pflaumen und Schlaf.

Und so machte er sich gleich am nächsten Tag auf zu der Lichtung, wo die Mystikerin ihr Lager aufgeschlagen hatte. Im Wald herrschte eine seltsame Stille und der König erinnerte sich an seine Jugend, als er selbst noch ein Krieger gewesen war und bevor der Ältestenrat des Stammes ihn zum König ernannt hatte. Er erinnerte sich auch daran, dass er vor jeder Schlacht krank vor Angst gewesen war, weil er fürchtete, nicht zurückzukehren. Diese Furcht erfasste ihn nun wieder, während er sich durch den dunklen, verbotenen Wald bewegte. Jeder Eulenschrei, jeder knackende Zweig schien ein Vorbote seines Todes zu sein. Als er endlich eine brennende Fackel zwischen den Zweigen eines Baums entdeckte, schlotterte er schon vor Angst. Die Zauberin saß mit gekreuzten Beinen vor einem glatten Baumstumpf, auf dem sie verschiedene bunt bemalte Karten ausgelegt hatte. Sie war weder ein altes Weib noch eine schöne junge Frau. Tatsächlich schien sie genauso auszusehen wie Uthors Mutter damals, als der König noch ein kleiner Junge war und sich, allein im Wald spielend, großartige Schlachten ausdachte. Er ging zu ihr und fiel weinend in ihre Arme.

»Sei still«, sagte die Mystikerin sanft und streichelte seinen Hinterkopf.

»Aber ich bin schwach, Mutter«, sagte der König. »Ich ziehe nicht mehr mit dem Rest meines Stammes in den Kampf. Stattdessen bleibe ich in der Sicherheit meines Zelts und schicke andere in den Tod.«

»Als du noch ein Krieger warst, hast du den Tod gefürchtet und doch gekämpft. Als König fürchtest du, ein Feigling genannt zu werden, doch du tust deine Pflicht und bleibst zum Wohl deines Volkes in deinem Zelt. Sei ganz ruhig, mein Sohn, denn ich habe deine Seele in meinen Karten gelesen. Du bist ein tapferer Mann.«

Obwohl die Worte so einfach waren, spürte der König sie wie zielsichere Pfeile in seinem Herzen landen. Als er zu seinem herrschaftlichen Zelt zurückgekehrt war, musste er einfach seine schöne Königin wecken. Selbst in dem schwachen Lichtschein konnte sie die Freude in seinem Gesicht sehen.

»Du musst mit der Zauberin sprechen«, sagte der König. »Sie hat einen neuen Mann aus mir gemacht.« Und dann nahm er sie in seine Arme und küsste sie mit jugendlicher Leidenschaft.

In der darauffolgenden Nacht hüllte sich die Königin in ihre vielen Pelze und machte sich auf den Weg in den Wald. Es war lange her, dass man ihr erlaubt hatte, allein unterwegs zu sein. Nur als junges Mädchen, bevor sie mit dem König verlobt wurde, hatte sie diese Freiheit gehabt. Anders als ihr Ehemann fürchtete sie die Dunkelheit nicht. Tatsächlich fühlte sich die Königin sogar mit jedem Schritt leichter. Sie ließ ihre Pelze fallen, damit die kühle Luft ihre nackten Arme und Beine umschmeicheln konnte. Sie kletterte mühelos auf Bäume, damit sie sehen konnte, wie das Mondlicht die Baumkronen in sein schimmerndes Licht tauchte. Von einem dieser Aussichtspunkte entdeckte sie das Lager der Zauberin und näherte sich ihm wie ein Kind, das zu Bett geschickt wurde und sich noch mal hinausschleicht, um zu lauschen, was die Erwachsenen über Erwachsenenthemen sprechen.

Zunächst war sie verwirrt, weil auf der Lichtung überhaupt keine Frau zu sehen war. Stattdessen hockte ein Mann auf dem Baumstumpf, rauchte eine lange Pfeife und betrachtete die Sterne. Es war ihr Vater, der vor vielen Jahren ihre Hochzeit mit dem König ausgehandelt hatte. Eigentlich war er schon lange tot. Sie rannte zu ihm, sprang auf seinen Schoß und vergrub ihren Kopf an seiner Schulter.

»Sei still«, sagte der Zauberer sanft und streichelte den Hinterkopf der Königin.

»Aber ich bin schwach, Vater«, sagte die Königin. »Ich fantasiere von einem Mann, der nicht mein Gatte ist, davon, zusammen mit ihm wegzulaufen und alles und alle hinter uns lassen.«

»Als du ein Mädchen warst, bestand dein größtes Glück darin, allein im Wald zu tanzen, trotzdem hast du eingewilligt zu heiraten, als die Pflicht es erforderte. Als Königin träumst du von Flucht, beugst dich aber dem Joch der Herrscherin. Sei ganz ruhig, meine Tochter, denn ich habe deine Seele in den Karten gelesen. Du bist eine tapfere Frau.«

Die Königin tanzte nicht auf dem Rückweg durch den Wald, auch wenn sie wusste, sie könnte es, wenn sie nur wollte. Stattdessen ging sie langsam und genoss die letzten Augenblicke allein. Die Sonne ging auf und sie schlüpfte genau in dem Moment ins Bett, als der König erwachte. Er stand immer früh auf, um das Gebiet des Stammes in alle Richtungen reitend zu durchqueren und sich nach dem Wohlergehen seiner Untertanen zu erkundigen. Sie hatte ihn nie mehr geliebt als in genau diesem Augenblick.

»Bist du der Mystikerin begegnet?«, fragte er.

»Ja. Es war wunderbar.«

»Gut.« Er küsste sie auf die Stirn. »Uns bleibt noch eine Prophezeiung. Wer, denkst du, sollte sie bekommen?«

Der König und die Königin beschlossen, dass Janos, der Drachenkopf, diese Ehre verdiente, da er über die Jahre so viel für ihren Stamm geleistet hatte.

Als Janos von der Neuigkeit erfuhr, war er enttäuscht. Es interessierte ihn nicht, mit irgendeiner Verrückten im Wald zu reden – nicht, wenn er zur gleichen Zeit in seiner Hütte sein könnte, um sich in seiner dampfenden und nach Lavendel duftenden Bronzewanne mit einigen Sklavinnen zu vergnügen. Außerdem brachte ihn dieses von der Königin und dem König als *unbezahlbar* erachtete Geschenk vielleicht um andere, konventionellere Gaben (so eine goldene Axt, wie Christos sie bekommen hatte, wäre ihm viel lieber gewesen). Trotzdem wusste Janos, dass er das Angebot nicht ablehnen durfte, und begab sich bei Anbruch der Nacht grimmig in den Wald. Er bemerkte weder die Sterne noch den Mond. Er erklomm auch keinen Baum und zitterte nicht vor Angst, wenn er eine Eule schreien hörte. In der Hälfte der Zeit, die König und Königin benötigt hatten, erreichte er die Lichtung der Zauberin. Dort zerbarst auch noch seine letzte Hoffnung – dass er der wunderschönen Frau mit dem rabenschwarzen Haar und der weißen Strähne begegnen würde. Stattdessen erwartete ihn ein kleines Mädchen vor dem Baumstumpf. Ihr Haar war silbern und ihre Augen hatten die Farbe des Meeres. Ihre Miene war gebieterisch und fordernd.

»Kind, wo ist die Magierin?«, fragte Janos.

»Ich habe deine Seele in den Karten gelesen«, sagte das Mädchen. »Bist du bereit, dein Urteil zu hören?«

»Ich denke schon«, sagte Janos und zupfte sich eine Ziegenfleischfaser zwischen den Schneidezähnen heraus.

»Du musst dir gewiss sein. Denn wahrscheinlich erwartest du zu hören, was du schon immer gehört hast. Dass du der Tapferste unter allen Männern bist. Dass deine Kraft unermesslich ist. Dass du schnell, schlau und furchtlos bist. Doch so etwas ist eitle Schmeichelei. So plappern Kleingeister mit sich selbst. Ich aber biete dir die Wahrheit an.«

Janos spürte ein fremdes Ziehen in seiner Magengrube. Er

hätte ihm nicht mal einen Namen geben können, so neu war für ihn dieses Gefühl. Doch die Königin hätte es gekannt. Sie hatte es gespürt, als ihr Vater sagte, sie sei Uthor versprochen worden. Und der König hätte es auch gekannt. Er hatte es jeden Tag gespürt, wenn er als junger Krieger in die Schlacht auszog.

»Heraus damit«, sagte Janos. Aber warum fühlte sich sein Hals nur so trocken an?

»Na gut«, sagte das Mädchen. »Du bist ein Feigling.«

»Ich? Ein Feigling?« Janos lachte sein übliches Lachen, das wie Donnerhall schallte, wenn er gegen seine Feinde zog. Auf der Lichtung der Zauberin tönte es dünn und falsch.

»Ja.«

»Du bist neu in dieser Gegend, Kleines, also hast du die Legenden meiner Triumphe vielleicht noch nicht gehört. Bei der Schlacht der Gekreuzten Blicke wurde ich früh am Tag entwaffnet und tötete dennoch zwanzig Mann mit meinen bloßen Händen. Bei der Schlacht am Blutigen Fluss habe ich für das Blut gesorgt, das ihr den Namen gab. Und in der Schlacht am Todeshügel bekam ich so viele Pfeile ab, dass meine eigenen Stammesgenossen mich für ein riesiges Stachelschwein hielten. Ich bin der Erste, der in den Kampf zieht, und der Letzte, der das Schlachtfeld verlässt. Ich bin Janos Drachenkopf.«

»Und ich sage noch mal, du bist ein Feigling, Janos Drachenhintern!«

Diese Behauptung traf Janos wie ein Faustschlag in die Magengrube und er fiel auf die Knie.

»Du ziehst als Erster in den Kampf, weil du als der Mann

berühmt sein willst, der als Erster in den Kampf zieht«, sagte das Mädchen. »Du hast dich nie vor der Dunkelheit gefürchtet und nie vor Schmerz, nie vor dem Feind. Und wo keine Furcht ist, da gibt es auch keinen Mut.«

Während das Mädchen weitersprach, fühlte sich Janos, als würde er mit jedem ihrer Worte schrumpfen, bis er sicher war, wieder ein kleines Kind geworden zu sein, jünger sogar als die Magierin.

»Es gibt nur eine Sache, die dir wirklich Angst macht, Janos Drachensack.«

»Und was ist das?«, fragte er und wollte es wirklich unbedingt wissen.

»Den Moment, wenn der letzte Barde, der von deinen Heldentaten sang, sich mit der Hand ans Herz greift und zusammenbricht. Wenn der letzte Mann, der diese Lieder gehört hat, zu Grabe getragen wird. Du fürchtest das Vergessen, Janos Drachenarsch. Und jedes Mal, wenn du dich schnurstracks ins Kampfgetümmel stürzt, rennst du vor dieser Furcht davon.«

»Sag mir, was ich tun soll«, sagte Janos. »Lehre mich Mut.«

»Das kann ich nicht.« Zum ersten Mal war da wenigstens ein Funken Mitleid in den Augen der Zauberin. »Deine Prophezeiung ist zu Ende. Meine Schuld bei deinem Volk ist beglichen.«

Einen Moment lang verbarg eine Wolkenbank den Mond und die Sterne und hüllte auch die Lichtung in Finsternis. Als es wieder heller wurde, war die Mystikerin verschwunden. Der einzige Beweis dafür, dass sie überhaupt je existiert hatte, war eine weiße Karte, die auf dem Baumstumpf zurückgeblieben war. Sie zeigte einen grinsenden Mann in buntem Kostüm, der einen Drachenkopf auf einem Stab hielt: *Der Narr*.

Janos kehrte weder in dieser Nacht noch jemals wieder zu seinem Stamm zurück. Die Leute sagten, die Zauberin müsse sich in ihn verliebt haben und mit ihm verschwunden sein. Andere, weniger romantische Gemüter meinten, auf dem Heimweg müsse eine Horde Straßenräuber ihm aufgelauert und ihn getötet haben. Monate vergingen. Die Geschichten von Janos Drachenkopf wurden zu Legenden, die man den jüngsten Kriegern des Stammes erzählte, um sie auf die Schlacht einzustimmen. Jahre vergingen. Die Legenden von Janos wurden nicht mehr in den Zelten der Krieger verbreitet (dort waren sie durch Geschichten von Kong dem Zerstörer ersetzt worden), dafür erzählten Eltern sie ihren Kindern, die nicht schlafen wollten, als Märchen. In diesen Märchen kämpfte Janos gegen magische Gestalten – Zauberer und Feen und Elfen –, die er nicht nur dank seiner Stärke, sondern auch durch Klugheit besiegte. Jahrzehnte vergingen. Der Stamm wurde von einem anderen, größeren dahingemetzelt. Und in eben dieser Nacht begannen die Krieger des siegreichen Stammes Geschichten von Bandino der Klinge zu erzählen, der sie zum Sieg geführt hatte, indem er hundert Mann mit einem Dolch tötete, der nicht länger war als sein kleiner Finger. Die Leichen aller Krieger, die je von Janos Drachenkopf gehört hatten, wurden in einem langen Graben beerdigt. Ihre nun stummen Köpfe steckte man auf Stangen, die rund um das Dorf aufgestellt wurden.

GEHEMMT

OKAY, ICH GEBE ZU, DASS ICH DAMALS NICHT JEDES Wort so aufgeschrieben habe, aber in groben Zügen skizzierte ich die Geschichte. (Und es ist doch auch nachvollziehbar, dass ich dem Text noch einen letzten Schliff gegeben habe, bevor ich ihn einreichte. Denn nicht vergessen: Ich bin stumm, aber nicht bescheuert.)

»Kann ich es lesen?«, fragte Zelda. Ich hatte noch nicht mal gemerkt, dass sie aufgewacht war.

Ich gab ihr das Notizbuch. Während sie las, ließ ich meinen Blick durchs Zimmer streifen. Es kam mir jetzt, nach dem, was zwischen uns passiert war, irgendwie verändert vor. Meine Augen blieben an einem Bild hängen, das genau gegenüber vom Bett an der Wand hing. Es war ungefähr einen Monat vor dem Tod meines Vaters auf der Comic-Con in San Diego gemacht worden. Die Organisatoren der Convention hatten ihm einen Tisch in einer einsamen Ecke der *Autogramm-Arena* zur Verfügung gestellt, wo er und ich den ganzen Nachmittag herumsaßen und darauf warteten, dass Leute kamen, die ihre Bücher von ihm signiert haben wollten. Ich kann mich noch an die Aura der Verzweiflung dieses

Ortes erinnern – die Verzweiflung der zweitklassigen Schauspieler, der Comictypen, die tatsächlich wie der Comicfreak bei den *Simpsons* aussehen, die Verzweiflung der Fanclubs und Fanzines und Blogs über Blogs und Blogs. Nicht zu vergessen die Verzweiflung von Kids, die sich normalerweise nur zuhause aufhielten und jetzt ihre ersten nichtdigitalen Freundschaften anstrebten – vielleicht sogar eine flüchtige Umarmung in der letzten Reihe bei einer Vorführung des Trailers für den nächsten Batman-Kinofilm. Neben dem Tisch meines Dads saß irgendein Schauspieler hinter einer kleinen Armee aus Doppelgängern, die aus Pappe ausgeschnitten und wie ein Hobbit angezogen waren: Anscheinend hatte er in einem der *Herr der Ringe*-Filme mitgespielt. Die Schlange vor seinem Tisch war lang – ungefähr so, als würde man an Bord der Titanic für einen Platz im Rettungsboot anstehen –, anders als die Schlange vor dem Tisch meines Vaters. Genau genommen verdiente Letztere die biologische Bezeichnung gar nicht. Hin und wieder war sie ein Schüppchen. Meist gar nicht vorhanden. Leere. Die totale Abwesenheit von Aufmerksamkeit. Dieses Foto war während einer Schüppchen-Phase aufgenommen worden. Nur ich, mein Dad und eine verpickelte 14-Jährige, die einem Enthaltsamkeit als Lebensprinzip in ganz neuem Licht erscheinen ließ und die das erste Buch meines Vaters liebte.

Ich sah das Foto, sobald ich am Morgen aufwachte, und normalerweise war es das Letzte, was ich am Abend sah, bevor ich einschlief. Und warum? Um mir selbst zu beweisen, dass ich ihn nicht vergessen hatte?

»Das ist eine gute«, sagte Zelda und gab mir das Notizbuch zurück. »Aber ich muss einfach fragen – was hat dich dazu inspiriert? Ich habe noch nicht viele Männer kennengelernt, die postkoital Kurzgeschichten schreiben.«

Das ist für meine Bewerbungen. Ich will, dass du siehst, ich meine es ernst damit, aufs College zu gehen.

»Ich weiß, dass du das tust, Darling.«

Sie küsste mich auf die Wange.

Aber findest du mich wirklich gehemmt?, schrieb ich.

»Ich finde, du bist der Hammer«, sagte sie lächelnd.

Ich meine das ernst. Gestern hast du zu meiner Mom gesagt, du fändest mich gehemmt. Hast du das so gemeint?

Sie schlang die Arme um mich. »Ja, aber ich habe es nicht kränkend gemeint. Und ich denke, die Dinge ändern sich bereits. Spürst du das nicht auch?«

Ich nickte. Der Regen musizierte auf den Dachziegeln über unseren Köpfen. Durch das Fenster sah ich ihn auf die krummen Bäume, verbogenen Wetterfahnen und schmiedeeisernen Zäune der Nachbarschaft prasseln. Ich mochte Regen schon immer, was vielleicht daran liegt, dass ich an einem Ort aufgewachsen bin, wo man immer auf ihn gefasst sein muss. Er hält alles sauber. Wäscht Sachen weg. Schon oft habe ich mich gefragt, was Leute in Städten machen, wo es nie regnet. Wie können die jemals neu anfangen?

»Wo willst du hin?«, fragte Zelda.

Ich war aufgestanden und kletterte schon die Dachbodenleiter runter. In der Küche holte ich mir unter der Spüle einen Müllsack. Die Frage war nur, wo ich anfangen sollte.

SYMBOLISCHE GESTEN

ALS ERSTES FIEL MIR DAS ÜBER DEM FERNSEHER INS Auge. Wie hätte ich es auch übersehen können? Wie hätte irgendwer ein dreißig Zentimeter hohes Foto in einem breiten Silberrahmen übersehen können, dessen Motiv wie so eine Art religiöse Ikone auf einen runterstarrte, wenn man sich einfach nur vor der Glotze entspannen wollte? Als ich es von der Wand nahm, blieb ein rechteckiger weißer Fleck zurück. Das erinnerte mich an ein Bild, das wir im Geschichtsunterricht gesehen hatten: In Hiroshima war nach dem Bombenabwurf die Silhouette eines Menschen von der Wucht der Explosion auf ewig in den Beton geätzt worden.

In der Küche hing ein winziges Foto von uns dreien in Disneyland an einem Nagel über dem Toaster. Ich hatte es letztes Weihnachten für meine Mutter rahmen lassen. Darauf war ich noch klein und pummelig, trug ein Paar schwarzer Mausohren aus Plastik auf dem Kopf und grinste. Mom hatte eine neonfarbene Bauchtasche um. Als es in der Mülltüte auf dem anderen Bild landete, hörte ich Glas splittern.

Drei verschiedene Bilder hingen an der Wand im Treppenhaus. Auf einem war eine Karikatur, die jemand gezeichnet hatte: Darauf war der Stoppelbart meines Vaters ein richtiger Busch, in dem ein Vogel saß, und die winzigen Ohren meiner Mom waren nur noch Knubbel an den Seiten ihres Kopfs. *NYC, 2004* stand am unteren Rand. *Klirr.* Daneben ein Hochzeitsbild, aufgenommen in einem völlig beschissenen Fotostudio. Meine Eltern posierten vor einem verwirbelten blauen Hintergrund, stehend in Löffelchenstellung, wie man das zwar auf Bildern, aber nie im richtigen Leben tut. Das Kleid ließ Mom wie einen billigen Cupcake aussehen, und der Anzug Dad wie einen abgehalfterten Kellner. *Klirr.* Auf dem obersten Bild waren wir wieder zu dritt, aber ich noch als Baby. Meine Eltern hielten mich gleichzeitig im Arm und schauten dabei mit diesem Blick auf mich runter, als werde dieses Kind die Lösung all ihrer Probleme sein. *Klirr.*

Der Flur im oberen Stock war das reinste Fotomuseum und zeigte auch das Herzstück der Sammlung. Auf den ersten Blick wirkte das Bild ziemlich gewöhnlich – und schien den fetten Bronzerahmen gar nicht zu verdienen. Mein Dad saß auf der Couch, vor sich den Laptop, und schaute mit seiner üblichen verärgerten Miene in die Kamera.

Aber es war das letzte Bild, das wir von ihm hatten. Gerade mal eine Woche vor dem Unfall gemacht. *Klirr.*

Im Zimmer meiner Mutter tat ich mein Möglichstes, um die Fotos gar nicht anzusehen, die ich nahm und in den Sack fallen ließ. Aus Versehen warf ich dann aber einen Blick auf eins von unserer Reise nach Kolumbien; es zeigte Dad und mich beim Sandburgbauen am Strand. Die Erinnerung an die ganze Reise überfiel mich wie eine riesige Welle. Mein

Dad hatte damals einen Metalldetektor gemietet, damit wir den Strand nach verborgenen Schätzen absuchen konnten. Alles, was wir entdeckten, waren aber nur ein paar Kronkorken und ein bisschen Kleingeld gewesen – einem Fünfjährigen genügten solche Schätze. Ich erinnerte mich daran, wie Dad mit dem Hotelpersonal, den Ladenbesitzern und den Verkäufern, die am Strand Modeschmuck und Wasserflaschen feilboten, Spanisch gesprochen hatte. Er hatte dort zugehörig gewirkt, so viel glücklicher als jemals in Kalifornien. *Klirr.*

Ich ließ den Müllsack am Fuß der Leiter liegen und kletterte wieder in mein Zimmer hinauf. Hier gab es nur ein einziges Foto. Ich nahm es von der Wand und ließ es in den ersten Stock runterfallen. *Krach.*

Zelda setzte sich alarmiert im Bett auf. »Parker, was machst du da?«

I-s-t o-k, buchstabierte ich ihr mit den Fingern.

Und natürlich wusste ich, dass dies alles nur symbolisch war. Irgendwo im Zimmer meiner Mutter gab es einen ganzen Karton voll mit weiteren Fotos. Aber ich wollte nicht jede Spur meines Vaters auslöschen. Ich versuchte ein Zeichen zu setzen. Für meine Mom, für mich selbst und – vielleicht am wichtigsten – für Zelda. Denn wenn ich etwas hinter mir lassen konnte, dann konnte sie es vielleicht auch. Vielleicht konnten wir zusammen neu anfangen.

Ich hob ihre Kleider auf und legte sie aufs Bett.

»Alles in Ordnung mit dir?«, fragte sie.

Ich nickte, bedeutete ihr aber, dass sie sich anziehen sollte. Gerade als ich wieder runterklettern wollte, fiel mir die Kiste unter dem Bett ein. Zelda half mir, sie über die Leiter nach unten zu bugsieren, und dann warfen wir auch sie in den Müllsack.

Draußen prasselte weiter der Regen und ich rannte zur Mülltonne.

»Das ist der erste Platz, wo deine Mutter suchen wird, weißt du«, sagte Zelda.

Verdammt. Daran hatte ich nicht gedacht. Warum mussten große symbolische Gesten bloß so kompliziert sein? Ich stellte den Sack in der Einfahrt ab und rannte zurück, um die Schlüssel zu holen.

»Wo fahren wir hin?«, fragte Zelda, als wir im Auto saßen.

Ich zuckte mit den Achseln, weil ich es noch nicht wusste. Ich fuhr einfach los, kreuz und quer bis zum Freeway hinauf Richtung Süden. Allerdings fuhr ich gleich wieder ab, weil ich endlich wusste, was ich zu tun hatte. Ich fuhr zurück auf den Freeway, aber in die andere Richtung. Alle dreißig, vierzig Meter waren lange schwarze Schrammen an der Betonwand des Highways zu sehen. Jede erinnerte an irgendeinen Unfall. Die meisten waren vermutlich nur Blechschäden gewesen. Andere waren wahrscheinlich wie meiner – ein gähnender Krater in der Materie, aus der die Realität gemacht ist. Und durch diesen Krater drang eine Trauer, die niemand sonst sehen konnte und die wie Wasser durch ein Leck in ein Boot eindrang. Ich hielt unmittelbar vor der schwarzgelben Begrenzung, wo die nächste Abfahrt den Freeway teilte. Ground Zero.

Erst wuchtete ich den Müllsack auf die Motorhaube, dann auf die Balustrade vor mir. Autos rasten als Lichtlinien vorbei, erst weiß, dann rot, sobald sie uns passiert hatten. Ich kippte mit einem Stöhnen den schweren Sack über die dreieckige Trennwand ins Niemandsland direkt hinter dem Scheitelpunkt. Die Gläser der Bilderrahmen zersplitterten auf dem Asphalt und die Papiere flatterten hoch, aufgewirbelt vom Fahrtwind der vorbeirasenden Autos. Sie bildeten flüchtige Muster, wie riesige Ascheflocken, klebten sich auf Windschutzscheiben, wurden unter die Reifen großer Laster gezogen und verschwanden über die Begrenzungsmauern des Highways. Für immer.

Ich merkte, dass eines der Tagebücher meines Vaters genau auf der Betonkante gelandet war. Zelda streckte ihren Fuß aus und kickte es von dort runter. Dann sah sie mich an und lächelte. »Wir sollten zusehen, dass wir von hier verschwinden. Sonst sperrt man uns noch wegen des Kapitalverbrechens Straßenverschmutzung ein.«

DU BIST DRAN

ICH SETZTE EIN KLEINES STÜCK ZURÜCK UND BOG dann in die Ausfahrt. Es fühlte sich elektrisierend an: den vielen dahinrasenden Autos so nahe gewesen zu sein und die ganze *Vergangenheit* auf einmal loszulassen. Aber meine Freude wurde rasch von Furcht getrübt, weil ich mir bewusst machte, wo wir als Nächstes hinfahren würden, wo wir hin *mussten*. Ich war mir nicht sicher, wie Zelda es aufnehmen würde.

»Das war fabelhaft, Parker«, sagte sie, beugte sich herüber und lehnte ihren Kopf an meine Schulter. »Aber ich hoffe, du hast das nicht nur getan, weil ich gesagt habe, du wärst gehemmt. Ich meine, ich hoffe, du hast es um deinetwillen getan und nicht für mich.«

Ich drückte zustimmend ihre Hand.

»Also wohin als Nächstes?«

Ich antwortete nicht, und sie begriff es erst, als wir oben auf den Hügel kamen und das Krankenhaus in Sichtweite lag.

»Moment. Warum sind wir hier?«

Ich hielt in einer Ladezone und zeigte auf den Eingang. *Du bist dran*, deutete ich und vergaß dabei, dass sie Gebärdensprache nicht verstand.

»Was?«

Ich schlug mein Notizbuch auf. *Du bist dran*, schrieb ich.

»Ich bin dran?« Sie lachte verächtlich. »Das ist kein Spiel, Parker. Hier gibt es kein *Dransein*.«

Warum nicht? Ich habe getan, was ich tun musste. Jetzt musst du.

»Ich muss gar nichts tun!«

Sie schien sich für ihre aufgebrachte Reaktion ein bisschen zu genieren, und als sie wieder etwas sagte, klang ihre Stimme ruhiger. »Parker, ich bin sehr stolz auf all die Fortschritte, die du gemacht hast, aber *meine* Situation ist ganz anders als *deine*. Dein Vater ist seit Jahren tot. Mein Mann lebt noch.«

Nicht wirklich. Das hast du selbst gesagt.

»Aber …« Ihr gingen die Argumente aus, noch bevor sie überhaupt angefangen hatte zu diskutieren. »Aber ich kann nicht.«

Ich schlug zwei leere Seiten im Notizbuch auf.

Jetzt, schrieb ich auf die eine.

Nie, schrieb ich auf die andere.

Dann hielt ich das Buch hoch. Zelda starrte es sekundenlang an. »Das ist ein Klischee«, sagte sie.

Ich schüttelte das Notizbuch.

»Ich weiß!«, schrie sie. Und dann wieder ruhiger: »Ich weiß.« Sie schloss die Augen und holte einmal tief Luft. »Bleib du hier, ja? Ich muss das alleine machen.« Sie öffnete die Tür, drehte sich dann aber noch mal zu mir um. »Danke, Parker. Für alles.«

Ich sah ihr nach, wie sie durch die Schiebetüren das Krankenhaus betrat. Es regnete zwar noch, aber die Sonne war draußen über dem Wasser hinter den Wolken hervorgekommen. Wahrscheinlich würde es einen Regenbogen geben.

Plötzlich begann etwas unter mir zu vibrieren, und weil ich in San Francisco lebe (und in diesem Moment ohnehin etwas angespannt war), vermutete ich, es sei ein Erdbeben. Ich sprang also aus dem Wagen, nur um festzustellen, dass die Vibration aus meiner neuen, superengen Jeans kam: mein Handy vibrierte.

Mich ruft *nie* jemand an (aus vermutlich leicht zu erratenden Gründen), deshalb war ich dieses Gefühl auch nicht gewöhnt. Trotzdem hatte ich eine ziemlich genaue Ahnung, wer das sein würde. Meine Mom musste inzwischen zuhause sein und das Fehlen all der Bilder festgestellt haben. Ganz zu schweigen vom fehlenden Auto. Ich überlegte, sie zu ignorieren, aber dann dachte ich mir, was soll's. Heute war ein Tag, um Dinge mal *nicht* zu ignorieren.

»Hallo?«, meldete sie sich. »Du bist da, ja? Wenn du mich hörst, tipp mit dem Finger gegen den Lautsprecher.« Sie klang nicht wütend, aber das konnte auch sehr gut nur vorübergehend sein.

Tipp.

»Hast du das Auto? Tipp einmal für ja, zweimal für nein.«

Tipp.

»Und du bist mit Zelda unterwegs?«

Tipp.

»Okay. Gut.« Sie seufzte erleichtert. »Ich wollte nur sicher sein, dass es nicht geklaut wurde.«

Tipp, tipp.

Eine lange Pause trat ein. Ich nahm das Handy kurz vom Ohr, um zu sehen, ob die Verbindung noch da war.

»Du kennst doch den Shakespearegarten im Park, oder?«

Tipp.

»Heute Morgen bin ich in der Gegend spazieren gegangen und dort gelandet. Ich habe sogar ein bisschen mit Shakespeare geplaudert. Ich meine, nicht mit dem echten Shakespeare – ich bin ja noch nicht komplett plemplem –, aber mit seiner Statue. Er hat eine sehr beruhigende Ausstrahlung. Dann kam ich nach Hause und sah, was du getan hast, und so beschloss ich, dich anzurufen. Also hier bin ich.« Sie klang seltsam, fast wie eine Jugendliche, und ich erinnerte mich an etwas, das Zelda einmal zu mir gesagt hatte: *Niemand hört je auf, sich jung zu fühlen.* »Das wegen gestern tut mir leid, Parker. Ich hätte nicht so wütend werden sollen. Ich … ich spürte nur einfach, dass sich in diesen letzten paar Tagen etwas endgültig geändert hatte. Du bist zu dieser Party gegangen, und du hast eine – nun ja, was auch immer Zelda für dich ist –, und du planst, aufs College zu gehen. Und dann bist du in diese Rauferei im Kino geraten, und es kam mir vor, als würde doch alles wieder so wie vorher. Und das war schwer für mich, weil … also … weil ich eine ziemlich miese Mutter gewesen bin.« Unzähliges Tippen hätte als angemessene Antwort nicht gereicht, also wartete ich einfach. »Ich weiß das. Dass ich mich ein bisschen habe gehen lassen. Ich trinke auch zu viel. Und ja, manchmal idealisiere ich deinen Vater. Es ist auch schwer, das nicht zu tun. Nicht weil er immer so toll war – das war er übrigens nicht –, sondern weil das eben einfach passiert, wenn Leute sterben. Sie kriegen dann den roten Teppich ausgerollt, weil sie dich nicht mehr enttäuschen können. Und du kannst nicht auf einen toten Menschen wütend sein, weil wütend sein eine Menge Material zum Anheizen braucht, weißt du? Und wo willst du dieses Material hernehmen, wenn derjenige nicht mehr da ist? Also ist alles, was dir noch bleibt, diese Liebe, selbst wenn du sie gar nicht mehr willst. Also das und ein Haufen Fotos.« Sie schwieg wieder. »Hast du sie weggeworfen?«

Tipp.

»Dachte ich mir. Ich habe selbst eine Million Mal dran gedacht, es zu tun. Hab ich wirklich. Aber sie alle abzunehmen, das wirklich zu machen – das hätte sich angefühlt, als würde ich ihn noch mal umbringen. Das ist ja die Sache, wenn man jemanden gehen lassen will. Es ist so eine Art Mord. Oder eher ein Mord-Selbstmord. Du musst den Menschen in deiner Erinnerung töten und dann noch die Version von dir selbst, die diesen Menschen gebraucht hat. Das ist eine große Sache, Parker. Und ich war einfach nicht groß genug dafür. Hey, bist du okay?«

Irgendwann hatte ich angefangen zu weinen, und ich schätze, meine Mutter hörte mein Schniefen.

Tipp.

»Wir können darüber später weiterreden, ja?«

Tipp.

»Du kriegst übrigens noch Ärger wegen dieser Rauferei. Nur weil ich mich entschuldige, hast du keinen Freibrief. Ich bin immer noch deine Mom.«

Tipp.

»Ach und du kannst Zelda zum Abendessen mitbringen, wenn du möchtest. Ich werde nett sein.«

Tipp.

»Okay. Dann bis später.«

Ich legte auf. Über der Bay war die Sonne jetzt ganz herausgekommen und warf Glitzer aufs Wasser, obwohl es dort, wo ich war, stur weiterregnete. Wäre ich in der Lage gewesen zu sprechen, dann hätte ich meiner Mom gesagt, dass ich ihr in allem, was sie gesagt hatte, zustimmte, bis auf eine Sache: Ich glaube nicht, dass es so was wie *Gehenlassen* gibt. Also, ich weiß zwar nicht viel übers Gehirn, aber ich weiß zumindest, dass alles da drin bleibt: Etwas, das einem den *Ewigen Sonnenschein eines blütenreinen Geistes* beschert, müssen wir erst noch entwickeln, um all das Zeug zu löschen, an das wir nicht mehr denken wollen. Und das bedeutet, alles, was man je gesehen, gehört und gefühlt hat, alle, die man je geliebt (und gehasst und gewollt und hassen wollte und zu wollen gehasst hat), sind einem bis zum Tag des eigenen Todes ins Gehirn gesperrt. Also warum sollte es dann mit dem Herz irgendwie anders sein? Ich glaube, wir sollten nie von uns erwarten, dass wir jemanden gehen lassen oder etwas loslassen. Wir müssen einfach trotzdem weitermachen.

Und das brachte mich dazu, an Zelda zu denken und daran, was sie im Begriff war zu tun. Der Optimist in mir sagte, dass sich für sie vielleicht wirklich in nur ein paar Tagen alles geändert hatte, so wie für mich. Aber ich bin ja nicht wirklich ein sehr optimistischer Mensch.

Wie lange war sie schon fort? Erst zehn Minuten, vielleicht

fünfzehn. Aber plötzlich bildete sich in meinem Bauch ein kalter Kern des Schreckens, weil ich auf einmal wusste: sie würde nicht zurückkommen. Ich ließ das Auto in zweiter Reihe und unverschlossen stehen und rannte zum Krankenhaus. Der Obdachlose in dem Yalesweatshirt campierte immer noch neben dem Eingang, aber ich hörte ihn im selben Moment laut lachen, als ich die zerknitterten Geldscheine in seiner Hand erblickte.

Nathaniels Zimmer war leer bis auf Nathaniel: der einzige Typ in San Francisco, der noch weniger redete als ich. *Piep, piep.*

Ich lief ins Schwesternzimmer im siebten Stock und schnappte mir dort einen Post-it-Block.

»Was machst du da?«, fragte die Schwester.

War gerade ein Mädchen hier?, schrieb ich.

»Meinst du die mit den komischen Haaren?«

Ich nickte.

»Ja. Sie hat mit Dr. Romaniello gesprochen.«

Und dann?

»Da bin ich überfragt. Sie ist wieder gegangen.«

An dem Auto meiner Mutter steckte bereits ein Strafzettel, aber der flatterte unter dem Scheibenwischer weg wie eine riesige Motte, als ich losraste. Zelda musste den Hinterausgang und dann ein Taxi genommen haben. Das bedeutete, sie hatte einen Vorsprung, aber keinen großen. Und glücklicherweise – und unglücklicherweise – wusste ich genau, wohin sie wollte.

DIE BRÜCKE

DER REGEN HÖRTE IRGENDWANN AUF DEM WEG ZUR Golden Gate Bridge auf. Ich hatte mich schon immer gefragt, was es mit dieser Grenze auf sich hat, zwischen da, wo es regnet, und dort, wo es das nicht tut. Irgendwo musste es diese Linie doch theoretisch geben, sodass man an einer Stelle stehen kann und nass wird, und kaum macht man ein paar Schritte beiseite, hört der Regen auf. Und selbst wenn er langsam nachließe, so allmählich, dass man nicht sagen konnte, wann es passierte, musste es doch einen letzten Schritt geben, der einen aus dem Schatten der Wolke und in den Sonnenschein brachte.

Ich fuhr, so schnell ich konnte, durch die Innenstadt, missachtete Stoppschilder und rote Ampeln an Kreuzungen. Hätte mich ein Cop gesehen, dann wäre wahrscheinlich eine Verfolgungsjagd fällig gewesen, aber ich gelangte ungehindert bis zum Wasser. Dann rannte ich durch das nasse Gras des Parks am Fuß der Brücke, vorbei an dem Querschnitt eines Kabels, wie es für die Aufhängung der Brücke verwendet wurde, und an ein paar Touristen, die für ihre Kameras Peacezeichen machten.

Oben auf der Brücke schien niemand zu sein, bis auf ein paar vereinzelte Fahrräder, die vorbeisausten, mit Fahrern so mager und mit gebeugtem Rücken wie rennende Windhunde. Ich ging los und hoffte, es wäre noch nicht zu spät. Autos rumpelten über die Metallroste. In der Ferne gingen Regenwolken ihrer Arbeit nach, aber hier schien die Sonne hell und gleißend.

»Sie haben versucht, eine Anti-Selbstmord-Barriere zu bauen, weißt du.« Sie war von einem der großen roten Pfeiler in der Mitte der Brücke verdeckt gewesen oder hatte sich vielleicht sogar dort versteckt. Als ich daran vorbeiging, begann sie zu sprechen. Vielleicht hätte ich sie sonst nicht einmal bemerkt. »Das war damals in den Siebzigerjahren. Aber sie konnten es nicht umsetzen. Und weißt du, warum? Weil die Leute meinten, es würde zu hässlich. Es ist einfach nicht die Golden Gate Bridge, wenn man sie komplett mit Sicherheitsnetzen und Gittern bedeckt.« Zelda überquerte den schmalen asphaltierten Gehweg und lehnte sich über den Rand, sodass sie hinunter in die fleckige Schwärze der Bucht blicken konnte. »Jetzt denkst du vielleicht, das spielt doch sowieso keine Rolle – wenn ein Mensch sich umbringen will, dann findet er doch eine andere Möglichkeit, nicht wahr? Aber falsch. Es hat sich gezeigt, dass die meisten Menschen diese Entscheidung ziemlich leichtfertig treffen, aus der Laune eines Augenblicks heraus. Und wenn sie es in exakt diesem Moment, wenn der Gedanke sie überkommt, nicht tun können, dann tun sie es oft überhaupt nicht.« Sie stieg auf die unterste Strebe des Geländers. Ich trat neben sie.

Das ist ziemlich beschissen, schrieb ich in mein Moleskin.

»Ist es das? Ich habe all das schon vor über dreißig Jahren erfahren und mir immer noch keine endgültige Meinung dazu gebildet. Einerseits ja, es klingt schrecklich, den Wert irgendeiner alten Brücke über ein Menschenleben zu stellen. Aber warum *sollte* andererseits ein Menschenleben mehr wert sein als die Schönheit dieser Brücke? Eine Menge Leute sind bei ihrem Bau gestorben, weißt du, und sie starben, damit sie genau so werden würde, wie sie jetzt ist. Und sie überdauert schon viel länger als jeder Durchschnittsmensch es tut. Also ist sie vielleicht in der Tat wichtiger.«

Vielleicht. Nur spring nicht runter.

»Sprich mit mir, Parker. Sag ein einziges Wort, und ich tu's nicht.«

Das ist nicht fair.

»Es ist so fair wie das, was du verlangst.« Sie stellte sich auf die Zehenspitzen und da bemerkte ich die leicht nach innen gewölbte Haut zwischen ihrer Ferse und dem Knöchel. Sie stützte die Ellbogen auf das Geländer. Mein ganzer Körper spannte sich an, bereit, wenn nötig nach vorn zu springen und sie zurückzureißen. »Also, wie würdest du es machen, wenn du müsstest?«

Wenn ich was müsste?

»Schluss machen.«

Ich runzelte die Stirn. *Darüber hab ich noch nie nachgedacht.*

»Natürlich hast du. Jeder macht das.«

Sie hatte natürlich recht. Ich tat so, als würde ich eine Handvoll Pillen einwerfen.

Zelda nickte gemessen. »Pharmazeutika können gut sein.

Aber schwer drinzubehalten. Die Leute unterschätzen immer die lebensrettende Macht des Brechreizes.« Jetzt begann sie, sich vorzubeugen. Über das Geländer, sodass sie aussah wie ein Handtuch über einer Stange. »Ich habe ihnen gesagt, sie sollen Nathaniel gehen lassen«, sagte sie. »Und du hattest recht. Es fühlte sich gut an. Ich meine, nicht gut im Sinne von *gut*, aber du weißt schon, gut. Und dann bin ich hergekommen. Ich hätte es schon tun können, weißt du. Aber ich entschied mich zu warten. Ich konnte dich nicht ohne einen richtigen Abschied verlassen.«

Du musst mich überhaupt nicht verlassen, schrieb ich in großen krakeligen Buchstaben. *Ich habe alles an mir geändert, damit du bleibst. Was hätte das für einen Sinn gehabt, wenn du weg bist?*

Sie musste gehört haben, wie ich schrieb, aber sie blieb so übers Geländer gebeugt, dass sie nicht lesen konnte, was.

»Du bist das Beste, was mir in einem Leben passiert ist, Parker. Vielleicht sogar in zwei. Ich bin ein Mädchen, das wirklich Glück hatte.«

Ich beugte mich übers Wasser hinaus, damit ich ihr mein Notizbuch vors Gesicht halten konnte. Dabei merkte ich, wie sich meine Füße vom Gehsteig lösten und mein Gewicht sich nach vorn neigte. Ein paar Sekunden noch und ich wäre selbst runtergestürzt. Aber Zelda hatte gespürt, was vor sich ging. Sie richtete sich gerade noch rechtzeitig auf, um mich zurück auf den Gehsteig zu ziehen. Ich tastete nach dem Geländer und ließ dabei das Notizbuch fallen. Es öffnete sich, trudelte abwärts und platschte schließlich geräuschlos ins Wasser: *Jetzt – Nie – Jetzt – Nie.*

Dann umarmte Zelda mich so fest, dass es sich anfühlte, als würde ich keine Luft mehr bekommen. Sie presste ihre Lippen in meine Ohrmuschel und flüsterte: »Das war schon ein ganz schönes Abenteuer, nicht wahr?«

Als sie mich wieder losließ, summte ich so angestrengt, wie ich konnte. Genau so, wie ich es in der Praxis von Dr. Joondeph gelernt hatte. Ich wollte *Ich liebe dich* sagen. Was dabei rauskam war: »Mm mmmm mm.«

Zelda lachte. »Kein Wort, Parker Santé, aber ein gutes Finale. Pass auf!«

Sie zeigte hinter mich. Ich drehte mich um und erwartete einen dieser verrückten Radfahrer, der wie ein Hochgeschwindigkeitszug vorbeiraste. Aber da war nur der lange leere Gehsteig, der immer noch vom Regen glitzerte. Als ich mich umwandte, stand Zelda auf dem Geländer und hielt sich mit einer Hand an dem Metallpfeiler neben ihr fest. Keines der Autos auf der Brücke verlangsamte auch nur sein Tempo, aber ich schwöre, der Zeit selbst stockte der Atem. Ihr silbernes Haar flatterte im Wind, als sei jede einzelne Strähne lebendig. Aus ihren meergrünen Augen flossen Bäche ihre Wangen hinab. Ich erinnerte mich daran, wie ich sie das erste Mal gesehen hatte, als sie allein im Speisesaal des Hotel *Palace* saß und ihr Ei aufschlug. Perfekte Traurigkeit. Silbern, nicht Platinblond. Und jeder Augenblick unserer gemeinsamen Zeit fiel mir auf einmal ein, wie eine pointillistische Explosion der Farben: Sich berührende Ellbogen auf der Armlehne im Kino. Der Engelsanteil. Genmaicha. Stillleben. Kirsch-Slush. Ein gestohlener Schal. *Piep*. Moleskin. Columbia University. Die Hydra. Haut und noch mehr Haut.

Klirr. Flattern. Und all das hatte uns hierher gebracht, zu diesem wie eingefrorenen Moment auf der Golden Gate Bridge. Sie schaute zu mir zurück, ein letztes Mal, und die Traurigkeit, die ich in ihrem Gesicht sah, war anders als die, die ich an jenem ersten Tag gesehen hatte. *Unperfekte* Traurigkeit vielleicht. Was bedeuten mochte, dass da auch ein kleiner Splitter Glück in ihrem Ausdruck war. Wenigstens das hatte ich ihr gegeben.

Und dann sprang sie.

DANACH

UND

NACHWORT

BYE, BYE, BANANE

DIE BANANE WAR WEG.

Man hatte sie durch das Gemälde eines Paars ersetzt, das sich in eine Decke in den Farben Gold, Beige und Schwarz hüllte. Mein erster Gedanke war, dass die Banane gestohlen worden sein musste, aber das war natürlich lächerlich. Wer würde schon das riesige Bild einer Banane klauen? Aber andererseits, wer kaufte sich überhaupt so etwas? Die Welt war voller Rätsel.

»Suchst du die Banane?«, fragte Dr. Milton. »Ich fand, es sei an der Zeit für eine Veränderung. Hab mir dafür diesen Klimt besorgt.«

»Welche Banane?«, fragte meine Mom.

»Nur ein Bild, das ich früher an der Wand hatte.«

»Oh.« Meine Mom lachte verlegen. »Ich dachte, das wäre eine Redensart.«

Dass sie da war, gehörte zu dem von mir so bezeichneten *Selbstoptimierungs-Super-Paket*: gemeinsame Therapie, Einzeltherapie (für jeden von uns), *Anonyme Alkoholiker* für sie, Sprechtherapie für mich. Zuerst war es seltsam, sie in Dr. Miltons Praxis zu sehen. Fünf Jahre lang war dies der Ort gewesen, den ich aufgesucht hatte, um all die Sachen loszuwerden, die ich ihr nicht sagen konnte. Aber es war auch gut. Eine Veränderung.

Wir redeten über gar nichts Bestimmtes – einfach darüber, was in der Woche so los war. Es gab eine Menge zu bereden. Ich machte meine Bewerbungen fertig, war aber noch nicht überzeugt, dass ich sofort aufs College gehen wollte. Warum mir nicht ein oder zwei Jahre gönnen, um ein bisschen rumzustreunen? Zelda hatte gesagt, ich sollte mehr reisen, und da kam es mir dumm vor, nach zwölf Jahren Schule sofort mit vier Jahren College weiterzumachen, ohne zwischendurch irgendwas zu tun, um mich zu belohnen. Meine Mom vertrat, wenig überraschend, nicht diese Ansicht. Sie und ich waren uns nach wie vor in vielen Dingen nicht einig, wenn man es genau betrachtete. Aber es schien sie glücklich zu machen, überhaupt von der Zukunft zu sprechen.

Die Zukunft – dieser dreckige Rattenbastard von einem Konzept. Sie kam einfach. Eine Woche verging. Dann noch eine. Und noch eine.

»Ich kapiere nicht mal, warum sie das *Anonyme Alkoholiker* nennen«, sagte Mom während einer unserer Therapiestunden. »Das ist ja überhaupt nicht anonym! Die Leute sagen immer ihre Namen. *Ich bin Marianne und ich bin Alkoholikerin*, und dann sagen alle: *Hallo Marianne!* Unanonymer geht's ja wohl nicht.«

Du solltest dir einen falschen Namen zulegen, deutete ich mit Gebärdensprache.

»Wie wär's mit Catwoman? Kann ich Catwoman sein?«

Das wäre krass.

»Was ist mit Zelda? Das war doch nicht ihr richtiger Name, oder?«

Eigentlich Griselda.

»Wow. Wirklich? Ich habe noch nie eine Griselda kennengelernt. Hübsch.«

»Hast du irgendwas von ihr gehört?«, fragte Dr. Milton mich.

Ich schüttelte den Kopf. Ich hatte ihnen erzählt, dass sie wegziehen musste, weil ihr Dad einen neuen Job in Australien bekommen hatte. Hätte ich ihnen die Wahrheit gesagt, würde ich den Rest meines Lebens in Therapie verbringen. Oder vielleicht in einer Zwangsjacke.

»Wie schade«, sagte meine Mom. »Ich verdanke diesem Mädchen so viel. Ich würde sie so gern schön zum Abendessen ausführen.«

Ich auch, stimmte ich ihr zu.

»Vor ein paar Tagen kam dieser Song im Radio. Er ist von Leonard Cohen. Ich hab den Titel vergessen – irgendwas mit einem Regenmantel?«

»*Famous Blue Raincoat*«, sagte Dr. Milton.

»Genau. Da gibt es eine Zeile, äh …« Sie summte ein bisschen und fand dann in die Melodie. »*Thanks for the trouble you took from her eyes. I thought it was there for good, so I never tried. – Danke, dass du die Sorge aus ihren Augen vertrieben hast. Ich dachte, sie sei ein Teil von ihr, deswegen versuchte ich's nie.* Kennst du das, Parker?« Ich schüttelte den Kopf. »Das ist so wunderschön. Und jedenfalls empfinde ich Zelda gegenüber so. Sie hat die Sorgen vertrieben, weißt du?«

Klingt nach einem guten Song, bemerkte ich in Gebärdensprache.

In den Wochen nach Zeldas Sprung verbrachte ich viel Zeit in diesem Café unten am Wasser. Dort schrieb ich in mein Notizbuch oder schmierte in letzter Minute eine erbärmliche Hausarbeit für Geschichte zusammen. Wenn ich fertig war, spazierte ich zum Strand, dann Richtung Norden am Wasser entlang, wo die Wellen an die Felsen schlagen und Säulen aus Gischt in die Höhe schicken, wie Wale sie aus ihrem Blasloch pusten.

Eines Nachmittags traf ich Alana dort oben. Obwohl ich ihr auf den Schulfluren andauernd begegnete, hatten wir uns seit dem Tag mit der Kinorauferei nie mehr so richtig unterhalten. Ehrlich gesagt, war ich ihr ausgewichen. Ich schätze, weil sie mich an jenes Wochenende erinnerte, das mich wiederum an Zelda erinnerte.

Sie saß am Strand und las in irgendeinem Schulbuch. Sie hatte mich nicht bemerkt, also wäre mir immer noch Zeit geblieben, umzukehren und in die andere Richtung zu gehen, wenn ich gewollt hätte.

Sie schaute auch nicht auf, als ich mich neben sie setzte.

»Hi«, sagte ich.

Damit hatte ich ihre Aufmerksamkeit.

»Hast du etwa gerade *Hi* gesagt?«

Ich holte mein Handy raus. *Es ist das einzige Wort, das ich kann*, schrieb ich.

Den ganzen letzten Monat über hatte ich eine Stunde täglich diese Summübung gemacht. Bis jetzt war das Einzige, was dabei rausgekommen war, dieses eine Wort – *Hi.* Im Grunde genommen auch kaum besser als ein Summen.

»Na, das ist aber doch ein gutes«, sagte sie. »Erinnert mich an den Witz mit dem sprechenden Hund. Kennst du den?«

Ich schüttelte den Kopf.

»Also da bringt ein Junge seinen Hund zu einem dieser Castings für eine Talentshow im Fernsehen. Der Hund antwortet immer nur mit *Wuff*, was eigentlich auch zu den Fragen passt, aber die Jury schmeißt die beiden trotzdem raus. Draußen fragt der Hund dann den Jungen: *Wenn ich mir's recht überlege, hätte ich auf die letzte Frage vielleicht doch ausführlicher antworten sollen, oder?*«

Ich lachte. Bevor ich Zelda kennenlernte, hatte ich es immer gehasst, vor anderen zu lachen. Aber irgendwann machte es mir auf einmal nichts mehr aus, dass ich dabei seltsam aussah.

»Ich überlege gerade, ob das nicht vielleicht auch was für dich wäre, Parker. Also, wie fühlst du dich, nachdem du einen tiefen Zug aus einer Shisha genommen hast?«

Ich zog eine Augenbraue hoch. Worauf wollte sie hinaus?

»Sag einfach das eine Wort, das du kannst, ja? Wie fühlst du dich nachdem du einem tiefen Zug aus einer Shisha genommen hast?«

»Hi«, sagte ich.

»Interessant. Und auf welche Schule bist du nach der Mittelschule gegangen?«

»High«, sagte ich und hatte endlich den Witz kapiert.

»Wieder richtig. Und da gibt es doch diesen berühmten

Film. Mit dem Fisch, der den Leuten was abbeißt. Wie hieß der noch mal? *Der Weiße –?*«

»Hai«, sagte ich.

Dann lachten wir beide, obwohl nur Alanas Lachen zu hören war. Allerdings kam es kaum gegen das Krachen der Wellen und das Gekreisch der Möwen an. Diese Vögel erinnern mich immer an *Findet Nemo*, wo sich rausstellt, dass die Möwen immer nur *Meins!* Schreien. Immer und immer wieder. Das ist eine Sache, die ich gelernt habe, als ich so lange ohne Sprache gelebt habe. Egal, was jemand sagt, in Wirklichkeit sagen sie alle immer nur das: *Meins! Meins! Schenk mir Aufmerksamkeit! Ich existiere! Ich bin wichtig!*

»Das mochte ich schon immer an dir, Parker«, sagte Alana. »Du weißt, wann man die Klappe halten muss. Ich könnte da echt noch was von dir lernen. Also lass uns doch einfach hier sitzen und zusammen die Klappe halten, ja? Darauf hätte ich echt Lust.«

Und das machten wir. Irgendwann legten wir uns auf den Rücken in den Sand und schauten in den sonnigen Himmel. Wortlos. Seite an Seite.

GESCHICHTE NR. 4

ANGENOMMEN

ICH BIN ÜBRIGENS, ZUMINDEST WÄHREND ICH DIESEN Satz schreibe, nicht mit Alana zusammen. Später am selben Tag erzählte sie mir, dass sie vor ein paar Wochen jemand kennengelernt hätte. Bei einem Schachturnier. Kaum zu glauben.

»Er ist mindestens genauso ein Nerd wie ich«, sagte sie stolz.

Also ist das hier keine Geschichte von Liebe, die am Ende über alles triumphiert, oder eine, wo der Junge das Mädchen kriegt. Eigentlich ist es überhaupt keine Geschichte. Aber das wissen Sie ja schon, oder?

Welche Entscheidung Sie auch treffen, ich wüsste in jedem Fall gern, ob dies die längste Antwort ist, die Sie je auf die Aufforderung, einen Aufsatz zu schreiben, bekommen haben. Ich dachte mir, weil ich nur das eine Empfehlungsschreiben habe, wegen meiner schlechten Noten und weil ich doch vorbestraft bin, muss ich *irgendwie* den Rahmen sprengen. Deshalb beschloss ich, um genau 60.748 Wörter darüber hinauszugehen. Die gute Neuigkeit ist, dass wir fast fertig sind. Halten Sie noch ein paar Seiten durch.

Es ist eigenartig. Als ich anfing, an dieser Bewerbung zu arbeiten, und zwar vor einem Computer im PC-Raum der Schulbibliothek, während meine Freunde versuchten, mich mit *Call of Duty* abzulenken, da verspürte ich eine seltsame Enttäuschung. Wie sollte irgendwas in meinem Leben jemals an das heranreichen, was ich gerade erlebt hatte? Ich meine, Zelda zu begegnen, das war magisch, oder? Und nicht nur im Sinne von *Oh, ich bin so verliebt, o mein Gott, ist das nicht absolut FANTASTISCH?*-magisch. Das war *reale* Magie. Und jetzt ist davon nur noch das *Reale* übrig, und das vermutlich für den Rest meines Lebens.

Aber nachdem ich nun alles aufgeschrieben habe, bekomme ich nach und nach die ganzen Tupfen in den Blick und fange an, sie zu verbinden. Ich denke, das, was für uns Sterbliche Magie noch am nächsten kommt, ist einfach Veränderung. Alana findet eine Nerdfreund. Meine Mom geht zur Therapie. Ich summe, bis ich ein *Hi* schaffe. Und ich kann tatsächlich verstehen, warum Zelda getan hat, was sie tat. Unser aller Leben gleicht doch einem Seil beim Tauziehen. Auf der einen Seite zerrt das Gewicht der unabänderlichen Vergangenheit an uns, auf der anderen die unvorhersehbare Zukunft. Wenn man Glück hat, bleibt man ausbalanciert genau in der Mitte. Aber wenn man Pech hat (und so geht es den meisten von uns, meiner Ansicht nach, zumindest zeitweise), dann stolpert man entweder in die eine oder andere Richtung. An Zelda zerrte mehr Vergangenheit als an irgendwem sonst, aber ich glaube, dass es die Zukunft war, die sie letztlich springen ließ. Eine Zukunft, die sich vor ihr bis in die Unendlichkeit erstreckte, egal wohin sie schaute. Wie eine Aussicht mitten in der Sahara. *No doy mas. Ya basta.* Stillleben. Wenn die Veränderung ihren Zauber verliert, dann bleibt wirklich nichts mehr, wofür es sich zu leben lohnt. Das ist mein neues Mantra. Verändere dich immer weiter. Deshalb habe ich aufgehört, in Hotels rumzuhängen. Die sind sowieso alle gleich. Ich versuche, mehr Zeit mit anderen Menschen zu verbringen. Was nicht immer leicht ist. Denn wie Zelda gesagt hat, die Leute sind so dumm; da grenzt es schon an ein Wunder, dass sie es schaffen zu atmen. Aber wenn ich sie dazu bringen kann, fünf mickrige Minuten lang den Mund zu halten und sich mit mir an den Strand zu legen, dann kriege ich es schon hin.

Ich würde Ihnen keinen Vorwurf machen, wenn Sie der Ansicht wären, diese ganze Geschichte sei ein Haufen Unsinn – einfach noch ein Märchen wie alle anderen. Vielleicht bin ich nie jemandem namens Zelda begegnet, dachte mir aber, eine gute Story würde Sie davon ablenken, wie ungeeignet ich für die Aufnahme in Ihre ehrwürdige Institution bin. Oder vielleicht habe ich ein Mädchen kennengelernt, die in eher traditioneller, nicht wirklich magischer Weise bezaubernd war; und dann habe ich die Macht der Fiktion benutzt, um etwas Größeres und Tiefsinnigeres daraus zu machen. Oder vielleicht habe ich auch die Bekanntschaft eines Mädchens gemacht, das behauptete, seit 246 Jahren zu leben, und obwohl ich ihm niemals wirklich glaubte, habe ich mitgespielt, einfach weil sie so scharf war.

Aber Sie müssen auch die winzige Wahrscheinlichkeit in

Betracht ziehen, dass mir wirklich ein Mädchen begegnet ist, das 1770 in Kassel zur Welt gekommen ist und das mein Leben im Verlauf eines Wochenendes verwandelte, auch wenn es mir nicht gelang, ihres zu ändern. Und dass ich die Geschichte niedergeschrieben habe, weil sie wahr ist. Und falls Sie mir nicht glauben, tja, dann ist das Ihre Angelegenheit, weil es am Ende so oder so keine Rolle spielt. Sie müssen ja nicht entscheiden, ob die Geschichte, die ich Ihnen erzählt habe, stimmt. Sie haben doch bloß *eine* Entscheidung zu treffen, nicht wahr?

Ich erwarte Ihre Antwort. Lassen Sie sich ruhig Zeit.

© Tallie Maughan

Tommy Wallach ist ein Singer-Songwriter und Essayist, der seine Beiträge in verschiedenen New Yorker Magazinen veröffentlicht. Als Musiker ist er bei Decca Records unter Vertrag und trat bereits im New Yorker Guggenheim Museum auf. Die Filmrechte seines ersten Jugendromans *We All Looked Up* sicherte sich noch vor Erscheinen Paramount Pictures.

Bei cbj bereits erschienen:
We All Looked Up (40342)

Tommy Wallach

We all looked up

448 Seiten, ISBN 978-3-570-40342-6

Was wäre, wenn ein riesiger Asteroid durchs All Richtung Erde trudeln würde und man eventuell nur noch zehn Wochen Zeit hätte, um all seine Wünsche und Hoffnungen in die Tat umzusetzen? Peter, Eliza, Anita und Andy müssen sich kurz vor dem Schulabschluss genau dieser Frage stellen. Ihnen bleiben zehn Wochen, um all ihre Hoffnungen und ihre Herzen in die Waagschale zu werfen, denn vielleicht, vielleicht, ist es die einzige Zukunft, die sie haben.